ハヤカワ・ミステリ文庫
〈HM373-3〉

契　約
〔上〕

ラーシュ・ケプレル
ヘレンハルメ美穂訳

早川書房
6895

PAGANINIKONTRAKTET
by
Lars Kepler

Translated by
Miho Hellen-Halme
First published by
ALBERT BONNIERS FÖRLAG, STOCKHOLM, SWEDEN
First published 2011 in Japan by
HAYAKAWA PUBLISHING, INC.
This book is published in Japan by
arrangement with
BONNIER GROUP AGENCY, STOCKHOLM, SWEDEN
through THE ENGLISH AGENCY (JAPAN) LTD.

契約
〔上〕

登場人物

ペネロペ・フェルナンデス………平和活動家
ビオラ……………………………ペネロペの妹
クラウディア……………………ペネロペの母親
ビヨルン・アルムスコーグ………ペネロペのボーイフレンド
ポントゥス・サルマン……………軍需品製造会社の社長
カール・パルムクローナ…………戦略製品査察庁の長官
アクセル・リーセン………………国連軍縮局の特別顧問
ロベルト…………………………アクセルの弟。バイオリン職人、演奏家
ビヴァリー・アンデション………アクセル宅に下宿する少女
ステファン・ベリクヴィスト……高校生
ヨン・ベングトソン………………国家警察の巡査
カルロス・エリアソン……………国家警察の長官
ペッテル・ネースルンド…………国家警察の主任警部
トミー・クフード…………………殺人捜査特別班メンバー。鑑識担当
ナータン・ポロック………………殺人捜査特別班メンバー
エリック・エリクソン……………殺人捜査特別班メンバー
ニルス・オレン（ノーレン）……法医学局の主任法医学者
サーガ・バウエル…………………公安警察の警部
ラファエル・グイディ……………イタリア人の武器商人
アガテ・アル＝ハジ………………スーダン大統領の軍事顧問
ヨーナ・リンナ……………………スウェーデン国家警察の警部

　白夜に近い明るい夜、ストックホルム群島南部のユングフルー湾を漂流している大きなクルーザーが発見されたとき、海は凪いでいた。まどろむようなブルーグレーの海水が、靄《もや》のごとく静かに揺れていた。

　老人は手漕ぎボートで沖に出ると、何度か大声で呼びかけたが、答えが返ってくることはないだろうという気がしていた。それまで一時間近く、陸からクルーザーを観察し、ゆるやかな潮の流れに乗って、後ろ向きに沖へ流されているのを見ていたからだ。

　老人は小舟を操り、クルーザーの脇につけた。オールを引き上げ、海水浴用の乗降口に小舟をつなぐと、金属製のはしごを上り、船べりをまたいで乗り込んだ。後甲板の中央にピンクのデッキチェアがある。老人はしばらくじっとして、物音がしないか耳を澄ませた。が、なにも聞こえず、老人はガラス戸を開け、半階段を下りて居間に入った。大きな窓から灰色の光が差し込み、ニスで仕上げたチーク材の内装や紺色のソファーの上に広がっている。老人はつややかな鏡板に沿った急な階段を下りると、暗闇に沈んだ簡易キッチンやバスルームを通り過ぎ、広い寝室に足を踏み入れた。天井近くの小さな窓から弱々しい光が漏れ、矢尻のような形をしたダブルベッドを照らしている。ベッドの頭側に、デニムジャケットを着た若い女性が座っている。ぐったりと背を丸めて壁にもたれ、両脚を大きく開いている。片方の手がピンクの枕に置かれている。不思議そうな、不安げな表情で、老人の目をじっと見つめている。

死んでいるのだとわかるまでに、しばらく時間がかかった。

女性の長い黒髪に、平和の象徴である白い鳩のヘアクリップが留まっていた。

老人が近寄り、女性の頬に触れると、その頭がぐらりと前に倒れ、唇のあいだからひとすじの水があごへ流れ出した。

〝音楽《ミュージック》〟という言葉は本来、ミューズの芸術という意味で、ギリシャ神話の学芸の女神、九柱のミューズ（ムーサ）たちに由来している。父親は大神ゼウス、母親は記憶の女神ムネーモシュネーだ。音楽をつかさどるミューズ、エウテルペーは、二本管の笛を唇に当てた姿で描かれることが多い。その名は〝喜びをもたらす者〟を意味する。

俗に言う〝音楽的才能〟には実のところ、一般に認められた定義が存在しない。音程の変化をまったく聞き分けられない人がいる一方で、生まれつき音楽的な記憶力にすぐれ、ある音の高さを、ほかの音と比較することなく正確に言い当てられる、いわゆる絶対音感をもっている人もいる。

歴史を振り返ってみると、たぐいまれなる音楽の天才はこれまでに数多く現われ、広く知られている者も何人かいる。六歳のころから演奏旅行でヨーロッパ各地の宮廷をまわっていたヴォルフガング・アマデウス・モーツァルトや、聴力を完全に失ってもなお多くの傑作を残したルートヴィヒ・ヴァン・ベートーヴェンなどがその例だ。

伝説のバイオリニスト、ニコロ・パガニーニは一七八二年、イタリアのジェノヴァに生まれ、独学でバイオリンと作曲技術を身につけた。それから今日まで、すばやい指の動きが必要とされるパガニーニの複雑な作品を弾きこなせるバイオリニストは、ごく少数しか現われていない。パガニーニは亡くなるまで、超絶技巧を得るために悪魔と契約を結んだ、との噂につきまとわれていた。

1

胸騒ぎ

ペネロペ・フェルナンデスは背筋に寒気を覚えた。急に心臓の鼓動が速くなり、さっと後ろを振り返る。もしかすると彼女はこの瞬間、自分の身にこれから起こることを予感していたのかもしれない。

スタジオは暑かったが、顔にはひんやりとした感触があった。メイク室で、ファンデーションをつけた冷たいスポンジが肌に押し当てられ、白鳩のヘアクリップがはずされて、飾りリボンのような巻き毛がまとまるよう、ムースが髪にもみこまれたときから、ずっと消えていない、この感触。

ペネロペ・フェルナンデスはスウェーデン平和仲裁協会の会長を務めている。彼女はニュース番組のスタジオへ静かに案内され、スポットライトを浴びつつ、軍需品製造会社シレンシア・ディフェンス株式会社、ポントゥス・サルマン社長の向かいに腰を下ろした。ニュースキャスターのステファニー・フォン・シドーは次の話題に移るべく、カメラをまっすぐ見据えると、英国の軍需企業ＢＡＥシステムズ社がスウェーデンの兵器メーカー、ボフォース社を買収し、これに伴って多数の従業員が解雇された、と切り出した。それからペネロペのほうを向いて言った。

「ペネロペ・フェルナンデスさん、あなたはこれまでいくつもの討論会で、武器輸出に関するスウェーデンの対応にきわめて批判的な立場をとってこられましたね。つい最近も、スウェーデンの現状を、フランスのいわゆるアンゴラゲート事件になぞらえる発言をなさいました。政権の中枢にいた政治家や、産業界で高い地位にあった人々が、贈収賄や武器密輸の罪で起訴され、長期の禁錮刑を言い渡された事件ですが……スウェーデンでは、このような事件は起きていませんよね？」

「それについては二通りの解釈が成り立つと思います」とペネロペ・フェルナンデスは答えた。「スウェーデンの政治家はフランスの政治家と違う、と考えるか、あるいは司法のしくみが違うからだ、と考えるか」

「ご存じだとは思いますが」ポントゥス・サルマンが言った。「わが国では昔から……」

「スウェーデンの法律では」ペネロペはサルマンをさえぎって言った。「スウェーデンの法律では、軍需品の製造と輸出が全面的に禁止されています」

「そんなことはありませんよ」

「軍需品に関する法律、第三条と第六条です」

「しかし、わが社はすでに輸出の許可に向けた事前通知を受けていますから」サルマンは笑みをうかべた。

「ええ、そうでなければ、これは大がかりな犯罪にほかならない……」

「犯罪もなにも、とにかく許可を得ているわけですよ」

「軍需品というものがなにに使われるかをお忘れでは……」

「フェルナンデスさん、ちょっとお待ちください」ステファニー・フォン・シドーがペネロペを制し、まだ発言は終わっていないと片手を挙げて主張していたポントゥス・サルマンに向かってうなずいた。

「軍需品の取引はすべて、事前に細かく調査されます」とサルマンは説明した。「政府がじかに調査する場合もあれば、ご存じかどうか知らないが、戦略製品査察庁という機関が調査する場合もある」

「フランスにも似たような機関があります。それでも、八十億クローナ相当の軍需品がアンゴラにわたりました。国連がアンゴラへの武器輸出を全面的に禁止していたにもかかわらず……」

「いまはスウェーデンの話をしているんですよ」

「仕事を失いたくないのはわかります。が、いったいなぜ大量の弾薬をケニアに輸出するのか、理解できません。あの国は……」

「具体的に、なにが違法だとおっしゃりたいんですか？　どんなに細かく調べても、問題など見つからないでしょう。それとも、なにかあるんですか？」

「たしかに、残念ながら……」

「具体的におかしい点があるのですか？」ステファニー・フォン・シドーが口をはさんだ。

「いいえ」とペネロペ・フェルナンデスは答え、目を伏せた。「でも……」

「ならば、謝罪していただくのが筋かと思いますが」ポントゥス・サルマンが言った。

ペネロペはサルマンの目を見つめ、怒りと不満がふつふつと沸き上がってくるのを感じたが、なんとか黙っていた。ポントゥス・サルマンは哀れむような笑みをうかべると、トロルヘッタンの工場について語りはじめた。シレンシア・ディフェンス社が製造開始の許可を得たことで、二百もの雇用が創出されたという。輸出許可に向けた事前通知の意味を解説し、製造がどこまで進んでいるかも説明した。討論相手の持ち時間が少なくなるよう、ゆっくりと、時間をかけて語りつづけた。

ペネロペは耳を傾けながら、危うい自負心を心の内から追い払い、代わりにこれからのことを考えた。もうすぐビヨルンといっしょに、彼のクルーザーに乗り込むことになっている。船首の寝室にある、矢尻のかたちをしたベッドを整え、冷蔵庫と小さな冷凍ボックスをいっぱいにする。ニシンのマリネを食べるとき、曇りガラスの小さなグラスに注いだシュナップスが、きらきらと光っているところを思い浮かべる。マスタード風味のマリネや、スパイスをきかせた甘めのマリネに、新じゃが、ゆで卵、クネッケブレード(ライ麦のビスケットのような固いパン。北欧で広く食されている)を合わせる。後甲板にテーブルを用意して、小さな島のそばにいかりを下ろし、西日に照らされながら、何時間もかけてゆっくり食事を楽しむのだ。

＊

ペネロペ・フェルナンデスはスウェーデン公営テレビを出て、ヴァルハラ通りに向かって歩きはじめた。もうひとつ、別のトーク番組で詳しくとりあげる予定なので参加してほしい、と言われ、二時間近く待っていたが、やがて現われたプロデューサーに、〝この夏ダイエットを手っ取り早く成功させる五つの秘訣〟なる企画のため、ペネロペの出演を削らざるを得なくなった、と告げられた。

遠くのほう、ヤーデット地区の空き地に、サーカス団の色鮮やかなテントが見える。飼育係が象二頭にホースで水浴びさせている。一頭が高々と鼻を上げ、ホースから吹き出す水を口でとらえた。

ペネロペはまだ二十四歳だ。黒い巻き毛が肩甲骨の少し下まで伸びている。首筋に光る銀の短いチェーンには、堅信式のときにもらった小さな十字架がついている。肌はなめらかで黄金色。まるで最高級のオリーブ油かハチミツのよう——というのは昔、中学校の授業で、生徒同士ペアになってお互いを紹介する作文を書いたとき、相手の少年が書いたフレーズだ。目は大きく、真剣な表情をたたえている。一度ならず、往年の大スター、ソフィア・ローレンにそっくりだと言われたことがある。

ペネロペは電話を取り出すと、いまそちらに向かっている、カーラプランから地下鉄に乗るつもりだ、と伝えるため、ビョルンに電話をかけた。

「ペニー？　なにかあったの？」ビョルンは切羽詰まった声だった。

「ううん。なにかって？」

「もう準備万端だよ。留守電にもそう入れた。きみが来たらすぐ出発できる」

「べつに急ぐことないでしょ？」

長く勾配のきついエスカレーターに乗って地下鉄のホームへ向かっているとき、ペネロペは漠然とした胸騒ぎで心臓の鼓動が速くなるのを感じ、目を閉じた。エスカレーターはさらに下降する。幅が狭くなり、あたりの空気が徐々に冷たくなっていく。

ペネロペ・フェルナンデスは、エルサルバドルの中でも大きな県のひとつであるラ・リベルタ県の出身だ。母親のクラウディア・フェルナンデスは内戦時代に投獄され、獄中でペネロペを産んだ。同じ監房に収容されていた女性たち十五人が、それぞれ力を尽くして出産を手伝ってくれたのだ。クラウディアは医師で、大衆啓蒙活動に熱心に取り組んでいた。当時のエルサルバドルの悪名高い刑務所に入れられたのは、組合を結成する権利を求めるよう、先住民を啓発しようとしたことが原因だった。

ペネロペは地下鉄のホームにたどり着き、ようやく目を開けた。閉塞感は消えていた。彼のロングホルメン島のヨットハーバーで待っているビョルンに、ふたたび思いを馳せる。彼のクルーザーから海に入って裸で海水浴をするのが、ペネロペにとっては最高の楽しみだった。見渡すかぎり空と海しか見えないところで、まっすぐ海に飛び込むのだ。

地下鉄はがたがたと揺れながら疾走した。ガムラスタン駅のそばで地上に出ると、窓から太陽の光が差し込んだ。

ペネロペ・フェルナンデスは、戦争、暴力、武力を嫌っている。その激しい嫌悪に導かれて、ウプサラ大学で平和・紛争学を学び、政治学の修士号を取得した。フランスの国際人道組織、アクション・コントル・ラ・ファムの一員として、スーダンのダルフール地方でジェーン・オドゥヤとともに働いた。『ダーゲンス・ニューヘーテル』紙に、難民キャンプに暮らし、襲われてもそのたびに日常を取り戻そうと奮闘する女性たちについての記事を書いて、大いに注目を集めたこともある。そして二年前、フリーダ・ブルームの後任として、スウェーデン平和仲裁協会の会長に就任した。

ホーンストゥルで地下鉄を降り、日差しのまぶしい地上へ上がる。なぜかふと胸騒ぎがして、ポールスンド坂を駆け下りて湖畔にたどり着くと、足早に橋を渡ってロングホルメン島へ入り、左手の道をたどってヨットハーバーをめざした。風はなく、砂ぼこりが靄のようにあたりを漂っている。

ビョルンのクルーザーはヴェステル橋の真下の日陰に係留されていた。水面がかすかに波打ち、ゆらゆらと揺れる光の網が、頭上高くに伸びる灰色の鋼橋に反射している。

ビョルンが後甲板に立っているのが見えた。カウボーイハットをかぶって、両腕で自分の両肩を抱き、肩をいからせてじっと立っている。

ペネロペは指を二本口に入れ、ひゅうと口笛を吹いた。ビョルンはびくりと体を震わせ、まるですさまじい恐怖を味わったかのように無防備な顔になった。道のほうに視線を走らせている。ようやくペネロペに気づき、乗り降りのための歩み板に近づいてきたビョルンの目には、まだ不安がちらついていた。

「どうしたの？」ペネロペはクルーザーの係留されている桟橋に向かって階段を下りた。

「なんでもないよ」ビョルンはカウボーイハットをかぶり直し、笑みをうかべようとした。

ふたりは抱擁を交わした。ペネロペは、ビョルンの手がひどく冷たく、シャツの背中が濡れていることに気づいた。

「汗びっしょりじゃないの」

ビョルンは視線をそらした。

「ここに来るまで、いろいろと忙しくて」

「わたしのバッグ、持ってきてくれた？」

ビョルンはうなずき、船室を指し示した。ペネロペの足元で船がかすかに揺れた。太陽の熱で暖められたビニールと、ニスで仕上げた木のにおいがした。

「ねえ」明るい声で言う。「どこに行っちゃってるわけ？」

ビョルンの亜麻色の髪はドレッドヘアーで、細い髪の束がいくつも、あらゆる方向へ突っ立っている。笑みをたたえた明るいブルーの目には、まだ幼さが残っている。

「ここにいるよ」ビョルンはそう答え、視線を落とした。

「さっきからずっと、なにか考えごと？」

「これからふたりきりだ、って考えてた」ビョルンはペネロペの腰に両腕をまわした。

「外で、自然の中でセックスしたい、って」

唇でペネロペの髪に触れる。

「そんなこと想像してたの？」ペネロペは小声で尋ねた。

「うん」

ビョルンの正直な答えに、ペネロペは笑い声を上げた。

「でもね……少なくとも女の子は、自然の中でのセックスってそんなに言うほどいいものじゃない、って思ってる人がほとんどだと思うわよ。地面に横になったら、蟻がいるし、石ころだって……」

「裸で海水浴するのと変わらないだろ」ビョルンは食い下がった。

「まあ、せいぜい頑張って、わたしを納得させてごらんなさい」

「納得させるさ」

「どうやって?」ペネロペが笑い声を上げたところで、彼女の布製のバッグの中で携帯電話が鳴った。

着信音を聞いて、ビョルンは体をこわばらせたように見えた。その頬から色が消えた。

ペネロペは電話のディスプレイを見やった。妹からの電話だ。

「ビオラよ」早口でビョルンに告げてから応答する。「もしもし」

車のクラクションが鳴り、ビオラがなにやら叫ぶ声が聞こえた。

「なんなのよ、この馬鹿野郎」

「どうしたの?」

「終わりよ」とビオラは言った。「セルゲイとはバイバイしたわ」

「また?」

「うん」ビオラの声の調子が下がった。

「ごめん」とペネロペは言った。「それでもつらいよね」

「べつに、つらくはないんだけど……お姉ちゃんたちがクルージングに出かけるってお母さんから聞いて……わたしもいっしょに行っちゃだめ？」

沈黙が訪れた。

「いっしょに来る？」そう言ってから、ペネロペは自分の声の冷淡さに気づいた。「ビョルンとふたりきりで過ごしたかったんだけど、まあ、でも……」

2

追跡者

ペネロペは操舵席に立っている。ふわりとした青いパレオを腰に巻き、右胸にピースマークのついた白いビキニを身につけている。フロントガラスからふんだんに差し込む夏の光を浴びながら、慎重にクングスハムン灯台を迂回し、大きなクルーザーを狭い海峡にすべり込ませた。

妹のビオラが、後甲板に置いてあるピンクのデッキチェアから立ち上がった。この一時間、彼女はビョルンのカウボーイハットをかぶり、巨大なミラーサングラスをかけて、けだるそうにマリファナを吸っていた。

そして甲板に落ちているマッチ箱を足の指で拾い上げようと、五度にわたって怠惰な試みを続けたが、結局あきらめた。ペネロペは思わず笑みをうかべた。ビオラはガラス戸を開けて居間に入ってくると、代わろうか、と言った。

「代わらなくていいんなら、下でマルガリータ作ってくるわ」と言い、階段を下りていった。

前甲板では、ビョルンがバスタオルを敷き、オウィディウス『変身物語』のペーパーバック版を枕代わりにして横になっている。

ペネロペは彼の足元の柵に目をとめ、土台の部分が錆《さ》びていることに気づいた。ビョルンは、二十歳の誕生日にこのクルーザーを父親から贈られたものの、船をきちんと手入れして維持する資力がないのだった。ビョルンの父親が息子に与えたプレゼントといったら、この大きなクルーザーと、あの旅行だけだった。自分が五十歳を迎えたとき、彼はビョルンとペネロペを、自身が所有するホテルの中でも最高級の部類に入る、ケニア東海岸のカマヤ・リゾートに招待したのだ。が、ペネロペはわずか二日でそのホテルに耐えられなくなり、フランスの人道組織アクション・コントル・ラ・ファムが活動していた、スーダン南部ダルフール地方、クブムの難民キャンプへ赴いた。

スクルスンド橋に近づき、ペネロペは速度を八ノットから五ノットに下げた。はるか頭上の橋の上では、車が激しく行き交っているはずだが、その音はまったく聞こえない。すっと日陰に入ったところで、コンクリートの橋台のそばに黒いゴムボートが見えた。軍の海岸猟兵部隊が使っているのと同じ種類のボート。グラスファイバーの船体と、きわめて強力なエンジンをそなえた、複合型ゴムボートだ。

もう少しで橋をくぐり抜けようというところで、ペネロペはそのゴムボートに人が乗っていることに気づいた。薄暗がりの中、男がひとり、こちらに背を向けてかがみ込んでいる。思いがけず男の姿を目にしたことで、なぜ脈拍が速くなったのか、自分でもよくわからない。が、男のうなじ、その黒い服が、どうしても気になった。男はこちらに背を向けていたが、ペネロペはそれでも、見られている、と感じた。日向《ひなた》に戻ったとき、ペネロペは全身に寒気を覚えていた。両腕の鳥肌が長いこと消えなかった。

デューヴネースを過ぎると、速度を十五ノットに上げた。船内エンジンが両方ともうなりを上げ、後方の水が泡立ち、クルーザーはなめらかな水面を疾走した。

ペネロペの携帯電話が鳴った。ディスプレイを見ると母親からだ。テレビ討論を見たのかもしれない。ほんの一瞬、素敵だったわよ、冴《さ》えてたわよ、と褒《ほ》めるために電話をくれたのかもしれない、と思ったが、そんなことはただの妄想にすぎないとわかってもいた。

「もしもし、お母さん」

「痛《いた》っ」クラウディア・フェルナンデスがつぶやく。

「どうしたの？」

「腰が……マッサージに行かなきゃ」とクラウディアが言った。蛇口をひねってグラスに水を注いでいるらしい音がした。「ビオラから電話があったかどうか聞こうと思って」

「いっしょに来てるよ」とペネロペは答えた。母親が水を飲んでいるのが聞こえた。

「いっしょなのね、よかった……あの子にはきっといい気分転換になる、と思ってね」

「そうね」ペネロペは小声で言った。

「食事はどうするの？」

「今夜は、ニシンのマリネと、じゃがいもと、卵と……」

「ビオラはニシンが嫌いなのに」

「お母さん、ビオラが電話をかけてきたのは出発の直前……」

「あの子がついてくるなんて思わなかった、って言いたいんでしょう。わかってるわよ。だからこうして聞いてるんじゃないの」

「ミートボールも少し作ったわ」ペネロペは辛抱強く言った。

「三人分、ちゃんと足りるように作った？」

「足りるようにって、そんな……」

ペネロペは言葉を切り、光り輝く海に視線を据えてから、冷静に言った。

「わたしはミートボール食べないようにするから」

「足りなかったら、ね。べつに、食べるなって言ってるわけじゃないのよ」

「わかってる」ペネロペは小声で答えた。

「なによ、かわいそうに、って言ってほしいの？」クラウディアは苛立《いらだ》ちを抑えているようすだった。

「そんなこと……ただ、ビオラだってもう大人だし……」

「まったく、あなたにはがっかりよ」

「ごめんなさい」

「クリスマスだって、夏至祭《げし》だって、いつも私の作ったミートボールを食べてるくせに……」

「でも、食べなくたって平気だもの」ペネロペは早口で返した。

「へえ、そう」クラウディアはぶっきらぼうに答えた。「よくわかったわ」

「そういう意味じゃなくて……」

「夏至祭には来なくていいわよ」クラウディアは憤慨した声だった。

「お母さん、どうしてそんな……」

電話がぷつりと切れた。ペネロペは言葉を飲み込み、胸のうちで不満がわななくのを感じた。携帯を見つめ、それから電源を切った。

クルーザーは緑に染まった海の上をゆっくりと進んでいる。木の葉の豊かに茂った丘陵が、水面に映り込んでいるのだ。簡易キッチンに続く階段がきしみ、やがてビオラがよろめきながら現われた。マルガリータのグラスを手に持っている。

「お母さん？」

「そう」

「わたしの食べるものはちゃんとあるか、って？」ビオラは笑みをうかべている。

「食べるものはあるわよ」

「自分の面倒ぐらい自分で見られるのに、お母さん、わたしを信用してくれないのよね」

「心配性なだけよ」

「でも、お姉ちゃんのことは心配しないでしょ」

「わたしは大丈夫だから」

ビオラはマルガリータを味見し、フロントガラスの向こうを眺めた。

「テレビの討論、見たよ」

「今朝の？　ポントゥス・サルマンとの？」

「ううん、それじゃなくて……先週。相手はなんだか横柄な人で……名前は由緒正しそうだったけど……」

「パルムクローナね」とペネロペは言った。

「そうそう、パルムクローナ……」

「あれは頭に来たわ。頬が真っ赤になって、涙が出そうになった。ボブ・ディランの『戦争の親玉』の歌詞を暗唱してやるか、席を立って、ドアをばたんと閉めて出ていきたい、って思った」

ペネロペが腕を伸ばして天窓を開けるのを、ビオラが見やり、軽い調子で言った。

「お姉ちゃん、わきの下剃ってるんだね。意外だなあ」

「ううん、ただ、最近、マスコミに出ることが続いたから……」

「きれいにしとかなきゃ、ってわけ」ビオラが冗談めかして言う。

「わきの下を剃ってないっていうだけで、変人扱いされてまともにとりあってもらえなかったらつまらないでしょ」

「ビキニラインは？」

「まあ、それなりに……」

ペネロペがパレオをたくし上げてみせると、ビオラは大笑いした。

「ビヨルンは気に入ってるよ」ペネロペは微笑んだ。

「そりゃ、自分がドレッドじゃ、あれこれ言う権利ないわ」

「あんたはどうせ、剃るとこ全部剃ってるんでしょ」ペネロペの声に少しとげとげしさが加わった。「あんたが付き合うような連中は、それが好みだもんね。妻子持ちの男とか、筋肉だけの能無しとか……」

「男を見る目がないのは自覚してる」

「ほかのことはちゃんと見る目があるのに」

「でも、わたし、どんなことだってきちんとできたためしがない」

「学校の成績なら、成人学校に通って補えば……」

ビオラは肩をすくめた。

「実は、大学入学適性試験を受けたんだ」

クルーザーは透明な水をそっとかき分けるように進んでいく。はるか頭上で、カモメが船を追いかけている。

「どうだったの？」しばらく間があってから、ペネロペが尋ねた。

「簡単だった」ビオラはそう答えると、グラスの縁についた塩を舐めた。

「ということは、いい点が取れたのね」ペネロペが微笑む。

ビオラはうなずき、グラスを置いた。

「で？　何点だったの？」ペネロペは妹の脇をつついた。

「満点」ビオラは視線を落として答えた。

ペネロペは歓喜の叫び声をあげ、妹を抱きしめた。

「ねえ、ちょっと、満点ってのがどんなにすごいことか、自分でわかってる？」興奮を抑え切れず大声になった。「どんな大学の、どんなコースにだって入れるのよ。商科大学でも、医学部でも、ジャーナリスト養成コースでも」

ビオラは頬を赤らめて笑った。ペネロペが妹をふたたび抱きしめると、カウボーイハットが落ちた。ペネロペは、幼いころにいつもそうしていたように、ビオラの頭を撫で、髪を整えてやった。白い鳩のヘアクリップを自分の頭からはずして妹の髪に留め、その姿を眺めて満足げな笑みをうかべた。

3

一艘《そう》の船が、ユングフルー湾に乗り捨てられる

船首がなめらかな海面をナイフのごとく切り裂き、ぬかるみのような水音を立てる。かなりのスピードだ。大きな波が岸辺に打ち寄せる。クルーザーは砕け散る波の上で急に向きを変え、ガタガタと音を立てながら水面を跳ねた。水しぶきが飛んだ。ペネロペはエンジンをうならせ、広い水路に向かって舵をとった。船首が上がり、船尾の後ろで水が白く泡立ちながらふたつに分かれた。

「めちゃくちゃだなあ、お姉ちゃん」ビオラは声を上げると、幼いころ、髪型が整った直後にいつもそうしていたように、ヘアクリップを引っ張って髪からはずした。

ゴース島に停泊すると、ビヨルンも目を覚ました。アイスクリームを買い、コーヒーを飲む。島の小さなゴルフ場で、ビオラがミニゴルフをしたがったので、ふたたび出発するころにはもう夕方になっていた。

船の左側には海が広がり、めまいがするほど広大な大理石の床のようだ。

その晩はカストシェール島で夜を明かすつもりだった。細長い無人島で、中央がさらに細くくびれたような形になっている。島の南側に緑豊かな入り江があり、いかりを下ろして海水浴やバーベキューを楽しみ、一泊することができる。

「下でちょっと休んでくるわ」ビオラがあくびをした。

「どうぞ」ペネロペは微笑んだ。

ビオラは階段を下りていき、ペネロペは前を見つめた。スピードを下げ、暗礁の位置を告げる測深機に注目しながら、カストシェール島に近づいていく。水深は四十メートルから五メートルとまたたく間に浅くなった。

ビヨルンが操舵席に近寄ってきて、ペネロペのうなじにキスをした。

「食事の用意、始めようか?」

「でも、ビオラが一時間ぐらい寝なきゃならないみたいだから」

「まるできみのお母さんみたいな言いかただね」ビヨルンはやさしく言った。「電話、もうかかってきた?」

「うん」

「ビオラがいっしょに来たか、確かめるためだろ。ちがう?」

「そうよ」

「で、喧嘩になった？」

ペネロペは首を横に振った。

「どうしたの？　悲しいのかい？」

「ううん、ただ……」

「なんだい？」

ペネロペは微笑みながら、頬に流れた涙をぬぐった。

「夏至祭には来るな、って言われた」

ビヨルンは彼女を抱きしめた。

「お母さんのこと、気にしないのがいちばんだよ」

「気にしてないわ」

ペネロペは入り江の奥へゆっくりと、慎重に船を進めた。エンジンが静かにうなってい
る。陸が近づき、熱を帯びた島の草木のにおいが漂ってきた。

いかりを下ろし、ロープを繰り出して、岩壁のほうへ入っていく。ビヨルンがロープの先端を持って、急な傾斜の上に飛び降りると、木の幹にロープをくくりつけた。

地面は苔《こけ》に覆われている。彼はふと立ちつくし、ペネロペを見つめた。いかりの巻き上げ機が音を立てると、梢《こずえ》のあたりを鳥が何羽か飛びまわった。

ペネロペはジョギング用のズボンと白いスニーカーをはき、地面に飛び降りてビヨルン

の手を取った。ビョルンは彼女を抱き寄せた。

「島の探検に行こうか？」

「そういえば、なにかわたしを納得させることがあったんじゃない？」ペネロペがゆっくりと問いかける。

「自然享受権（土地の所有者に損害を与えないことを条件に、すべての人が他人の土地への立ち入りや自然環境の享受を許される）のいいところだね」

ペネロペが微笑んでうなずくと、ビョルンは彼女の髪をかきあげ、その高い頬骨を、黒々と濃い眉を指でなぞった。

「どうしてそんなに綺麗なんだ？」

そして彼女の唇に軽くキスすると、背の低い木々が並ぶ森に向かって歩きはじめた。

島の中央に小さな空き地があった。丈の高い草が生い茂り、蝶や蜂が花の上を飛びまわっている。日向は暑く、北側に目を向けると、木々のあいだに光り輝く海が見えた。ふたりはじっと立ったまま、しばらくためらっていた。微笑みながら互いを見つめ、やがて真剣な表情になった。

「人が来たらどうしよう」

「この島にはぼくたちしかいないよ」

「ほんとうに？」

「ストックホルム群島にいくつ島があると思う？　三万？　もっと多いんじゃないかな」

ペネロペはビキニの上を取り、靴を脱ぎ捨てると、ジョギング用ズボンとともにビキニの下も下ろした。そして気がついてみれば、裸で草地に立っていた。恥じらいはほぼ即座に消え、混じりけのない喜びが訪れた。肌を撫でる潮風を、いまだ地面から放たれている熱を感じるのは、たしかにとっても刺激的だ、と思った。

ビヨルンが彼女を見つめ、いやらしいと思うかもしれないけど、もう少し眺めさせて、とつぶやいた。ペネロペは背がすらりと高い。ほどよく筋肉のついた腕は柔らかく、ふっくらとしている。ウエストが細く、腿が丸みを帯びているせいで、陽気な古代の女神のようにも見える。

ビヨルンは自分の手が震えているのを感じながら、Tシャツを脱ぎ、膝まである花柄の海水パンツを下ろした。彼はペネロペよりも年下で、体毛のほとんどない、少年じみた体をしている。肩がすでにこんがりと焼けていた。

「今度はわたしが眺める番よ」

ビヨルンは頰を赤らめ、にっこりと微笑みながらペネロペに近寄った。

「いいでしょ?」

彼は首を横に振り、ペネロペの首筋と髪に顔をうずめた。

ふたりは口づけを交わした。じっと立ったまま、体を寄せ合い、キスを繰り返す。ペネロペは口の中にビヨルンの温かな舌を感じ、まばゆいほどの幸福感に貫かれた。思わず口元に笑みがうかんできたが、キスを続けられるよう、ぐっとこらえる。息が荒くなってきた。ビョルンが勃起し、彼の心臓が高鳴っているのがわかった。ふたりは茂みのすき間に場所を見つけ、夢中で草地に身を横たえた。ビョルンは彼女の胸に、茶色い乳首に唇を這わせ、腹にキスをすると、その腿を開いた。彼女を見ていると、まるで夕陽の中で自分たちの体が光を放っているような気がした。不意になにもかもが儚《はかな》く、秘めやかになった。ペネロペはすでに濡れてふくらみ、ビョルンがそっと、時間をかけて彼女を舐めると、彼女はやがて彼の頭を押しのけずにはいられなくなった。脚を閉じ、微笑む。目の下がほんのりと赤らんでいる。ペネロペは、来て、とささやくと、ビョルンを抱き寄せ、手で導き、自分の中へすべり込ませた。彼の荒い息遣いを耳元に感じながら、紅色に染まった空をまっすぐに見上げた。

ことが終わると、ペネロペは裸のまま、温かな草の上に立ち、伸びをした。それから数歩ほど歩き、森の中を眺めた。

「どうかした?」ビョルンがくぐもった声で尋ねる。

ペネロペは彼を見つめた。裸で地面に座り、こちらに微笑みを向けている。

「肩が日焼けしてる」

「毎年こうなんだ」

ビョルンは赤くなった肩の皮膚にそっと触れた。

「戻りましょう――お腹空《す》いたわ」

「ぼくはひと泳ぎするよ」

ペネロペはビキニの下とズボンをはき、靴をはくと、ビキニの上を手に持ったまましばらく立ちつくした。ビヨルンのつるりとした胸を、両腕の筋肉を、肩のタトゥーを、うっかり日焼けしてしまった肌を、その明るく、いたずらっぽいまなざしを眺める。

「次はあなたが下になってね」彼女は笑いながら言った。

「次は、だって」ビヨルンが陽気に繰り返す。「ほら、やっぱり、もうすっかりはまってる」

ペネロペは笑い声を上げ、そんなことはないと手を振ってみせた。ビヨルンは笑みをうかべたまま仰向けになり、空を見上げた。彼がひとり口笛を吹いているのを聞きながら、ペネロペはクルーザーを係留してある傾斜のきつい小さな浜辺に向かって、森の中を歩きはじめた。

立ち止まってビキニの上を身につけてから、クルーザーに向かって下りていく。

船に乗り込む。ビオラはまだ船尾の客用寝室で眠っているのだろうか。新じゃがにディルを何束か加えて火にかけてから、顔を洗って着替えよう、と考える。妙なことに、後甲板がにわか雨でも降ったかのように湿っている。きっとビオラがなにか理由があって水拭きしたのだろう。クルーザーの雰囲気が変わっている。なにが変わったのかはわからないが、胸騒ぎがしてあっという間に鳥肌が立った。不意に鳥たちがさえずるのをやめ、あたりはほぼ完全な静寂に包まれた。船にそっと打ち寄せる波の音と、木の幹にくくりつけたロープがかすかにきしむ音が聞こえるだけだ。急に自分の動作が気になってしかたなくなった。階段を下りて船尾へ向かう。客用寝室の扉が開いている。灯りはついているが、ビオラはいない。小さなトイレのドアをノックしたとき、ペネロペは自分の手が震えていることに気づいた。ドアを開け、中をのぞき込み、それから甲板に戻った。入り江の遠くのほうで、ビヨルンが海に入ろうとしているのが見えた。手を振ったが、ビヨルンには見えていないようだ。

ペネロペは居間に入るガラス戸を開け、青いソファーとチーク材のテーブル、操舵席を素通りした。

「ビオラ?」弱々しい声で呼びかける。

簡易キッチンに下りていき、鍋を出して準備を始めたが、心臓の鼓動が激しくなり、コンロの上に鍋を放置してキッチンを出た。大きなバスルームをのぞき込んでから、船首の寝室に向かう。ペネロペとビヨルンの寝室だ。扉を開け、薄暗い船室を見まわす。ふと、鏡に映った自分の姿を見ているのかと思った。

ビオラがベッドの端にじっと座っている。セカンドハンド店で買ったピンクの枕に片手を置いている。

「どうしてここにいるの？」

ペネロペは、なぜ自分の寝室にいるのかと妹に問いかける自分の声を耳にした。が、なにもかもがおかしいと、すでにわかっていた。ビオラの顔が濡れ、土気色になっている。髪も濡れ、重たげにまっすぐ垂れている。

ペネロペは妹に近寄り、その顔を両手で包み込んだ。弱々しいうめき声を上げ、それから妹の顔のすぐそばで叫んだ。

「ビオラ？　どうしたの？　ビオラ？」

が、なにが起こったのか、なにがおかしいのか、すでに一目瞭然だった。妹には息がない。肌から放たれる温もりもない。彼女のすべてが消えている。生命の炎が消されてしまっている。狭い部屋が暗くなり、ペネロペを締めつけるように包み込んだ。自分の声とは思えないうめき声をあげ、よろめきながら後ずさる。掛けてあった服がずり落ち、戸枠に肩がぶつかった。彼女は向きを変え、階段を駆け上がった。

後甲板に上がると、窒息寸前だったかのように息を吸い込んだ。咳き込み、あたりを見まわす。体の中に凍てつくような恐怖がある。百メートルほど離れた海岸に、黒服を着た見知らぬ男の姿があった。ペネロペは直感的に前後のつながりを理解した。橋の陰で軍用ゴムボートに乗っていた男。橋の下を通ったとき、こちらに背を向けていた、あの男だ。ビオラを殺したのも、この黒服の男。しかもまだやる気だ、とペネロペは悟った。

男は海岸に立ち、波打ち際から二十メートルほど離れたところを泳いでいるビョルンに向かって手を振った。なにやら大声で呼びかけながら、腕を高く伸ばしている。その声が聞こえたらしく、ビョルンはふと動きを止めた。立ち泳ぎしながら海岸に視線を走らせ、声の主を探している。

数秒ほど、時間が止まったような気がした。ペネロペは操舵席に急ぎ、工具箱の中をかきまわして小型ナイフを見つけ、後甲板へ走った。

ビョルンがゆっくりと水を掻いている。まわりに広がる水紋が見える。男を見つめ、怪訝《けげん》な顔をしている。男は手を振ってビョルンを呼び寄せた。ビョルンは不安げな笑みをうかべ、陸に向かって泳ぎ出した。

「ビョルン」ペネロペは力のかぎりに叫んだ。「沖に逃げて！」

海岸の男はペネロペのほうを向くと、クルーザーに向かって走り出した。ペネロペはロープを切った。濡れた木の甲板に足をすべらせてひっくり返ったが、立ち上がり、よろめきながら操舵席に走ると、エンジンをかけた。振り返ることなくいかりを引き上げ、同時にギアをバックに入れた。

どうやら彼女の声が届いたらしく、ビョルンは陸に背を向け、クルーザーに向かって泳ぎはじめている。ペネロペは彼に向かって舵を取った。同時に、黒服の男が向きを変え、島の反対側に向かって坂を駆け上がっているのが目に入った。あの黒いゴムボートで北の入り江に上陸したにちがいない、とペネロペは直感した。

あのボートで追いかけられたら、とても逃げ切れそうにない。

ペネロペは轟音《ごうおん》とともにクルーザーの向きを変え、ビョルンのいるほうへ向かった。大声で呼びかけながら近づき、スピードを下げると、彼に向かってボートフックを伸ばした。海水が冷たい。ビョルンは疲れ、おびえた顔をしている。その頭が何度も水面下に沈んだ。ボートフックの先がビョルンに当たり、額から血が流れ出した。

「つかまって！」

黒のゴムボートはすでに島の反対側を出たらしい。エンジン音がはっきり聞こえてきた。ビョルンは痛みに顔をしかめた。何度か失敗したのち、ようやく腕をボートフックにかけることができた。ペネロペは精一杯の速さで海水浴用の乗降口にビョルンを引き寄せた。ビョルンが乗降口の端をつかむと、ペネロペはボートフックを手放した。フックが海を流れ去っていくのが見えた。

「ビオラが死んじゃった」そう叫んだペネロペは、自分の声に混じった絶望とパニックを耳にした。

ビョルンが乗降口のはしごにしがみつくやいなや、ペネロペは操舵席に走り、アクセルを全開にした。

ビョルンが船べりをまたいだ。オルネースの岬に向かえ、と叫ぶ声がペネロペの耳に届いた。

高速ゴムボートのエンジン音が後ろから近づいてくる。

ペネロペは急カーブを切った。船の下で轟音が響いた。

「ビオラがあいつに殺された」ペネロペの言葉はうめき声に近かった。

「岩礁に気をつけて」ビョルンが言った。震えているせいで歯が嚙み合わない。

ゴムボートはカストシェール島を迂回し、広々とした海に達してスピードを上げた。

ビョルンの顔に血が流れている。

大きな島がみるみるうちに近づいてきた。ビョルンは振り返った。ゴムボートとの差はおそらく三百メートルほどだ。

「桟橋に入れ！」

ペネロペは船の向きを変えた。船底が浅瀬をこする。船首が桟橋にぶつかり、なにかが砕ける音がして、彼女はエンジンを切った。クルーザーの側面が濡れた木の階段をかすめた。波がざわざわと岩壁に打ち寄せ、やがて引いた。クルーザーは横に傾き、階段は壊れて跡形もなくなった。船べり越しに水が入ってきた。ふたりはクルーザーを離れ、桟橋に降り立った。背後ではクルーザーが波に揺られ、桟橋にぶつかってバリバリと音を立てている。高速ゴムボートが轟音とともに近づいてくる中、ふたりは陸へ急いだ。ペネロペが足をすべらせたが、手で体を支え、息をはずませながら傾斜のきつい海岸をよじ登って森をめざした。下のほうでゴムボートのエンジンが止まった。もう差がほとんどない。ペネロペはビョルンとともに木々のあいだを駆け、森の奥へ入った。さまざまな思いが恐慌状態で頭の中を駆けめぐり、その視線はひたすら隠れ場所を探していた。

4

宙に浮かんだ男

スウェーデン警察法第二十一条には、家屋内、室内およびその他の場所で人が死亡している場合、または意識不明になっているなどの理由で助けを呼べない状況にあると考えられる場合、警察官はその場所に立ち入ることができる、と定められている。

六月のある土曜日、ヨン・ベングトソン巡査がグレーヴ通り二番地の最上階のマンションを調べることになったのは、戦略製品査察庁のカール・パルムクローナ長官がなぜか職場に姿を見せず、予定されていた外務大臣との会談にも現われなかったからだった。

ヨン・ベングトソンはこれまでに何度も、死者や負傷者を探すため、他人の住居に立ち入ったことがある。そのうちのほとんどが、本人が自殺したのではないかと家族が心配しているケースだった。恐怖におびえて黙りこくった両親を階段室で待たせて、アパートの中に入り、あちこちの部屋を調べまわる。ヘロインのやり過ぎで脈がほとんどなくなっている若い男を保護したこともあれば、殺人現場を——暴行されて殺された女性たちが倒れ、居間のテレビの光に照らされているのを見つけたこともあった。

ヨン・ベングトソンは、扉をこじ開けるための道具とピックガンを持って、立派な表玄関から建物の中に入った。エレベーターで五階に上がり、呼び鈴を鳴らす。しばらく待ってから、重いバッグを床に置き、頑丈な扉の錠を調べた。ふと、なにかが引きずられているような音が階段室に響きわたった。四階から聞こえてくるようだ。何者かが忍び足で階段を下りているようにも聞こえる。ヨン・ベングトソン巡査はしばらく耳を傾けていたが、やがて手を前に出し、扉の取っ手を下げた。鍵はかかっていなかった。四つの蝶番を軸に、扉はそっとすべるように開いた。

「どなたかご在宅ですか？」

数秒ほど待ってから、バッグを引きずって敷居をまたぎ、中に入って扉を閉めた。ドアマットで靴底を拭いてから、広々とした廊下に入る。

すぐ横の部屋から、静かな音楽が聞こえてきた。ベングトソンはその部屋に向かうと、ノックをしてから中に入った。広々とした居間で、近代家具デザインの巨匠、カール・マルムステンの手になるソファー三台と、低いガラステーブルが置かれ、壁に掛かっているのは嵐の中の船を描いた小さな絵だけという質素な内装だ。薄型の透明なオーディオ装置が、冷たいブルーの光を放っている。スピーカーから流れているのは、哀愁を帯びた、思いをめぐらせているようなバイオリン曲だ。

ヨン・ベングトソンは居間を横切って両開きの扉へ向かった。扉を開け、まっすぐに中を見つめる。そこは客間らしく、背の高いユーゲント様式の窓が並んでいる。窓の上部が枠で小さく区切られ、外から差し込む夏の光もまた区切られている。

真っ白な部屋の中央で、男がひとり宙に浮いている。

この世のものとは思えない光景だった。

ヨン・ベングトソンはその場に立ちつくし、死んだ男をじっと見つめた。永遠とも思える時間が過ぎたのち、ランプ用のフックにくくられた物干しロープにようやく気づいた。身なりのきちんとしたその男は、完全に静止している。まるで跳躍のさなかに硬直したかのようだ。爪先が伸び、靴先が床を向いている。

首吊りだ――が、単なる首吊りではない。なにかがおかしい。つじつまが合わない。

部屋に足を踏み入れるわけにはいかなかった。現場は発見時のままにしておかなければならない。心臓の鼓動が速くなり、ベングトソンは自分の脈の重苦しいリズムを感じて、ごくりとつばを飲み込んだ。それでも、がらんとした部屋で宙に浮いている男から、視線をそらすことはできなかった。

ヨン・ベングトソンの頭の中で、ひとつの名前がささやかれはじめた。〝ヨーナ。ヨーナ・リンナに連絡しなくては〟

部屋には家具がいっさいなく、首を吊られた男がひとりいるだけだった。これがおそらく、戦略製品査察庁長官、カール・パルムクローナなのだろう。

ロープは天井の中央に施された円形の装飾の中心部、ランプを下げるフックにくくりつけられている。

踏み台になるものがなにもない、とヨン・ベングトソンは思った。

天井の高さは、少なくとも三・五メートルはありそうだ。

ヨン・ベングトソンは落ち着いて考えをまとめ、目に見えるものすべてを記憶にとどめようとした。首を吊られた男の顔はまるで湿った砂糖のように白く、かっと見開かれた目には、点状出血がほんの数ヵ所しかみられない。淡いグレーの背広の上に薄手のコートをはおり、革靴をはいている。遺体の真下、寄木張りの床に尿溜まりがあり、そこから少し離れたところに、黒い鞄と携帯電話が落ちている。

そのとき、死体がいきなり震えはじめた。

ヨン・ベングトソンははっと息をのんだ。

天井にどすん、どすんと重々しい音が響く。ハンマーでなにかを叩く音が屋根裏から聞こえてきた。だれかが天井の上を歩いている。またどすんと音がして、パルムクローナの遺体が震えた。電動ドリルの音が響き、また静かになった。なにやら男の大声がする。コードが短すぎるよ、延長コードよこして、と呼びかけている。

ヨン・ベングトソンは脈が落ち着くのを感じながら、居間を横切り、廊下に戻った。玄関扉が開いている。ベングトソンは立ち止まり、きちんと閉めたはずだが、と考えたが、思い違いかもしれないと考え直した。マンションを離れ、自分の所属する課に連絡する前に、携帯電話を手に取り、国家警察のヨーナ・リンナ警部に電話をかけた。

5

殺人捜査特別班

六月の第一週。ここ数週間ほど、ストックホルムの人々は早すぎる時間に目を覚ましている。午前三時半に日が昇り、夜中もほとんど暗くならない。初夏にしては珍しい暑さだ。エゾノウワミズザクラとライラックが手をとりあうように同時に咲いた。重そうに咲き誇った花々の香りが、クローノベリ公園から警察庁の入口にまで届いている。

国家警察は、スウェーデン唯一の中央警察組織として、全国的または国際的な重大犯罪の捜査を担当している。

国家警察のカルロス・エリアソン長官は、八階の背の低い窓のそばに立ち、クローノベリ公園の急な傾斜を眺めている。手に持った電話でヨーナ・リンナの番号にかけるが、つながった先はまたしても留守番電話サービスで、彼は電話を切り、机の上に置いてから時計を見た。

ペッテル・ネースルンドが部屋に入ってきて、そっと咳払いをした。立ち止まり、犯罪防止を謳《うた》った国家警察のスローガン〝われわれは監視し、対象をマークし、苛立たせる〟が書かれた横断幕にもたれかかった。

隣の部屋から、EU共通逮捕状とシェンゲン協定加盟国の情報システムについて電話で話している、うんざりした声が聞こえてくる。

「ポロックさんたち、もうすぐ来ますよ」とペッテルが言った。

「私も時計ぐらい読めるよ」カルロスがやさしく言う。

「いずれにせよ、サンドイッチの用意は万端です」

カルロスは笑みを押し殺して尋ねた。

「ポロック君らが新メンバーを探しているという話は聞いたかね？」

ペッテルは頬を赤らめ、視線を落としたが、やがて意を決して顔を上げた。

「私に言わせていただけるなら……殺人捜査特別班にこれほど適した人物がほかにいるでしょうか？」

殺人捜査特別班は専門家六名から成るグループで、スウェーデン全土の殺人事件捜査を手助けする任務を負っている。重大犯罪警察捜査、略称PUGという方式に従って、きわめて系統的な捜査を行なうのが特徴だ。

専任メンバーはつねに莫大な量の仕事を抱えている。あちこちから引っ張りだこで、警察本部に集まってミーティングをする時間すらほとんどない。

ペッテル・ネースルンドが部屋を出ていくと、カルロスは自分の椅子に座り、熱帯魚のいる水槽に目を向けた。エサの入った容器に手を伸ばした瞬間、電話が鳴った。

「もしもし」

「ご到着です」受付のマグヌスが言った。

「ありがとう」

カルロスは最後にもう一度、ヨーナ・リンナに電話をかけてみた。それから立ち上がり、鏡に映った自分をちらりと見やってから、オフィスを出た。廊下に出た瞬間、ピンポーンと音が鳴り、エレベーターのドアがすうっと開いた。殺人捜査特別班の面々を見て、ひとつのイメージがカルロスの頭を稲妻のごとく駆け抜けた。何年か前に同僚たちと連れ立って行った、ローリング・ストーンズのコンサートの記憶。壇上に登場したストーンズのメンバーたちは、まるで力の抜けたビジネスマンのようだった。全員が濃い色の背広とネクタイを身につけていた――ちょうど、いまの殺人捜査特別班の面々と同じように。

先頭は、白髪の混じった長髪をひとつに結んだナータン・ポロック。次は、フレームにダイヤをはめ込んだ眼鏡をかけているせいで、内輪では〝エルトン〟とあだ名されているエリック・エリクソン。その後ろを、ニクラス・デントとP・G・ボンデソンが肩を並べてのんびりと歩いている。最後に、鑑識担当のトミー・クフードが、あいかわらずの猫背で不機嫌そうに床を見下ろしながらやってきた。

カルロスは彼らを会議室に案内した。実戦部隊を指揮するベニー・ルビーンは、すでに丸い会議用テーブルにつき、ブラックコーヒーを前にして待っていた。トミー・クフードが果物かごからリンゴをひとつ手に取り、派手に音を立てながら食べはじめた。ナータン・ポロックがクフードを見やり、笑みをうかべてかぶりを振った。ふと、クフードが口を動かすのをぴたりと止め、怪訝な顔になった。

「ようこそ」とカルロスが切り出した。「こうして集まることができてほんとうに良かった。今日は大切な議題がいくつかあるのでね」

「ヨーナ・リンナも来るはずじゃありませんでしたっけ?」トミー・クフードが尋ねる。

「そのとおりだよ」カルロスはためらいながら答えた。

「来たければ来る、という約束だ」ポロックが静かに言う。

「ヨーナは先年、トゥンバで起きた殺人事件を解決しましたね」トミー・クフードが言った。「あの事件のことが頭から離れないんですよ。ヨーナは初めから確信してた……殺人がどんな順序で起きたか、最初からわかってたんです」

「みんなの推理はまったく逆だったにもかかわらず」エルトンが笑みをうかべた。

「鑑識捜査については熟知してるつもりです」トミー・クフードが続けた。「が、ヨーナはただ現場に入って、血痕を見ただけで……信じられない」

「ヨーナには全体像が見えたんだね」ナータン・ポロックが言った。「暴力の度合い。身体的な負担や精神的ストレスの程度。自宅と更衣室に残されていた足跡から見て、犯人がどれほど疲れていたか」

「それでもまだ信じられない」トミー・クフードがつぶやいた。

カルロスは咳払いをすると、非公式の議題一覧に視線を落とした。

「今朝、海上警察から連絡があった。漁師が女性の死体を見つけたらしい」

「網にかかったんですか？」

「いや、ダーラレーのあたりでクルーザーが漂流していたので、手漕ぎボートで近づいて乗り込んでみたら、船室のベッドに女性が座っていたそうだ」

「もっとも、殺人捜査特別班の出る幕ではなさそうですがね」ペッテル・ネースルンドが微笑みながら言った。

「他殺なのかい？」ナータン・ポロックが尋ねる。

「おそらく自殺でしょう」ペッテルがすかさず答えた。

「急を要する事件ではないが」カルロスはそう言うと、スポンジケーキをひと切れ手に取った。「いちおう報告しておこうと思ってね」

「ほかには？」トミー・クフードがぶっきらぼうに尋ねる。

「ヴェストラ・ヨータランド県警から打診が来たよ」とカルロスは言った。「事件の概略がテーブルの上に置いてある」

「私は引き受けられそうにありません」ポロックが言う。

「みんな忙しいことは承知している」カルロスはそう言うと、テーブルに落ちたケーキのくずをゆっくりと払い落とした。「逆の方向から話を進めたほうがいいかもしれんな……つまり、殺人捜査特別班の要員補充について」

ベニー・ルビーンが鋭いまなざしで出席者を一瞥すると、殺人捜査特別班が多忙をきわめていることは上層部も承知しており、これに対する最初の措置として、専任メンバーをひとり増やす予算を組んだ、と説明した。

「ということで、意見があれば自由に言ってくれたまえ」カルロスが言い添える。

「この話なら、ヨーナにいてもらったほうがいいんじゃないですか？」トミー・クフードはそう言うと、テーブルの上に身を乗り出し、包みに入ったサンドイッチを手に取った。

「そうは言っても、来るかどうかもわからんのだよ」

「じゃあ、先にコーヒー飲みましょうか」エリック・エリクソンがきらびやかな眼鏡を直しながら言った。

トミー・クフードはビニールの包みをはぎ取ってサーモンのサンドイッチを出し、ディルの小枝を取り除くと、レモンを少ししぼってから、ナプキンに包まれたフォークとナイフを出した。

そのとき、不意に大会議室の扉が開き、ぼさぼさの金髪をしたヨーナ・リンナが入ってきた。

「シュオ・ティッリ、ポヤト」笑みをうかべ、フィンランド語で言う。

「そうだぞ」ナータン・ポロックが笑い、ヨーナの言葉をスウェーデン語で繰り返した。

「ディル、ちゃんと食べろよ、みんな」

ナータンとヨーナは愉快そうに目を合わせた。トミー・クフードは頬を赤らめ、笑いながらかぶりを振った。

「ほら、ティッリだよ、ちゃんと食べろ」ナータン・ポロックがヨーナの真似をして言う。

ヨーナが近寄っていき、トミー・クフードのサンドイッチにディルを戻すと、ナータンは大笑いした。

「話し合いを続けましょうか」ペッテルが言う。

ヨーナはナータン・ポロックと握手を交わしてから、空いている椅子に向かい、濃い色のジャケットを背もたれに掛けてから腰を下ろした。

「遅れてすみません」と静かに言う。

「よく来てくれた」カルロスが言った。

「ありがとうございます」

「要員補充の話を始めたところだよ」

カルロスはそう言って下唇をつまんだ。ペッテル・ネースルンドが椅子の上で身をよじらせはじめた。

「うむ……では、ナータンから話してもらおうか」とカルロスが言う。

「ええ、喜んで。これから言うことは、私ひとりの意見ではなく……チーム全員の総意だ。ヨーナ、ぜひきみに、殺人捜査特別班に加わってほしい」

部屋が静まり返った。ニクラス・デントとエリック・エリクソンがうなずいた。ペッテル・ネースルンドの顔は、背後から差す光の中で、真っ黒な皿と化していた。

「みんながぜひにと思ってる。頼むよ」トミー・クフードが言う。

「そう言っていただけるのは光栄です」ヨーナは豊かな金髪をかき上げた。「みなさんがとても有能だということは、これまでの仕事ぶりではっきりしてるし、特別班の仕事には敬意を抱いてます……」

全員がテーブルに視線を落としたまま笑みをうかべた。

「が、ぼくにとっては……ぼくは、PUG方式で仕事を進めることはできそうにありません」

「それはわかってるんだ」クフードがすかさず口をはさんだ。「たしかにPUGは少々融通のきかないところがある。が、役に立つこともあるし、実際……」

そして黙り込んだ。

「聞いてみるだけ聞いてみたかった」ナータン・ポロックが言う。

「ぼくには合わないと思うんです」とヨーナは答えた。

一同は視線を落とした。だれにともなくうなずいている者もいた。そのときヨーナの携帯電話が鳴り、彼は失礼を詫びて立ち上がった。テーブルを離れ、会議室を出る。そして一分ほどで戻ってくると、椅子に掛けたジャケットを手に取った。

「申しわけありません。このミーティングには最後まで参加したかったんですが……」

「なにかあったのか？」カルロスが尋ねる。

「警備課のヨン・ベングトソンからで、たったいま、カール・パルムクローナ氏を発見したそうです」

「発見した？」

「首吊りだそうで」

ヨーナの左右対称な顔が真剣さを増し、その目が灰色のガラスのように光った。

「パルムクローナってだれだい？」ナータン・ポロックが尋ねる。「聞いたことのある名前だが」

「戦略製品査察庁、略称ＩＳＰの長官ですよ」トミー・クフードがすかさず答えた。「スウェーデンの武器輸出を取り仕切ってる」

「ＩＳＰの仕事はすべて機密扱いではなかったのかね？」カルロスが尋ねる。

「そうです」とクフードが答えた。

「それなら、公安警察に任せるのが筋だろう」

「しかし、これから行くとベングトソンに約束したので」とヨーナは答えた。

「どうもつじつまが合わないそうなんです」

「というと？」

「実は……いや、まず自分の目で確かめなければ」

「こりゃ面白そうだ」とトミー・クフードが言った。「いっしょに行ってもいいかい？」

「かまいませんけど」

「それなら私も行こう」ナータン・ポロックがすばやく言った。

カルロスは、会議はまだ終わっていない、と言おうとしたが、すぐに無意味だと気づいた。三人は日差しあふれる会議室を離れ、涼しい廊下へ出ていった。

6

死の経緯

二十分後、ヨーナ・リンナ警部は黒のボルボをストランド通りに停めた。その後ろに、シルバーグレーのリンカーン・タウンカーが停まった。ヨーナは車を降り、殺人捜査特別班のふたりを待った。そして連れ立って角を曲がり、グレーヴ通り二番地の表玄関をくぐった。

きしむ古いエレベーターで最上階へ向かう途中、トミー・クフードがあいかわらずのぶっきらぼうな調子で、これまでにわかっていることは、とヨーナに尋ねた。

「戦略製品査察庁から、カール・パルムクローナ長官が職場に来ないと通報がありました」とヨーナは語った。「家族はなく、同僚ともプライベートな付き合いはまったくなかったらしいです。いずれにせよ、とにかく姿を見せないというので、警備課が調べてみることになりました。それでヨン・ベングトソンがパルムクローナ宅に来て、本人が首を吊ってるのを発見して、ぼくに電話をかけてきたんです。他殺じゃないかと思う、すぐに見にきてほしい、って」

ナータン・ポロックが日焼けした顔をしかめた。

「なぜ他殺だと？」

エレベーターが停まり、ヨーナは引き戸を開けた。ヨン・ベングトソンは、パルムクローナ宅の玄関外に立っていた。ペーパーバックをポケットにしまい、ヨーナと握手を交わす。

「こちらは、殺人捜査特別班のトミー・クフードとナータン・ポロック」とヨーナが言った。

彼らは静かに握手を交わした。

「私が来たとき、玄関の鍵はかかってませんでした」とヨン・ベングトソンは語った。「音楽が聞こえて、いくつもある広い部屋のひとつで、パルムクローナ氏が首を吊ってるのを見つけたんです。これまでに首吊り自殺の遺体を下ろしたことは何度もありますが、今回は……とても自殺とは思えないし、パルムクローナ氏の社会的な地位を考えると……」

「電話をくれたのは正しい判断だった」とヨーナが言った。

「死体はもう調べたのか？」トミー・クフードが険しい声で尋ねる。

「いいえ、部屋に足を踏み入れてすらいません」

並べはじめた。

「よし」クフードはそうつぶやくと、ヨン・ベングトソンとともに、足場となる板を床に並べはじめた。

やがてヨーナとナータン・ポロックも廊下に入ることを許された。ヨン・ベングトソンは青いソファーのそばで待っていた。かすかに開いている両開きの扉を指差す。扉の向こうは明るい部屋だ。ヨーナは板の上を進み、扉を軽く押して大きく開けた。

温かな太陽の光が、ずらりと並んだ背の高い窓からあふれんばかりに差し込んでいる。カール・パルムクローナは、広々とした部屋の中央にぶら下がっていた。淡い色の背広を着て、夏用のコートをはおり、薄手の革靴を履いている。蒼白い顔の上を、目や口角のまわりを、蠅《はえ》が這い、小さな黄色い卵をいくつも産みつけている。床の尿溜まりや、質の良さそうな鞄のまわりでも、蠅が飛びまわっている。細い物干しロープのせいで、パルムクローナの喉は深く切れていた。ひもが食い込んだ部分が赤黒くなり、血がにじんでシャツの内側に流れ込んでいる。

「まさに処刑だな」トミー・クフードはそう言うと、鑑識用の手袋をはめた。

その声や顔から、不機嫌そうなようすがまたたく間に消えた。クフードは笑みをうかべながらひざまずき、天井からぶら下がった遺体の写真を撮りはじめた。

「頚椎《けいつい》損傷が見つかるだろうね」ポロックがそう言って指差した。

ヨーナは天井を見上げ、それから床を見下ろした。

「見せしめというわけだ」クフードが熱心に続け、遺体に向かってフラッシュをたいた。

「犯人は殺人を隠そうとしていない。むしろ、なにか言いたがっている。メッセージを伝えようとしている」

「私もそう思いました」ヨン・ベングトソンが勢い込んで言った。「部屋は空っぽで、踏み台にする椅子や脚立もありませんし」

「問題は、そのメッセージがなんなのか」トミー・クフードはカメラを下ろし、目を細めて遺体を見つめた。「首吊りといえば裏切りだ。イエスを裏切ったイスカリオテのユダ……」

「ちょっと待った」ヨーナがそっと口をはさんだ。

三人は、彼がなにやら床を指し示しているらしいのを目にした。

「どうした？」ポロックが聞く。

「自殺だと思います」とヨーナは答えた。

「典型的な自殺だね」トミー・クフードが妙に大きな声で笑った。「翼が生えて、天井まで飛んでいって……」

「鞄ですよ」とヨーナは続けた。「鞄を縦に置けば届く」

「しかし、さすがに天井までは届かないだろう」ポロックが反論する。

「あらかじめロープを掛けておけばいいんです」

「たしかにそうだが、考えにくいと思うぞ」

ヨーナは肩をすくめてつぶやいた。

「音楽と、ロープの結び目を考えても……」

「鞄を見てみようか？」ポロックが真剣な声で言った。

「先に手がかりを確保させてください」クフードが言う。

三人は、トミー・クフードが背の低い体をかがめて床を這うように進み、ゼラチンを薄く塗った黒いプラスチックシートを床に広げるのを見守った。クフードはそれからゴムローラーを使ってゼラチンシートをそっと押した。

「袋と梱包材を取ってくれませんか？」と言いながら、仕事道具の入った鞄を指差す。

「段ボールかい？」ポロックが尋ねた。

「そうです」クフードはポロックが投げてよこした袋を受け取った。

そして床に残された生物学的痕跡を採取すると、ナータン・ポロックを部屋に招き入れた。

「鞄の向こう側の端に、靴跡が見つかるはずですよ」とヨーナが言った。「鞄が向こう側に倒れて、遺体は斜め後ろから前に振れた」

ナータン・ポロックは黙ったまま革製のブリーフケースに向かい、ひざまずいた。手を伸ばすと、白髪混じりの長髪が上着の肩にかかった。鞄を縦に立ててみると、黒い革に、薄い灰色の靴跡がくっきりと見えた。

「ほら、ぼくの言ったとおりだ」ヨーナが言う。

「なんてこった」トミー・クフードが感心したようすでヨーナを見やり、疲れた顔でにっこりと笑いかけた。

「自殺か」ポロックがつぶやく。

「少なくとも、形のうえでは」とヨーナが言った。

彼らはじっと立ちつくし、天井から下がった遺体を見つめた。

「ということは、つまり」クフードはまだ笑みをうかべている。「軍需品の輸出を取り仕切ってる人物が自殺した、それだけの事件か」

「われわれの管轄じゃないな」ポロックがため息をついた。

トミー・クフードが手袋をはずしてから、遺体を指し示した。

「ヨーナ？　さっき、音楽と結び目がどうのと言っていたが、あれはどういうことだ？」

「ロープはいわゆる二重継ぎで結んであります」とヨーナは言い、フックにくくりつけられたロープの結び目を指差した。「パルムクローナ氏は長いこと海軍にいたから、こういう結び目を知っていても不思議じゃない」

「音楽は？」

ヨーナはなにか言いかけたが、ふと口をつぐみ、物思わしげな表情でクフードを見つめた。

「あの音楽、あなたはどう思います?」

「さあな。バイオリンソナタだね。十九世紀初めか、あるいは……」

クフードは不意に黙り込んだ。呼び鈴が鳴ったのだ。四人は顔を見合わせた。ヨーナが廊下に向かって歩き出す。ほかの三人もそのあとを追ったが、階段室から姿が見えないよう、居間で立ち止まった。

廊下を抜け、玄関にたどり着いたヨーナは、ふと動きを止め、のぞき穴で外を確認しようかと考えたが、やめた。手を伸ばし、扉の取っ手を下げたとき、鍵穴を通り抜ける空気を感じた。重い扉がすっと開いた。階段室は薄暗い。電灯は一定の時間が過ぎると自動的に消えるようになっているうえ、窓ガラスは赤褐色で、弱々しい光しか入ってこないからだ。ふと、ゆっくりとした息遣いが聞こえてきた。すぐそばで、だれかが息をしている。身を隠しているだれかの、かすれた、苦しげな呼吸。ヨーナはピストルに手を這わせながら、開いた扉の後ろを慎重にのぞき込んだ。蝶番《ちょうつがい》部分のすき間から漏れた光の筋の中に、背の高い、大きな手をした女が立っていた。歳は六十五歳といったところか。身動きひとつせず、じっと立っている。肌色の大きな絆創膏《ばんそうこう》が頬に貼ってある。白髪の混じった髪を、少女じみた短いおかっぱにしている。女はヨーナの目をまっすぐに見つめた。笑みをうかべるようすはまったくなかった。

「もう下ろされました？」と女は尋ねた。

7

頼りになる人

ヨーナの予測では、一時からの殺人捜査特別班とのミーティングには間に合うはずだった。

ユールゴーデン島のローセンダール庭園で、ディーサと昼食を取るだけの予定だったからだ。到着したのが早すぎたので、ヨーナはしばらく日溜まりに立ち、小さなブドウ園を覆っている靄を眺めた。やがて布製のバッグを肩にかけたディーサが歩いてくるのが見えた。知性をたたえた面長の顔に、夏が近づくと増えるそばかすが見える。いつもは二本の無造作な三つ編みにまとめている髪を、珍しく肩にふわりと下ろしている。小さな花柄のワンピースに、ウェッジヒールの夏らしいサンダルを合わせた、洒落た格好だ。

ふたりはそっと抱擁しあった。

「やあ。とっても素敵だよ」

「あなたも」

ビュッフェの食事を取り、野外のテーブルについた。ディーサが爪にマニキュアを塗っていることにヨーナは気づいた。考古学者のディーサはたいてい、土で汚れた爪を短く切りそろえているのだ。ヨーナの視線は彼女の手を離れ、果樹園のほうをさまよった。

ディーサは食事を始め、食べものをほおばったまま話した。

「クリスティーナ女王がね、クールラント公爵からヒョウをプレゼントされたんですって。ここユールゴーデン島で飼っていたそうよ」

「それは知らなかった」ヨーナは穏やかに言った。

「王宮の帳簿を見たら、ヒョウに咬み殺された召使いの葬式手当に、勘定所がダーレル銀貨四十枚を払った、っていう記録があったわ」

ディーサは背もたれに体をあずけ、グラスを手に取ると、言った。

「もっとなんかしゃべってよ、ヨーナ・リンナ」

「ごめん……」

ヨーナはそれだけ言って黙り込んだ。すべてのエネルギーが急に体の中から消えていく気がした。

「どうしたの？」

「頼む、ヒョウの話を続けてくれ」

「悲しいの……？」

「母さんのことを思い出してね……亡くなってから一年なんだ。昨日が命日だった。墓参りに行って、白いアヤメを置いてきたよ」

「ほんと、寂しくなったわね」

ディーサはナイフとフォークを置き、しばらく黙り込んだ。

「最後に会ったとき、お母さんったらなんて言ったと思う？　わたしの手を取って、〝ヨーナを誘惑して、子どもを作っちゃいなさい〟って」

「母さんらしいな」ヨーナは笑った。

太陽の光がグラスに反射してきらめき、ディーサ独特の、ほの暗い瞳の中で戯れた。

「それは無理だと思う、って答えたら、〝じゃあ、ヨーナのことは忘れなさい。振り返っちゃだめ。後戻りしちゃだめ〟って」

ヨーナはうなずいたが、なんと言っていいのかわからなかった。

「でも、そうしたら、あなたはひとりぼっちね」とディーサは続けた。「一匹狼ならぬ、一匹フィンランド人」

ヨーナは彼女の指を撫でた。

「嫌だな」

「なにが？」

「ひとりぼっちになることだよ」彼は穏やかに言った。「きみといっしょにいたい」

「わたしはね、あなたに咬みつきたいわ。しかも、かなり強くね。どうしてかしら？　あなたを見ると歯がうずくのよ」ディーサは笑いながら言った。

ヨーナは手を伸ばして彼女に触れた。このままではカルロス・エリアソンと殺人捜査特別班とのミーティングに遅刻するとわかっていたが、それでもディーサと向かいあって座り、とりとめのない話を続けた。あとで北欧民俗博物館に行って、サーミ人の花嫁の冠を見てこよう、と考えながら。

＊

ヨーナ・リンナを待っているあいだ、カルロス・エリアソンは殺人捜査特別班に対し、ストックホルム群島を漂流していたクルーザー内で若い女性の遺体が見つかった件を報告した。ベニー・ルビーンは議事録に、捜査は急を要しない、海上警察による調査の結果を待つこと、と書いた。

ヨーナは遅れて到着したうえ、席についてまもなく、警備課のヨン・ベングトソンから電話がかかってきた。ベングトソンとは昔からの知り合いで、十年以上前からフロアボールで何度も対戦している。感じのよい男だが、ある日前立腺がんと診断されて以来、友人のほとんどを失った。現在はすっかり回復しているが、人間の前に厳然と立ちはだかる死の力を実感したことのある人が往々にしてそうであるように、彼もまた、どことなく儚《はかな》い雰囲気を漂わせ、わだかまりめいたものを抱えているように見えた。

ヨーナは会議室の外の廊下で、ヨン・ベングトソンのゆっくりとした口調に耳を傾けた。激しいストレスの直後に訪れる急激な疲れが、その声ににじんでいた。たったいま、戦略製品査察庁の長官が自宅で首を吊って死んでいるのを見つけた、と彼は語った。

「自殺？」とヨーナが尋ねる。

「いいえ」

「他殺なのかい？」

「とにかく来てもらえませんか？　わけがわからないんです。遺体が宙に浮いてるんですよ、ヨーナ」

*

ヨーナがナータン・ポロックとトミー・クフードとともに、これは自殺であるとの見方を固めた直後、パルムクローナ宅の呼び鈴が鳴った。階段室の暗闇の中に、背の高い女が立っていた。食料品の入った袋を大きな両手に持っている。

「もう下ろされました?」と彼女は尋ねた。

「下ろす?」ヨーナが繰り返す。

「パルムクローナ長官ですよ」女はこともなげに言った。

「下ろす、というのは、どういうことですか?」

「まあ、すみません。私はただの家政婦で、てっきり……」

女はこの展開に困惑したらしく、階段を下りていこうとしたが、ヨーナが最初の質問に答えた瞬間、はたと歩みを止めた。

「まだ下がったままです」

「そうですか」女はそう言い、ヨーナのほうを向いた。その顔はまったくの無表情だった。

「今日、パルムクローナ氏が首を吊っているのを見たんですか?」

「いいえ」

「もう下ろしたかと尋ねたのはなぜです? なにかあったんですか? なにか、変わったことを目撃したとか?」

「小さいほうの客間で、ランプをかけるフックからひもが下がっていました」

「ひもを見たんですね?」

「もちろんですとも」

「パルムクローナ氏がそのひもを実際に使ってしまうかもしれないとは思わなかったんで

すか?」

「死ぬことは悪夢ではない」女は笑みをこらえながら言った。

「なんですって?」

女は答えずにかぶりを振った。

「どんなふうに亡くなったと思いますか?」とヨーナは尋ねてみた。

「ひもが首にかかって締まったんでしょう」女は小声で答えた。

「ひもが首にかかったのはどうして?」

「さあ……手助けがあったのかも」女は不思議そうな顔つきで答えた。

「手助け、というと?」

女が白目をむいたので、ヨーナは彼女が気を失って倒れるかと思ったが、彼女は壁に手をついて体を支え、ふたたびヨーナの目を見つめた。

「手助けをしてくれる、頼りになる人は、至るところにいますから」彼女は弱々しい声で言った。

8

ノーレン

警察本部の屋内プールは静かで、閑散としている。ガラス張りの壁の向こうは暗く、カフェテリアには客がひとりもいない。大きな青いプールの水も、ほぼ静止している。水は底からライトアップされ、その光が壁や天井でゆっくりと揺れている。ヨーナ・リンナは何度もターンを続け、延々と泳いだ。一定のテンポを保ち、呼吸のリズムをコントロールする。

泳いでいるあいだ、さまざまな記憶が意識の中を渦巻いた。あなたを見ると歯がうずく、と言ったときの、ディーサの顔を思い浮かべる。

プールの端にたどり着き、水中で向きを変えて壁を蹴った。いつのまにか泳ぐスピードが上がり、ふと気がついてみると、頭の中で彼はグレーヴ通りにあるカール・パルムクローナのマンションにいた。天井から下がった遺体を、尿溜まりを、顔を這う蠅を、ふたたび眺める。パルムクローナは出かけるための服を身につけていた。コートをはおり、靴もはいていた。それなのに、わざわざ音楽をかけてから首をくっている。

このことから、ヨーナはこれが綿密に計画されたと同時に衝動的な行動でもあるという印象を受けた。自殺の場合、これはけっして珍しい組み合わせではなかった。

泳ぐスピードを上げ、折り返し、さらにスピードを上げながら、突然の呼び鈴を聞き、パルムクローナ宅の廊下を歩き、扉を開ける。そして、階段室の暗闇の中、扉の後ろに隠れていた女、背が高く手の大きな女を目にしたときのことを思い返した。

ヨーナはプールの端で止まり、息をはずませながら、プールサイドの排水溝をふさぐプラスチックの網に両腕を載せて体を支えた。呼吸はまもなく落ち着いてきたが、肩の筋肉に溜まった乳酸の重みが増している。トレーニングウェアを来た警察官の一団が入ってきた。救助訓練用の人形を二体持ち込んでいる。子どもの人形と、肥満体の人を模した人形、それぞれ一体ずつだ。

〝死ぬことは悪夢ではない〟——あの大柄な女は、微笑みながらそう言った。

ヨーナはプールから這い上がった。体の中に奇妙な焦りがある。その正体は自分でもよくわからないが、カール・パルムクローナの死がどうも気になってしかたがない。あのがらんとした明るい部屋が、なぜか絶えずまぶたの裏にうかぶ。けだるそうな蝿の羽音と混じりあうようにして、静かなバイオリン曲が聞こえてくる。

あれは自殺だったとわかっている。国家警察の出る幕ではない、と自分に言い聞かせる。それでも、現場に駆け戻ってもう一度確認したい、まわりを調べ、すべての部屋を見てまわり、なにか見落としていないか確かめたい、という思いは消えなかった。

ヨーナは家政婦と話しているあいだ、この人は混乱しているのだろう、と思っていた。ショックが彼女を濃い靄のように包み込んでいるせいで、彼女は混乱し、疑り深くなり、奇妙で支離滅裂な答えを返しているのだろう、と思っていた。が、いま、別の角度から考えてみる。もしかすると、彼女は混乱していたわけでも、ショック状態にあったわけでもなく、彼女なりに、できるかぎり具体的に、質問に答えていたのではないだろうか？　だとすると、家政婦エディット・シュヴァルツは、カール・パルムクローナがだれかに手助けされてロープをくりつけた、と主張していたことになる。手助けをしてくれる人、頼りになる人がいたのだ、と。つまり、パルムクローナはひとりで自殺したのではなく、別の何者かが手を貸していた、ということだ。

どうもつじつまが合わない。

自分の判断に自信はあるが、感じていることをうまく言葉にできない。

ヨーナは男性用更衣室に入り、自分のロッカーを開けると、携帯電話を取り出し、法医学局の主任法医学者にかけた。

「まだ終わってないよ」ニルス・オレン、通称ノーレンは電話を取るなり言った。

「パルムクローナ氏の件です。とりあえずの印象を聞かせていただけませんか？　もちろん……」

「まだ終わってないんだよ」

「まだ終わってないのは承知してますが」とヨーナは続けた。

「月曜日に来なさい」

「これから行きます」

「五時に家内と待ち合わせして、ソファーを見に行くことになってるんだよ」

「二十五分後にうかがいます」とヨーナは言い、ノーレンがまだ終わっていないと繰り返す間もなく電話を切った。

シャワーを浴び、着替えると、子どもの笑い声や話し声でプールがざわめいていた。警察本部プールでの水泳教室がもうすぐ始まるのだ。

戦略製品査察庁の長官が首を吊って死んでいるのが見つかったという事実が、実際のところどんな意味をもつのか、考えをめぐらせる。スウェーデンの軍需品製造と輸出に関する最終的な決定をすべて下す立場にある人間が、この世を去ったわけだ。

自分がまちがっているとしたら？　パルムクローナが実は殺されたのだとしたら？　まずポロックに話を聞いてから、ノーレンのところに行かなければ、と考える。ポロックとクフードはすでに現場検証の資料を見終わっているかもしれない。

ヨーナは大股で廊下を進み、階段を駆け下りた。助手のアーニャ・ラーションに電話をかけ、ナータン・ポロックが警察本部内にいるかどうか確認してほしい、と告げた。

9

接近戦について

ヨーナは濡れて乱れた髪のまま十一号室の扉を開けた。人質事件と救出作戦に関する特別研修に参加している選り抜きの男女を相手に、ナータン・ポロックが講義をしている部屋だ。

ポロックの後ろの壁に、人体解剖図がプロジェクターで映し出されている。机の上には、小さなシルバーのシグ・ザウエルP238から、四〇ミリ擲弾発射器のついた、ヘッケラー&コッホ社の黒く光沢のないアサルトライフルまで、七種類の銃が並んでいる。

若手の警察官がひとり、ポロックの前に立っている。ポロックはナイフを抜き、体にぴたりとつけて隠し持つと、警察官に走り寄り、その喉にナイフを当てるふりをしてから、研修生たちに向き直って説明した。

「このようにナイフで攻撃することの欠点は、敵が叫ぶ可能性があること、敵の動きをコントロールできないこと、また頸動脈のうち一本しか切れないから、失血死するまでに時間がかかるということだ」

そして若い警察官にふたたび近寄ると、彼の顔に腕をまわし、ひじの内側で口をふさいだ。

「だがこのようにすれば、叫び声を押さえられるし、頭の動きもコントロールできるうえ、ひとつの動きで左右の頸動脈を両方ともかき切れる」

若い警察官を解放してやったポロックは、戸口を入ったところにヨーナ・リンナが立っていることに気づいた。たったいま、敵を押さえ込む技を実演してみせているあいだに入ってきたにちがいない。若い警官は口元をさすり、自分の席に戻った。ポロックは満面の笑みをうかべてヨーナを手招きしたが、ヨーナは首を横に振り、小声で言った。

「ナータン、ちょっと話したいことがあるんですが」

何人かの警察官が振り返ってヨーナを見た。ポロックがヨーナに近寄っていき、ふたりは握手を交わした。うなじに流れた水のせいで、ヨーナの上着にしみができている。

「パルムクローナ氏の家で、トミーが靴跡を採ってましたよね。なにか不審なところはありませんでしたか？」

「急ぎだとは思っていなかったよ」ナータンは小声で言った。「ゼラチンシートで採った靴跡は、もちろん全部写真に収めてあるが、結果を分析するところまでは行っていないんだ。全体像はまださっぱり……」

「それでも、なにか気づいたでしょう」

「写真をコンピュータに取り込んだときに……まあ、パターンのようなものがあったと言えないこともないが、いずれにせよいまの段階では……」

「いいから教えてください。出かけなきゃならないので」

「二種類の靴跡があるようだった。遺体のまわりを回っているような跡だった」

「いっしょにノーレンのところに行きましょう」

「いまから？」

「二十分後に行くって約束してるんです」

「そりゃあ無理だ」ナータンは部屋を指し示してみせた。「だが、携帯電話の電源を入れておくから、質問があれば電話してくれ」

「ありがとうございます」ヨーナはきびすを返して出ていきかけた。

「なあ、ヨーナ……研修生たちにちょっと挨拶しないかい？」

すでに全員が振り返っている。ヨーナは軽く手を挙げてみせた。

「こちらが、さきほど話したヨーナ・リンナ警部」ナータン・ポロックが大きな声で言った。「接近戦について講義してもらおうと説得しているところだよ」

部屋が静まり返る。全員がヨーナを見つめている。

「格闘技についてはきっと、きみたちのほうがよく知ってるだろうね」ヨーナはかすかに笑みをうかべた。「ぼくがこれまでに学んだことはただひとつ……実戦になると、格闘技のルールが急に通用しなくなる、ってことだ。〝技〟じゃない、ただの〝格闘〟になるんだよ」

「みんな、よく聞きたまえ」ポロックが張りつめた声で言い添える。

「実戦では、新たに与えられた条件に順応して、それをうまく利用できる者だけが生き残る」ヨーナは穏やかに続けた。「状況をうまく利用する訓練を積むといい……場所は車の中かもしれないし、どこかのバルコニーかもしれない。部屋には催涙ガスが充満してるかもしれない。床がガラスの破片で覆われてるかもしれない。武器か、武器になりそうなものがあるかもしれない。一連のできごとの始まりかもしれないし、終わりかもしれない。おそらく、力を使い果たしてしまうよりも、さらに仕事を続ける、場合によっては徹夜もできるエネルギーを蓄えておいたほうがいいだろう……つまり、飛び蹴りとか、カッコいい回し蹴りとかを決めてる場合じゃないってことだ」

何人かが笑い声を上げた。

「武器のない接近戦の場合、さっさと終わらせるには、かなりの痛みを我慢しなきゃならないことが多い……まあ、でも、ぼくは専門家ではないので」

ヨーナは教室を去った。警察官がふたり拍手を始めた。ドアが閉まり、教室は静まり返った。ナータン・ポロックはだれにともなく笑みをうかべながら教卓に戻った。

「ほんとうはもっとあとに見せるつもりだったんだが」と言い、コンピュータをクリックしはじめる。「この映像は、すでに古典の域に達している……九年前、ノルデア銀行のハムン通り支店で起きた人質事件だ。強盗犯は二名。ヨーナ・リンナはこの時点ですでに人質を救出し、短機関銃ウジーで武装していた強盗犯の片割れを取り押さえている。かなり激しい銃撃戦だった。もうひとりの強盗犯は身を隠しているが、武器はナイフだけだ。犯人たちは監視カメラにカラースプレーをかけていたが、このカメラだけは見落とした……スローモーションで見ることにしよう。ほんの数秒のできごとだからね」

ポロックがコンピュータをクリックすると、映像が緩やかに動きだした。斜め上から銀行内を映した、粒子の粗い録画映像だ。下端で秒数カウントがゆっくりと進んだ。家具はひっくり返され、書類や伝票が床に散らばっている。ヨーナはピストルを構えて腕を伸ばし、そっと横へ移動している。まるで水中にいるかのようなゆっくりとした動きだ。強盗犯はナイフを持って、金庫に通じる開け放たれたドアの後ろに隠れている。不意に強盗犯が駆け出した。流れるような大股で進む。ヨーナは強盗犯に銃を向け、その胸を狙って引き金を引いた。

「ピストルはカチッと鳴っただけだった」とポロックが言った。「壊れた弾薬が銃身に詰まっていたんだ」

粗い映像がちかちかと点滅した。強盗犯がナイフを手に駆け寄ってきて、ヨーナは後ずさった。なにもかもが不気味な静けさに包まれ、ぼんやりとしている。ヨーナが出した弾倉が床にふわりと落ちた。新たな弾倉を探しているが、間に合わないと気づいて、手中の使えないピストルをくるりと回し、前腕のがっしりとした骨に銃身を沿わせた。

「なにしてるんですか？」女性警官が声を上げた。

「ピストルをトンファーに変えたんだよ」ポロックが説明する。

「トンファー？」

「こん棒のようなもので……アメリカの警官がよく使ってる。届く範囲が広がるし、敵に当たる部分の面積が狭くなるから、殴打の威力が強められる」

ナイフを持った男はヨーナのそばにたどり着いていた。ゆっくりと大股で踏み出す。ナイフの刃が光って半円形の軌跡を描き、ヨーナの胴へ向けられた。もう片方の手が高く上がり、体の回転とともに動いている。ヨーナはナイフに目もくれず、大股で一歩前に踏み出すと、同時にまっすぐパンチを繰り出した。犯人の首、のどぼとけのすぐ下に、ピストルの銃口が命中した。

ナイフが夢遊状態のように回転しながら落ちた。強盗犯はひざまずき、口を大きく開け、喉を手で押さえると、前のめりに倒れた。

10

水死者

ヨーナ・リンナは車に乗り、ソルナのカロリンスカ医科大学をめざしてフレミング通りを走りながら、首を吊ったカール・パルムクローナの遺体、ぴんと張った物干しロープ、床の鞄を思い起こした。

頭の中で、死んだ男のまわりの床に、円を描くふたつの靴跡を加えてみる。

この事件はまだ終わっていない。

ハンドルを切ってクラストランド通りに入り、ソルナ方面へ運河沿いに車を走らせる。木々はすでに実をつけ、運河の水の上に身をかしげて、鏡のような平らな水面に枝を下ろしていた。

家政婦のエディット・シュヴァルツをまた思い浮かべる。細かいところまで、すべて。食料品の入った袋を持つ大きな手に浮かんだ血管。手助けしてくれる、頼りになる人は至るところにいる、と答えたときの彼女のようす。

法医学局はカロリンスカ医科大学の広大なキャンパス内、緑豊かな木々や手入れの行き届いた芝生のただ中にある。レッツィウス通り五番地の、赤いれんが造りの建物。四方を大きな建物に囲まれている。

ヨーナはがらんとした来客用の駐車場に車を進めた。ノーレンの愛車である白のジャガーが、縁石を乗り越え、正面入口脇のていねいに手入れされた芝生の中央に駐められているのが見えた。

受付の女性に向かって手を振ると、彼女は親指を立てて挨拶を返してきた。廊下を進み、ノーレンのオフィスのドアをノックしてから中に入る。オフィスはあいかわらずのシンプルさで、無駄なものがひとつも見当たらない。

ブラインドが下がっているが、それでも薄板のあいだから太陽の光が差し込んでいる。オフィス内の白いものすべてが日差しを受けて輝いているが、つや消し加工をしたスチールの灰色の部分に当たった光は、そのまま薄れて消えている。

ノーレンは縁の白い大きな眼鏡をかけ、白いタートルネックシャツの上に白衣を着ていた。

「外に駐めてあるジャガーに、駐車違反の罰金納付書を置いておきましたよ」

「そうかい」とノーレンは返した。

ヨーナは部屋の中央で立ち止まり、真剣な表情になった。その瞳が暗い銀色に変わった。

「いったいどういうふうに亡くなったんですか？」

「パルムクローナ氏か」

「ええ」

電話が鳴った。ノーレンは検死報告書をヨーナに突き出した。

「それだけなら、わざわざ来ることはなかったのに」と言ってから、受話器を取る。

ヨーナはノーレンの向かい側に置いてある白い革張りの椅子に腰を下ろした。カール・パルムクローナの遺体の司法解剖は終了していた。ヨーナは報告書をめくり、とりとめもなくいくつかの点に視線を走らせた。

74 腎臓の重量は合計で二九〇グラム。表面はなめらか。組織は灰赤色。引き締まった、弾力性のある質感。模様ははっきりしている。
75 尿管の外見に異常なし。
76 膀胱は空。粘膜に血色なし。
77 前立腺の大きさに異常なし。組織に血色なし。

ノーレンは曲がった細い鼻にかかった大きな眼鏡を指で押し上げると、通話を終え、顔を上げた。

「見てわかるだろうが」と言い、あくびをする。「おかしいところはなにもないよ。死因はいわゆる縊死《いし》、平たく言えば窒息死のカテゴリーに入るわけだが……首を吊って亡くなった場合、知ってのとおり、ふつうの意味での窒息ではなく、動脈血流の阻害が原因であることがほとんどだ」

「酸素を含んだ血液の流れが止まって、脳が酸欠を起こすわけですね」

ノーレンはうなずいた。

「左右の頸動脈が圧迫され、動脈が閉塞する。もちろん、あっという間のできごとだ。数秒で意識がなくなり……」

「しかしパルムクローナ氏は、首を吊る直前まで生きていた？」

「うむ」

ノーレンのさっぱりとひげを剃った細面の顔には、陰鬱な表情がうかんでいた。

「落下した距離はわかりますか？」

「頸椎や頭蓋底に骨折の跡がない――したがって、おそらく十センチ強、せいぜい二十センチほどだろう」

「なるほど……」

ヨーナはパルムクローナの靴跡がついた鞄を思い返した。ふたたび検死報告書を開き、ページをめくると、外表検査による所見、喉の皮膚の調査結果、測定された角度などが記されたページを開く。

「どうかしたのかね？」

「ロープで首を絞められてから、その同じロープで天井に吊るされた可能性はあるのかな、と思ったんです」

「それはないよ」

「どうしてですか？」ヨーナがすかさず問いかける。

「どうしてかって？　ロープが食い込んだ線は一本しかなかった。完璧な線だった。人が首を吊ると、ロープやひもが喉に食い込んで皮膚に傷をつける……」

「犯人だってその程度のことは知っていたかも」

「だが、これを装うことは事実上不可能なんだよ……ほら、首吊りの場合、ひもが喉に食い込む傷は、上を向いた矢尻のような形になるだろう。結び目が上にあるから……」

「輪になったロープに体重がかかって圧迫されるからですね」

「そのとおり……同じ理由で、結び目のちょうど反対側の傷がいちばん深くなる」

「つまり、パルムクローナ氏の死因は首吊り以外のなにものでもない、と」

「まちがいないね」

背の高い、痩せ型のノーレンは、下唇をそっと噛んだ。

「むりやり自殺させられた可能性は？」

「少なくとも、力ずくで強要されたとは考えにくいね——そのような痕跡はなかった」

ヨーナは報告書を閉じ、両手で軽くパタパタと叩きながら考えた——パルムクローナの死にほかの何者かが関与しているとほのめかした家政婦の言葉は、支離滅裂なうわごとにすぎなかったのだろうか？ それでも、トミー・クフードが見つけたという二人分の靴跡が、どうしても気になった。

「つまり、死因については百パーセントまちがいない、と？」ヨーナはノーレンの目を見つめた。

「いったいなにを期待していたのかね？」

「これですよ」ヨーナは検死報告書の入ったフォルダーに指を置きつつ、ためらいがちに答えた。「予想どおりだったんですが、それでもなにかが気になってしかたないんです」

ノーレンはかすかに笑みをうかべた。

「報告書を持って帰って、寝る前にでも読むといい」

「そうします」

「しかし、パルムクローナ氏の件は忘れていいと思うよ……まぎれもない自殺だ。これ以上面白くなることはない」

ノーレンの微笑みが薄れ、視線が下へ沈んだが、ヨーナの目は変わらず鋭く、集中していた。

「おそらく、おっしゃるとおりでしょうね」

「うむ」とノーレンは答えた。「私の推測を少し聞かせてやろうか……カール・パルムクローナ氏はうつ状態にあったのだと思う。爪の手入れを怠っていたらしく、ずいぶんと汚れていた。何日も歯を磨いていなかったようだ。ひげも剃っていなかった」

「なるほど」ヨーナはうなずいた。

「なんなら遺体を見ていくかね？」

「いや、その必要はありません」ヨーナは重そうに立ち上がった。

するとノーレンが身を乗り出し、期待のこもった声で話しはじめた。まるでこの瞬間を楽しみにしていたかのようだ。

「今朝、これよりもはるかに面白い件が入ってきたよ。少し時間はあるかい？」

そして椅子から立ち上がり、ヨーナを手招きした。ヨーナは彼のあとについて廊下に出た。水色の蝶が迷い込み、ふたりの前をはためいた。

「あの子は辞めたんですか？」

「あの子？」

「前にここにいた子ですよ、長髪の……」

「フリッぺのことかい？　辞めてなどおらんよ。辞めてもらっては困る。今日は休みをとっているだけだ。昨日、ストックホルム・グローブ・アリーナでメガデスのコンサートがあった。前座はエントゥームドだったそうだよ」

ふたりはステンレス製の解剖台のある薄暗い部屋を横切った。消毒薬のにおいが鼻をつく。そのまま歩きつづけ、法医学局が調べる遺体が冷蔵ボックスに保存されている、ひんやりと涼しい部屋に入った。

ノーレンは扉のうちのひとつを開き、天井灯をつけた。蛍光灯がちかりと点滅してから部屋を照らし出した。壁は白いタイル張りだ。ビニールで覆われた細長い解剖台には、流し台ふたつと排水溝がついている。

台に横たわっているのは、若い、目を見張るほど美しい女性だった。肌はこんがりと日焼けしている。長いつややかな黒髪が豊かにカールし、額や肩に広がっている。ためらいと驚きのまじった表情で、部屋を眺めているようにも見える。

その口元にはどことなく、いたずらっ子のような表情が見え隠れしている。笑い上戸で、いつも笑みをうかべている、そんなようすがうかがえる。

が、大きな黒い瞳に輝きはない。小さな黄褐色の斑点がすでに現われはじめている。ヨーナは解剖台のそばに立って女性を見つめた。せいぜい十九歳、二十歳といったところか。ついこのあいだまで幼い子どもで、両親の家で暮らしていたのだろう。それから女学生になり、大人の階段を上りはじめた。そしていま、彼女は死んでしまった。

女性の胸の上、胸骨を覆う皮膚に、曲線がかすかに見えた。まるで灰色で描かれた微笑む口元のようで、長さは三十センチほどありそうだ。

「この線はなんですか？」ヨーナが指差した。

「わからん。ネックレスか、Tシャツの縁の跡かもしれないね。あとで調べるつもりだ」

ヨーナは生気の失われた体を見つめ、深く息をついた。いつもと同じだ。死という動かしがたい事実を前にすると、憂鬱《ゆううつ》がまるで無色の孤独のように流れ込み、あらゆる感情が押し流される。

生命はなんと儚いのだろう。

女性の手足の爪には、ベージュに近いピンクのマニキュアが塗られている。

「で、この遺体のどこが変わってるんですか？」やがてヨーナが尋ねた。

ノーレンは真剣なまなざしをヨーナに向けた。遺体に向き直った彼の眼鏡がきらりと光った。

「海上警察が運んできた遺体だがね。ストックホルム群島を漂流していたクルーザーの船室で、ベッドに座っているところを発見されたそうだ」

「その時点ですでに死んでいたんですね？」

ノーレンはヨーナの目を見つめた。その声が急に歌うような調子になった。

「この子は水死したんだよ、ヨーナ」

「水死？」

ノーレンはうなずき、うち震えるような笑みをうかべた。

「浮いている船に乗ったまま水死したんだ」

「海で溺れたのをだれかが見つけて、船に引き上げたんじゃないですか？」

「もしそうだとしたら、わざわざきみの時間を無駄にはしないよ」

「どういうことです？」

「体のほかの部分には、水の痕跡がまったくないんだ——念のため、服を分析に送ったが、国立科捜研でも見つからないだろうね」

ノーレンは言葉を切ると、予備的な外表検査の記録をぱらぱらとめくってから、ヨーナをちらりと見やり、彼の好奇心をうまくかき立てることができたかどうか確かめた。ヨーナはじっと立ったままだったが、顔がすっかり変わっていた。なにごとも見逃すまいと、鋭い表情で女性の遺体を見つめている。不意に段ボール箱から新しいラテックス手袋を取り出し、手にはめた。ヨーナが遺体の上に身をかがめ、その腕をそっと持ち上げて観察しているのを見て、ノーレンは満足げだった。

「暴力をふるわれた跡もないんだ」ノーレンはほとんど聞こえないほどの小声で言った。

「不可解としか言いようがない」

11

前部船室にて

問題の大きなクルーザーは、ダーラレーにある海上警察の係留所につながれていた。警察のボート二艘にはさまれて、船体が白く輝いている。

港湾区域を囲む高い鋼のフェンスが開いている。ヨーナ・リンナはゆっくりと車を走らせて未舗装の道に入り、紫色のワゴン車と、ウィンチの錆び付いた荷揚げ機のそばを通り過ぎた。駐車し、車を降りると、徒歩で近づいていく。

ヨーナは頭の中で反芻《はんすう》した——ストックホルム群島でクルーザーが乗り捨てられ、漂流しているのが見つかった。船首の寝室のベッドに、水死した若い娘が座っていた。船は浮いているのに、娘の肺は塩辛い海水でいっぱいになっていた。

離れたところで立ち止まり、クルーザーを眺める。船首がかなり損なわれている。激しい衝突のせいで、船首材に深い傷がいくつも走り、ペンキが剝げ、グラスファイバーの繊維がむき出しになっている。

ヨーナは海上警察のレナート・ヨハンソンに電話をかけた。

「はい、こちらランス」元気な声がした。

「レナート・ヨハンソンというのはきみかい？」

「そうですよ」

「国家警察のヨーナ・リンナだ」

受話器の向こうが静かになった。打ち寄せる波らしき音が聞こえた。

「きみたちが回収したクルーザーだが」とヨーナは言った。「浸水はしてないのかい？」

「浸水ですか？」

「船首が壊れてるだろう」

ヨーナは船に向かって数歩ほど歩きだした。レナート・ヨハンソンが落胆したような声で言う。

「まったくもう、酔っぱらいがボートを壊しちまうたびに小遣いもらえたらどんなにいいか……」

「船を見たいんだが」ヨーナがさえぎる。

「だいたいこういうことですよ」とレナート・ヨハンソンは言った。「どっかの若い連中が……そうですね、セーデルテリエかどこかの連中が、ボートを盗んで、女の子をひっかけて、あちこち乗りまわして、音楽をかけてどんちゃん騒ぎして、しこたま酒を飲んだ。ところがその最中に、船をなにかにぶつけちまった。けっこうな衝撃で、女の子が海に落ちた。連中はボートを止めて戻ってきた。女の子を見つけて甲板に引き上げたはいいが、死んでるとわかってパニックになった。すっかりおびえて、取るものも取りあえず逃げた」

受話器の向こうでレナートが言葉を切った。なんらかの反応を待っているのだ。

「悪くない推理だね」ヨーナはゆっくりと答えた。

「でしょう？」レナートが明るい声で言う。「これで納得してくだされば、ダーラレーまで出向く手間が省けますよ」

「もう遅いな」ヨーナはそう言うと、海上警察のボートに向かって歩きはじめた。

それは戦闘用ボート90Eで、クルーザーの船尾側に係留されている。二十五歳ほどの、上半身裸の日焼けした男が甲板に立ち、電話を耳に当てていた。

「お好きなように」と彼は言った。「いつでも電話して、見学時間を予約してください」

「もう来てるんだ——きみらしき人も見える。海上警察の浅喫水船に乗って、甲板に立ってる……」

「サーファーみたいな男ですか？」

日焼けした男が微笑みながら顔を上げ、胸を掻いた。

「まあ、そう見えないこともないかな」とヨーナは答えた。

ふたりは電話を切り、互いに向かって歩きはじめた。レナート・ヨハンソンは制服の半袖シャツをはおり、ボタンをはめながら乗降用の歩み板に足をかけた。

ヨーナは親指と小指を立ててみせた。サーファーのあいだでよく使われている挨拶のサインだ。レナートは笑みをうかべた。日焼けした顔に白い歯が光った。

「ちょっとでも波が立ったらサーフィンに行くんですよ——だからランスってあだ名がついてるんです」

「なるほどね」ヨーナはそっけなく応じた。

「納得でしょう?」レナートは笑った。

ふたりはクルーザーに近寄り、歩み板のそばで立ち止まった。

「ストレブロ36、ロイヤル・クルーザー」とレナートが言った。「いい船ですが、かなり古くなってますね。登録されている持ち主の名はビヨルン・アルムスコーグ」

「連絡は?」

「まだそこまでは」

ふたりは船首の傷に目を凝らした。さほど時間は経っていないらしく、グラスファイバーの繊維にからみついた藻などは見当たらない。

「鑑識官をひとり呼んだよ——もうすぐ着くはずだ」とヨーナが言った。

「それにしても、熱烈にキスされちゃってますね、この船」

「船が見つかってから、だれが乗り込んだ？」

「だれも」ランスはすかさず答えた。

ヨーナは微笑み、辛抱強いまなざしで答えを待った。

「もちろん、ぼくは乗りましたけど」レナートはためらいながら言った。「相棒のソニーも乗りました。それから、遺体を回収しに来た救急隊員。うちの鑑識官も乗りましたが、保護用の服を着て、踏み板を敷いてました」

「それで全部かい？」

「あとは、発見者のじいさんが」

ヨーナは返事をせず、きらめく水面を見下ろしながら、法医学局のノーレンのところで台に横たわっていた若い娘に思いを馳せた。

「鑑識が壁や床の痕跡を採ったかどうか知ってるかい？」

「床は終わってます。現場の映像も撮ってましたよ」

「じゃあ、乗るとしようか」

埠頭とボートのあいだに、細い、使い古された歩み板が渡されている。ヨーナは船に乗り込むと、後甲板でしばし立ち止まった。時間をかけてあたりを見まわし、まわりにあるさまざまな物体にゆっくりと視線を向ける。まっさらな現場を初めて目にするのは、これが最初で最後だ。目にとまるすべてが決定的な意味をもちうる。靴、ひっくり返ったデッキチェア、バスタオル、日差しで黄ばんだペーパーバック、赤いプラスチックの柄のついたナイフ、ひものついたバケツ、ビールの缶、バーベキュー用の炭の入った袋、ウェットスーツの入った桶、日焼け止めクリームやローションの瓶。

大きな窓から中をのぞくと、そこは操舵席のある居間で、ニス仕上げをした木の内装になっている。ある角度からガラス戸を見ると、太陽の光に照らされて、指紋がいくつも見てとれた。ドアを押し開けた手、閉めた手、船が揺れたときに体を支えた手の跡だ。

さほど広くない居間に足を踏み入れる。午後の日差しがニスやクロムめっきに反射して光っている。マリンブルーの布張りのソファーに、カウボーイハットとサングラスが置いてある。

外では船に波が打ち寄せている。

ヨーナはところどころ傷ついた床に視線を走らせ、船首へ伸びる狭い階段を目で追った。下は深い井戸のように暗い。なにも見えないので懐中電灯をつける。冷たい、小さな光が、つややかに光る傾斜のきつい階段を照らし出した。赤みを帯びた木が湿っぽく光り、まるで体の中のようだ。ヨーナはきしむ階段を下りながら、またあの若い娘に思いを馳せた。

彼女がひとりでこの船に乗っていた、と想像してみる。船首から海に飛び込んだところ、岩に頭をぶつけ、肺に水が入った。それでもなんとか船に戻り、濡れたビキニを脱いで、乾いた服に着替えた。そのあと疲れを感じて、ベッドに下りていったのではないだろうか？　さほど深刻な怪我だとは思わなかったのかもしれない。内出血のせいで脳への圧力がみるみる増しているなどとは、夢にも思わなかったのかもしれない。

だが、そうだとすれば、ノーレンが彼女の体に海水の痕跡を見つけたはずだ。

つじつまが合わない。

ヨーナはさらに階段を下り、簡易キッチンやバスルームを通り過ぎて、広いほうの寝室をめざした。

遺体はソルナの法医学局に移されたが、それでも船内には彼女の死の余韻が残っていた。毎回、同じ感覚にとらわれる。もの言わぬ物たちが、叫び、闘い、沈黙をたたえて、こちらをじっと見つめているような気がするのだ。

不意に船が奇妙にきしんだ。傾いているような気もした。ヨーナはしばらく立ち止まって耳を傾けたが、やがて前部船室へ向かった。

天井近くの小さな窓から夏の光が差し込み、船首の形に沿って作られた、先のとがったダブルベッドを照らしている。死んだ娘はここに座った状態で発見された。開いたスポーツバッグが床に置いてあり、水玉模様のネグリジェがのぞいている。ドアの内側に、ジーンズと薄手のカーディガンが落ちている。ショルダーバッグがフックに掛けてある。

ボートがふたたび揺れ、頭上の甲板をガラス瓶が転がった。

ヨーナは携帯電話のカメラで、さまざまな角度からバッグの写真を撮った。フラッシュの光で、狭い部屋がさらに縮んだ。ほんの一瞬、壁が、床が、天井が、一歩近づいてきたような気がした。

そっとショルダーバッグをフックからはずし、抱えて階段を上がる。体の重みで階段がきしんだ。外から金属のぶつかりあう音が聞こえる。居間に上がったところで、ガラス戸に思いがけない影がさした。ヨーナははっとして、階段の下の暗闇へ一歩後ずさった。

12

異常な死

ヨーナ・リンナは、クルーザーの簡易キッチンと前部寝室へ伸びる暗い階段を二段下りたところで、じっと立ち止まった。この低い位置からは、ガラス戸の最下部と後甲板の一部が見える。埃で汚れたガラスの向こうを影がよぎり、不意に人の手が見えた。何者かがゆっくりと這っている。次の瞬間、エリクソンの顔が見えた。ドアのまわりにゼラチンシートを広げている彼の頬を、汗の粒がつたっている。

ヨーナは寝室で見つけたバッグを携えて居間に上がった。高級木材の小さなテーブルの上でバッグをそっとひっくり返すと、自分のペンで赤い財布をつついて開いた。細かい傷のいくつもついた透明ケース部分に、運転免許証が入っている。目を凝らしてみると、スピード写真のフラッシュに照らされた、真剣な表情の美しい顔が見えた。まるで相手を見上げているかのように、かすかに上半身をのけぞらせている。髪は黒く、カールしている。

法医学局の解剖室で見た娘だとわかった。まっすぐな鼻筋、瞳、中南米の顔立ちだ。「ペネロペ・フェルナンデス」運転免許証の名前を読んだヨーナは、どこかで聞いたことのある名前だな、と思った。

頭の中で法医学局に戻り、タイル張りの部屋で台に横たわった裸体を見つめる。死臭。力の抜けた顔つき。眠りの彼方にある顔。

外に目をやると、日差しの中でエリクソンの巨体が十センチずつ移動している。船べりの指紋を採取するため、刷毛で磁性粉末をはたき、テープで写し取る。濡れた面をそっと乾かしてから、試薬を垂らし、現われた痕跡をカメラに収める。

彼が絶えず大きなため息を漏らしているのが聞こえてきた。ひとつひとつの動きが苛酷な重労働で、最後の力をふりしぼって取り組んでいる、といったようすだ。

ヨーナは目を細めて甲板を見つめた。ひものついたバケツのそばに、スニーカーの片方が見える。下の簡易キッチンから、むっと淀んだじゃがいもの匂いがした。

運転免許証と、その小さな写真に視線を戻す。娘の口を見つめる。唇がかすかに開いている。ふと、なにかが欠けている、と思った。

なにかに気づき、口に出そうとしたのに、なにを思いついたのだったか忘れてしまった、そんな気がした。

ポケットの中で電話が鳴り、ヨーナははっとわれに返った。手に取ってディスプレイを見る。ノーレンからだ。

「もしもし」

「ストックホルム法医学局の主任法医学者、ニルス・オレンだが」

ヨーナは笑みをうかべた。ノーレンとはもう二十年来のつきあいだ。自己紹介などされなくとも声だけでわかる。

「例の若い女性ですが、頭をぶつけた形跡は？」ヨーナは尋ねた。

「ないよ」ノーレンは驚いたようすで答えた。

「海に飛び込んで、岩にでも頭をぶつけたのかと」

「いや、それはないよ――あれは水死にまちがいない」

「確かですか？」ヨーナは食い下がった。

「鼻孔内に泡沫がみられた。喉の粘膜が傷ついていた――激しい嘔吐反応のせいだろう。気管と気管支の両方に気管支分泌物がみられた。肺も水死者特有の外観をしていた。水がたまっていたし、重さも増えていたし……まあ、そういうことだ」

沈黙が訪れた。ヨーナはなにかがこすれる音を耳にした。金属製のカートを押しているような音だ。

「で、用があって電話をくださったんですよね」

「うむ」

「尿から高濃度のテトラヒドロカンナビノールが検出されたよ」

「なんですか?」

「マリファナですか?」

「そのとおり」

「でも、それが死因ではありませんよね」

「もちろんちがうよ」ノーレンは愉快そうに答えた。「ただ、おそらくきみはいまごろ、船上でなにがあったのか推理しているところだろうと思ってね……パズルの一片となる新たな情報を提供することにしたんだ」

「名前はペネロペ・フェルナンデスですよ」

「それはそれは」ノーレンがつぶやく。

「ほかにはなにか?」

「いや」

ノーレンは受話器に向かって息をついた。

「いいから言ってください」

「いや、ただ、これはふつうの死にかたではない、と思っただけだよ」

ノーレンはそれだけ言って黙り込んだ。

「なにか気になることが?」

「ただの勘なんだが……」

「こりゃいいや」とヨーナは言った。「ぼくの口ぐせが伝染りましたね」

「うむ……もちろん、〝モルス・スビタ・ナトゥラリス〟――突然の自然死、という可能性もないわけではない……それを否定する証拠はなにもないんだ。が、もしこれが自然死だとしたら、かなり異常な自然死だと言えるだろうね」

通話は終わったが、ノーレンの言ったラテン語がヨーナの頭の中に残った――〝モルス・スビタ・ナトゥラリス〟。ペネロペ・フェルナンデスの死は謎に包まれている。彼女の遺体は、海の中で発見され、船上に引き上げられたわけではなさそうだ。それなら甲板に横たわっているはずだろう。もちろん、引き上げた人物がペネロペに対していたわりの気持ちを抱いた、とも考えられる。が、それなら居間に運び入れ、ソファーに寝かせればよかったはずだ。

もうひとつ考えられるのは、ペネロペの遺体を引き上げた人物が彼女を愛していた、という可能性だ。だから彼女自身の寝室のベッドに寝かせてやりたいと考えた。

が、ペネロペは座っていた。上半身を起こした状態で見つかったのだ。

ノーレンがまちがっているのかもしれない。船に引き上げられたとき、彼女はまだ生きていて、手助けされながら自分の寝室へ向かったのかもしれない。その時点で、肺がすでに大きく損なわれ、もはや助からない状態だったのかもしれない。本人が、気分が悪いので横になって休みたい、と言った可能性もある。

しかし、だとしたら、なぜ彼女の服に、体に、濡れた跡がないのだろう？

こういうクルーザーには真水のシャワーがあるはずだ、とヨーナは思い、後部船室やバスルーム、簡易キッチンなど、船の残りの部分も調べなければ、と考えた。もっと情報を手に入れないと、全体像は見えてきそうにない。

エリクソンが立ち上がり、その巨体で数歩ほど歩くと、またクルーザー全体がぐらりと揺れた。

ヨーナはふたたび居間からガラス戸越しに外を見やった。ひものついたバケツがまた目にとまった。その横に亜鉛めっきの洗い桶があり、中にウェットスーツが放置されている。船べりに沿って水上スキーが置いてある。ヨーナはバケツに視線を戻した。取っ手に結びつけられたひもを見つめる。亜鉛の洗い桶の丸い縁が太陽の光に照らされ、まるで新月のように光っている。

不意に頭から水をかけられて洗われたような感覚があり、凍てつくほどの明晰さでことの経緯が見えてきた。ヨーナは心臓が落ち着くまでしばらく待ってから、もう一度、事件の流れを自分の中に駆けめぐらせた。そして、まちがいない、と確信した。

ペネロペ・フェルナンデスというあの娘は、洗い桶で水死したのだ。

ヨーナは彼女の胸の皮膚に残っていた曲線を思い起こした。法医学局で見たとき、まるで微笑む口元のようだ、と思った、あの跡だ。

彼女は殺され、船室のベッドに置かれた。

考えの浮かぶスピードが速くなる。血液中をアドレナリンが疾走する。彼女は海水に頭を沈められて水死し、自分のベッドに置かれた。

これはふつうの殺人事件ではない。ふつうの殺人者のしわざではない。

物思わしげな声が頭の中に響きはじめ、またたく間にはっきりとした強い口調になった。その声は、三つの言葉を繰り返していた。ますます速く、ますます強く――離れろ、いますぐ。離れろ、いますぐ。

窓越しにエリクソンの姿が見えた。小さな紙袋に綿棒を入れ、テープで封をしてから、ボールペンでなにやら書き込んでいる。

「やあ、見ぃつけた」エリクソンが笑顔になった。

「降りるぞ」ヨーナが冷静に言う。

「船ってどうも苦手なんですよ、やたらと揺れるから。でも、まだ作業を始めたばかりで……」

「休憩だ」ヨーナが険しい口調でさえぎった。

「どうかしたんですか？」

「いいから来るんだ。携帯電話にはさわるな」

ヨーナはエリクソンを連れて船を降り、離れたところまで行ってから立ち止まった。頬が熱くなり、穏やかさが体の中に広がりはじめる。腿やふくらはぎがずしりと重くなった。

「船に爆弾が仕掛けられてるかもしれないんだ」と静かに言う。

エリクソンはコンクリートの柱礎の端に腰を下ろした。額から汗が流れている。

「なにを言い出すんですか？」

「これはふつうの殺人事件じゃない。もしかすると……」

「殺人事件？　そんな証拠は……」

「いいから聞いてくれ。ペネロペ・フェルナンデスは、甲板の洗い桶に頭を突っ込まれて水死したんだ。まちがいない」

「水死？　いったいどういうことです？」

「洗い桶にためた海水で水死させられたあと、ベッドに運ばれた。犯人はおそらく、船を沈めるつもりだったんだと思う」

「でも……」

「そうすれば……そうすればペネロペの遺体は、浸水した船室で、肺に水のたまった状態で見つかるだけだ」

「でも、船は沈まなかった」

「だから爆弾が仕掛けられてるかもしれないと思ったんだ。なんらかの理由で起爆しなかったけかもしれない、と」

「そうだとしたら、場所は燃料タンクか、簡易キッチンに置いてあるプロパンガスのボンベでしょうね」エリクソンがゆっくりと言う。「とりあえず避難して、爆発物処理班を呼びましょう」

13

再現

同じ日の午後七時、深刻な顔をした男が五人、カロリンスカ医科大学の法医学局十三号室に集まった。ストックホルム群島を漂流していたクルーザー内で女性の遺体が見つかった件について、ヨーナ・リンナ警部が捜査を行ないたいと考え、土曜日にもかかわらず、直属の上司であるペッテル・ネースルンドとイェンス・スヴァーネイェルム首席検事を呼び、この件が殺人事件にほかならないと納得させるため、事件を再現してみせることにしたのだった。

天井の蛍光灯がひとつ点滅し、弱く抑えられた光が真っ白なタイルの壁にちらついた。

「点灯管を換えなきゃならんな」ノーレンが小声で言う。

「たしかに」フリッペが答えた。

壁に寄り添うように立っているペッテル・ネースルンドがなにやらつぶやいた。その幅の広い、力強い顔が、ちかちかと点滅する蛍光灯の光のせいで震えているように見える。イェンス・スヴァーネイェルム首席検事がその隣で、童顔に苛立ちの表情をうかべながら待っている。革のブリーフケースを床に置いても大丈夫か、高価な背広を着たまま壁にもたれても大丈夫か、迷っているようにも見える。

消毒薬の強いにおいが室内に漂っていた。向きを変えられる明るいライトが天井に取り付けられ、その下にステンレス製の台があり、流し台ふたつと深い排水溝がついている。ビニール床は淡い灰色だ。クルーザーにあったのと同じような亜鉛めっきの洗い桶があり、すでに半分ほど水が入っている。ヨーナ・リンナが、床に排水口のある壁の蛇口で何度もバケツに水を汲んでは、桶に注ぎ入れている。

「船の上で水死体が見つかったからといって、犯罪だと考える必要はない気がしますが」スヴァーネイェルムが苛立たしげに言った。

「まったくだ」とペッテルが言う。

「単なる水難事故で、まだ届けが出ていないだけかもしれない」

「肺にたまっていた水は、クルーザーが浮かんでいた海の水と同じだった。が、服にも、体のほかの部分にも、この水の痕跡がほとんど残っていないんだよ」ニルス・オレンが言った。

「それは不思議だ」とスヴァーネイェルム。

「ちゃんとした理由がきっと見つかりますよ」ペッテルが笑みをうかべた。

ヨーナは洗い桶に水を注ぎ終え、バケツを床に置くと、顔を上げ、集まった四人に来訪を感謝した。

「週末ですし、みなさん帰りたいところでしょうが、ひとつ気づいたことがあるので」

「あなたが重要なことだとおっしゃる以上、来るのは当然ですよ」スヴァーネイェルムが愛想良く言い、ようやくブリーフケースを両足のあいだに置いた。

「犯人は問題のクルーザーに乗り込み」ヨーナは真剣な顔で切り出した。「階段を下りて船首側の寝室に向かいました。ペネロペ・フェルナンデスが眠っているのを見て、後甲板に戻り、ひものついたバケツを海に下ろして、後甲板に置いてあった洗い桶に水を張りはじめました」

「五、六回でいっぱいになるな」ペッテルが言う。

「桶がいっぱいになったところで、寝室に下りていってペネロペを起こした。彼女を連れて階段を上がり、甲板に連れて行って、彼女の頭を桶に突っ込んだんです」

「いったいだれがそんなことを？」スヴァーネイェルムが尋ねる。

「まだわかりませんが、一種の拷問だったのかもしれません。水責めという形で……」

「なにかの復讐でしょうか？　それとも、嫉妬とか？」

ヨーナはかすかに首をかしげ、物思わしげな声で言った。

「犯人はただの人殺しじゃありません。もしかすると、ペネロペからなにか情報を得ようとしたのかもしれない。彼女になにかを語らせようとしたか、あるいは認めさせようとした。が、結局はペネロペの頭を水に沈めた。彼女が耐え切れなくなって水を吸い込むまで」

「主任法医学者はどのようにお考えで？」スヴァーネイェルムが尋ねる。

ノーレンは首を横に振った。

「むりやり水死させられたのだとすれば、暴力を受けたあとが体に残っているはずだ。青あざとか……」

「反論はあとにしてもらえますか」ヨーナがさえぎった。「まず、事件がどんなふうに起こったか、ぼくなりに考えたこと、ぼくの頭の中にある事件の流れを、ここで実演させてください。それが終わったら、みんなで遺体を見に行って、ぼくの仮説を裏付ける証拠が残っているかどうか確かめましょう」

「まったく、どうしてマニュアルどおりに仕事できないんだ？」ペッテルがぼやく。

「もうすぐ帰らなきゃならないんですが」スヴァーネイェルムが釘を刺した。

彼を見やったヨーナの明るい瞳に、冷たいグレーの光がちらついた。目元で微笑みが戯れているが、それでもまなざしの真剣さが薄らぐことはなかった。

「ペネロペ・フェルナンデスは殺される前、甲板に座ってマリファナを吸ってました。暑い日だったこともあって、眠くなり、ベッドで休むことにした。そしてデニムジャケットを着たまま眠ってしまいました」

戸口で待っていたノーレンの若い助手を手招きする。

「事件を再現するにあたって、フリッペが手伝ってくれることになってます」

フリッペは一歩前に踏み出し、にっこりと笑みをうかべた。黒く染めた髪が肩の下まで伸び、すり切れた革のズボンは鋲だらけだ。ハードロックバンド〝ヨーロッパ〟の写真をあしらった黒いTシャツの上にデニムジャケットをはおると、きっちりとボタンを留めた。

「見ててください」ヨーナは穏やかに言うと、フリッペの両腕を背中にまわして片手でデニムジャケットの両袖をつかみ、もう片方の手で彼の長髪をがしりとつかんでみせた。

「いま、ぼくはフリッペの動きを完全にコントロールしています。フリッペの体には青あざひとつ残りません」

ヨーナは背中にまわされたフリッペの両腕を持ち上げた。フリッペがうめき声をあげ、前のめりになった。

「お手やわらかに頼みますよ」笑いながら言う。

「被害者に比べると、きみのほうがずっと大柄だが、それでも桶に頭を押し込むことはできると思う」

「手荒な真似はやめなさい」ノーレンが言う。

「髪がぼさぼさになるだけですよ」

「まいったな」フリッペが笑いながら言った。

それはため息に満ちた静かな格闘だった。ノーレンは心配げで、スヴァーネイェルムも気まずそうだ。ペッテルが小さく悪態をついた。ヨーナはフリッペの頭をやすやすと桶に突っ込み、しばらくのあいだ水中に沈めていたが、やがて手を放して後ろに下がった。フリッペがよろめきながら起き上がると、ノーレンがタオルを持って駆け寄り、苛立ちのあらわな声で言った。

「実演などしなくとも、話をするだけでよかったじゃないか」

フリッペが顔や頭を拭き終えると、全員が黙ったまま隣の部屋へ移動した。ひんやりとした空気に重い腐敗臭が漂っている。壁一面に、ステンレス製の冷蔵ケースが縦三段にずらりと並んでいる。ノーレンが十六番を開け、ケースを引き出した。幅の狭い台の上に、若い女性が横たわっている。血色のない裸体の首まわりに、茶色の血管網が見てとれる。ヨーナは彼女の胸骨のあたりにある細い曲線を指差した。

「服を脱いでみてくれ」とフリッペに告げる。

フリッペはジャケットのボタンをはずし、黒いTシャツを脱いだ。彼の胸に、薄いピンク色の跡が残っていた。桶の縁に圧迫された跡。まるで笑みをうかべた口元のようだ。

「なんてこった」とペッテルが言う。

ノーレンが女性の遺体に近寄り、髪の地肌を調べはじめた。ペンライトを取り出し、髪の根元の青白い皮膚に向ける。

「顕微鏡で見るまでもないな。強くつかまれた跡がある」

そしてライトを消し、白衣のポケットに入れた。

「つまり……」とヨーナが言う。

「つまり、きみがやはり正しかったということだ」ノーレンがそう言って拍手を始めた。

「他殺か」スヴァーネイェルムがため息をつく。

「すごいですね」フリッペがそう言いながら、頰に少し流れた黒いアイラインをこすり落とした。

「どうも」とヨーナは答えたが、どこか上の空だ。

ノーレンがいぶかしげに彼を見つめた。

「どうした？　ヨーナ？　なにか気づいたのかね？」

「別人だ」

「えっ？」

ヨーナはノーレンの視線を受け止めると、目の前の遺体を指差した。

「これはペネロペ・フェルナンデスじゃない。だれか別の人です」と言い、スヴァーネイェルムの視線も受け止める。「死んだのはペネロペじゃない。ペネロペの運転免許証を見ました。これは別人です」

「なんと……」

「ペネロペ・フェルナンデスも死んでいるのかもしれない」とヨーナは続けた。「だとすれば、まだ発見できていないということになりますね」

14

夜の宴

ペネロペの心臓は恐ろしいほどに速く打っていた。静かに息をしようとしても、喉を通る空気が震えてしかたがない。ごつごつとした断崖をすべり降りる。湿った苔がこすれて岩肌からはがれた。地面に降り立ってみると、うっそうと茂る針葉樹の枝に囲まれていた。恐怖のあまり体が震えている。地面を這って進み、木の幹にたどり着く。夜の暗さがそこに凝縮されている。ビオラを思い出してうめく自分の声が聞こえた。ビヨルンは枝の下の暗がりにじっと座り、両腕を自分の体に巻きつけて、なにやら繰り返しつぶやいている。

ふたりはこれまで、パニック状態で走りつづけていた。一度も振り返らず、つまずいても転んでも立ち上がり、倒木をよじ登り、脚やひざ、手を擦りむき、それでも必死に走りつづけた。

追っ手がどこまで近づいてきているのか、ペネロペにはもうわからなかった。また姿を見られただろうか？　それとも、あきらめてどこかで待ち伏せしているのだろうか？　逃げはしたものの、ペネロペには逃げている理由がまったくわからなかった。なぜ追われているのか理解できなかった。

もしかすると、なにもかもが単なる誤解なのではないか？　恐ろしい、おぞましい誤解なのでは？

激しい脈がおさまってきた。

気分が悪い。吐き気に襲われたが、ごくりと唾を飲み込んだ。

「ああ、神さま、神さま」彼女はだれにともなく繰り返しつぶやいた。「もうだめ、助けを求めなきゃ、きっともうすぐあの船が見つかって、捜索が始まる……」

「しっ」ビョルンがおびえた目で彼女を黙らせた。

ペネロペの手が震えている。さまざまな映像が頭に浮かんでは消えていく。まばたきをして映像を振り払い、自分の白いスニーカーに、地面に落ちている枯れた針葉に、ビョルンの汚れた血まみれのひざに視線を据えたが、映像はそれでも迫ってきた――ビオラが死んでいる。目をかっと見開いたまま、ベッドの端に座っている。濁ったまなざし。靄がかったような白さ。顔は濡れ、髪も濡れてまっすぐに垂れていた。

海岸にいる男、ビョルンを陸へ呼び寄せている男が妹を殺したのだと、ペネロペはどういうわけか理解した。直感だった。手のうちにあったパズルピースをつなぎあわせ、一瞬にして真相を読み取った。この直感がなければ、自分たちも死んでいたことだろう。

そしてビョルンに向かって叫んだ。もたついたせいで無駄な時間が過ぎ、しかもボートフックの先でビョルンに怪我をさせてしまったが、ともかくも彼を船に乗せることができた。

ゴムボートはカストシェール島を迂回し、目の前に広い海が開けると同時にスピードを上げた。

ペネロペは古い木の桟橋にまっすぐ船を向けると、浅瀬に船底をこすり、船首が柱にぶつかると同時にエンジンを切った。なにかが砕ける音がして、ふたりは横にすべった。そのまま船を降り、なにも持たず、携帯電話すら持たず、パニック状態で逃げ出した。ペネロペは傾斜で足をすべらせ、手をついて体を支えた。ちらりと後ろを見ると、黒服の男がすばやくゴムボートを桟橋に係留しているのが見えた。

ペネロペとビョルンは針葉樹の森に駆け込んだ。並んで走り、木々をかわし、黒々とした岩をよける。裸足のビョルンがとがった枝を踏んでうめき声をあげた。

ペネロペは彼を引っ張った。追っ手はすぐ後ろに迫っている。

なにも考えず、なんの計画もなく、ただひたすら、うっそうと茂るシダやブルーベリーをかき分け、必死で走りつづけた。

ペネロペは走りながら泣いている自分の声を耳にした。自分でも聞いたことのない声だった。

腿が太い枝に激しくぶつかり、ペネロペは立ち止まらざるを得なくなった。呼吸が体を引き裂く。彼女はうめき声をあげると、震える両手で枝を押しのけた。ビョルンが駆け寄ってくるのが見えた。腿の筋肉に痛みがどくどくと脈打つ。ペネロペは前に進み、ふたたびスピードを上げた。後ろからビョルンの足音が聞こえ、彼女は振り返ることなく、うっそうとした森のさらに奥へ分け入った。

人がパニックに陥ると、その人の思考になにかが起こる。というのも、パニックはずっと持続するわけではない——それはときおり砕け、代わりにきわめて理性的な思考が姿を現わす。騒音がぷつりとやみ、沈黙が訪れて、不意に全体像が見えてくる。そしてまた、恐怖がやってくる。思考は短絡的になり、堂々めぐりを繰り返す。頭に浮かぶのは、とにかく逃げたい、追っ手から遠ざかりたい、との思いだけだ。

ペネロペは、人を見つけなければ、と何度も考えた。今夜、このオルネー島には何百人と人がいるはずだ。もっと南の、人家のある場所を見つけ、助けを求めなければならない。電話を借りて、警察に連絡しなければならない。

ふたりは密生した針葉樹のあいだに身を隠したが、やがて恐怖に耐え切れなくなり、さらに先をめざして走り出した。

ペネロペは走りながら、あの男が近くにいる、とふたたび感じた。大股の、すばやい足音が聞こえるような気がした。男はまだあきらめていないにちがいない。早く助けを求めないと、早く人家にたどり着かないと、追いつかれてしまう。

また上り坂になった。ふたりの足元で小さな石が地面からはがれ、坂を転げ落ちた。とにかく、どこかで人を見つけなければならない。人家がすぐ近くにあるはずだ。ペネロペはヒステリーに襲われた。その場で立ち止まり、助けを求めて叫びたくなった。が、それでも前へ、上へ進んだ。

後ろでビヨルンが咳をしている。息がはずんでいる。また咳き込んだ。

もし、ビオラがまだ生きているとしたら？ ほんとうは助けを呼ぶべきだったのだとしたら？ ペネロペの頭の中を恐怖が駆けめぐった。とはいえ、こんなことを想像するのは、真実のほうがはるかにおぞましいからだと、頭のどこかでわかってもいた。ビオラはまちがいなく死んだのだ。が、それでもわけがわからない。巨大な暗闇のようだ。わかりたくない。わからない。わかろうという気にもなれない。

ふたりはまた急な崖をよじ登った。乾いた松の枝や、石、コケモモの茂みをかき分けて進む。ペネロペは両手で体を支えて頂上にたどり着いた。ビヨルンがすぐ後ろに続く。なにか言おうとしているが、息が切れて言葉にならず、ただ彼女の手を引いて頂上を越え、坂を下りはじめた。森はそのまま島の西海岸に向かって傾斜している。暗い木々のあいだに明るい水面が見えた。遠くはない。ふたりは傾斜を下りた。ペネロペが足をすべらせて崖をすべり落ちた。そのまま落ちていき、地面に激突する。自分のひざに口をぶつけた。呼吸を取り戻し、咳き込む。

立ち上がろうとする。どこか折れただろうかと考えた瞬間、不意に音楽が聞こえてきた。人の大声、笑い声も聞こえる。ペネロペは湿った岩壁に手をついて立ち上がった。口元をぬぐい、血にまみれた自分の手を見つめた。

下りてきたビョルンが彼女の手を引き、声のする方向を指差した。パーティーが開かれているのだ。ふたりは手を取りあって走りはじめた。海辺のウッドデッキを囲むトレリスが、色鮮やかなイルミネーションに彩られているのが、暗い木々のあいだから見てとれた。スピードを緩め、あたりを警戒しながら歩きはじめる。

ファールンレッドと呼ばれる伝統的な赤壁の美しい別荘があり、その外で人々がテーブルを囲んでいる。もう夜更けだろうが、空はまだ明るい。食事はとうに終わったらしく、グラスやコーヒーカップがテーブルに残っている。小皿がいくつもあり、ポテトチップスが入っていたらしい空のボウルも見える。

テーブルを囲む人々は、声を合わせて歌ったり、紙パック入りの赤ワインをグラスに注ぎながら会話に興じたりしている。バーベキューグリルの上で、熱を帯びた空気がいまだに震えている。子どもたちはもう床につき、別荘の中で毛布をかぶって眠っているのだろう。ビョルンとペネロペにとって、彼らはまるで別世界の住人のように見えた。みなが明るい、穏やかな顔をしている。彼らを結ぶ自然な絆が、ガラス玉のように彼らを包み込んでいる。

ひとりだけ、その輪に加わっていない人物がいた。少し離れたところに立ち、森のほうを向いている。だれかが来るのを待っているようにも見える。ペネロペははっと立ち止まり、ビヨルンの手を握りしめた。ふたりは地面に伏せ、低いトウヒの木陰に潜り込んだ。ビヨルンはおびえた表情になり、わけがわからないという顔をした。が、ペネロペにはわかっていた。追っ手の男はふたりの足取りを予測し、先回りしてこの別荘で待ち伏せていたのだ。明るい光、宴の音に、ふたりが否応なく惹きつけられるだろうとわかっていた。灯りに引き寄せられるトビケラのように、ふたりがここに来るだろうと察しがついた。だから、ここで待つことにしたのだ。暗い木々のあいだにふたりの姿を探し、森を少し入ったところで襲うつもりだった。パーティー中の人々に悲鳴を聞かれてもかまわない。彼らが勇気を出して森に入るころには、もうなにもかもが終わっているはずだから。

　ペネロペが意を決して顔を上げてみると、男の姿は消えていた。血中に放たれたアドレナリンのせいで体が震えている。追っ手の男はもしかすると、ここで待ち伏せしてもしかたない、と考えたのかもしれない。ペネロペはあたりを見まわした。

　別の方向に走っていったのかもしれない。

どうやらやっと助かったようだ、パーティーをしている人たちのところに下りていって、警察に連絡できる、と思いはじめた瞬間、男の姿がふたたび目に入った。

木の幹に体を寄せて立っている。距離はあまりない。

男は落ち着いた、慎重な動きで、レンズの緑がかった黒い双眼鏡を取り出した。

ペネロペはビョルンの脇でさらに身をすくめた。なにも考えず、ただ駆け出し、ひたすら走りたいという衝動を、ぐっとこらえる。頭の中で、木々のあいだにいる男の姿を、双眼鏡を目に当てている姿を思い浮かべる。あれは赤外線カメラか暗視双眼鏡にちがいない。

ペネロペはビョルンの手をとって引っ張りつつ、身をかがめたまま後ずさった。別荘を離れ、音楽を離れ、後ろ向きに森の奥へ戻る。しばらくしてようやく身を起こす決心がつき、ふたりは駆け足で傾斜を斜めに上った。かつて北ヨーロッパを覆って動いていた一キロ近い厚さの氷床によって、陸地が削りとられてできた、丸みのある傾斜だ。藪を突っ切り、大きな岩の後ろに入り、ささくれた頂きを乗り越える。ビョルンが太い枝をつかみ、慎重に崖をすべり下りる。ペネロペの胸の中で心臓が激しく打った。腿の筋肉が震えている。静かに息をしようとしても、あまりに苦しくてかなわない。ごつごつとした断崖をすべり下りる。湿った苔やシダがこすれて岩肌からはがれた。地面に降り立ってみると、うっそうと茂る針葉樹の枝に囲まれていた。ビョルンはひざ丈の海水パンツしか身につけていない。顔面蒼白で、唇までほとんど真っ白だ。

15

身元確認

主任法医学者ニルス・オレンのオフィスの窓の下で、だれかが外壁に向かってボール当てをしているらしい音がする。彼はヨーナ・リンナ警部とともに黙りこくったまま、クラウディア・フェルナンデスの到着を待っていた。遺体となって発見された娘の身元確認のため、日曜日の早朝にもかかわらず、法医学局に来てもらうことになっているのだ。

ヨーナが彼女に電話をかけ、娘のビオラが亡くなったようだと告げたとき、クラウディアの声は奇妙なほど落ち着いていた。

「いいえ、ビオラは姉のペネロペといっしょに群島へ遊びに行っています」

「ビヨルン・アルムスコーグさんのクルーザーで？」

「ええ、私が勧めたんです。ペネロペに電話して、いっしょに行ってもいいか聞いてみなさい、って。少し旅行でもして気分転換したほうが、あの子のためになると思ったので」

「ほかにだれが同行する予定だったかご存じですか？」

「もちろん、ビョルンが」

ヨーナは黙り込んだ。体の中の重苦しさを払いのけようとしているうちに、数秒が過ぎた。やがて彼は咳払いをし、穏やかな口調で言った。

「クラウディアさん、ソルナの法医学局にいらしていただけませんか」

「どうしてですか？」

そしていま、ヨーナはノーレンの部屋の座りにくい椅子に腰掛けている。ノーレンの結婚式の写真が飾ってあり、その額の下端にフリッペの小さな写真が留めてある。ボールが外壁に跳ね返る、うつろな、孤独な音が、遠くのほうから聞こえてくる。ヨーナはクラウディアとのやり取りを思い返した。遺体で見つかったのが自分の娘かもしれないとようやく理解すると、クラウディアの息遣いが変わった。ヨーナは慎重に状況を説明した――ビオラらしき遺体は、ストックホルム群島に乗り捨てられたクルーザーの中で見つかった、と。

手配したタクシーが、グスタフスベリの連棟住宅へクラウディアを迎えに行っている。あと数分ほどで、ここ法医学局に到着するはずだ。

ノーレンがぼんやりと世間話をしようとしたが、ヨーナが乗ってこないとわかり、やがてあきらめた。

ふたりとも、さっさと終わりにしたいと思っていた。身元確認には例外なく、心を揺さぶられる瞬間がつきまとう。事実がはっきりしたという、身を裂かれるような安堵と、すべての希望が失われたという、ありありとした痛みとが、同じ瞬間に混ざりあうのだ。

廊下から足音が聞こえてきた。ふたりは同時にさっと椅子から立ち上がった。

家族の遺体を目にすると、最悪の懸念が無情にも裏付けられる。が、同時にそれは、家族の死という悲しみを乗り越えるうえで欠かすことのできない、大切なステップでもある。身元確認は一種の解放だ、という主張を、ヨーナは何度も目にしたことがあった。遺体を見てしまえば、愛する者が実は生きていると空想しつづけることはできなくなる。そんな空想をしたところで、あとに残るのは虚しさと失望だけだ。

が、そんな主張は机上の空論にすぎない、とヨーナは思った。死は残酷でしかない。報われることなどありはしない。

クラウディア・フェルナンデスが戸口に立っている。歳のころは六十歳ほど。おびえた表情をしている。涙と不安の跡が顔に残っている。体は凍え、縮んでいる。

ヨーナはやさしく彼女を迎えた。

「よく来てくださいました。ぼくがヨーナ・リンナ警部です。電話でお話ししましたね」

ノーレンは聞き取れないほどの小声で自己紹介し、クラウディアとさっと握手を交わしたが、すぐに背中を向け、ファイルを集めるのに忙しいふりをした。ひどく不機嫌そうな、冷たい態度だが、実はあまりの気まずさに困っているだけなのだと、ヨーナにはわかっていた。

「娘たちに電話してみたんですが、つながらないんです」クラウディアは声にならない声で言った。「どうしてだか……」

「行きましょうか？」まるで彼女の言葉が聞こえなかったかのように、ノーレンが彼女をさえぎった。

三人は黙りこくったままいつもの廊下を歩いた。ヨーナは一歩を踏み出すたびに空気が薄くなっていくような気がした。クラウディア・フェルナンデスは、近づいてくるその瞬間へ、急ぐことなく向かっている。ゆっくり歩いている彼女の数メートル前を、背の高い、鋭く角張ったノーレンの輪郭が、足早に進んでいる。ヨーナは振り返ってクラウディアに笑顔を向けようとした。が、彼女のまなざしに表われたものを受け止めることはできず、思わず視線をそらした――パニック。懇願。祈り。神との駆け引き。

クラウディアをむりやり引きずり込んでいるような感覚に襲われながら、彼らはひんやりとした遺体安置室に入った。

ノーレンが苛立たしげになにやらつぶやいてから、身をかがめ、ステンレス製の扉を解錠し、ケースを引き出す。

若い女性の姿が見えてきた。遺体は白い布に覆われている。半ば閉じられた目には輝きがなく、頬は落ちくぼんでいる。

美しい顔を縁取る髪が、まるで黒い花冠のようだ。

腰のそばに、小さな青白い手がのぞいている。

クラウディア・フェルナンデスの呼吸が速くなった。手を伸ばし、そっと遺体の手に触れると、うめき声をあげてむせび泣いた。体の奥深くから発せられた声。いまこの瞬間、彼女の魂が砕け、崩壊しているかのようだ。

クラウディアの体が震えはじめた。床にひざをつき、生気のない娘の手を口に当てている。

「いや、いや」彼女は泣きながら言った。「神さま、なんてこと、どうしてビオラなの。どうして……」

数歩ほど後ろに立っていたヨーナは、クラウディアの声を聞き、その背中が慟哭に震えるのを見つめた。絶望のむせび泣きが高まり、やがてゆっくりとおさまった。

クラウディアは顔に流れた涙をぬぐい、立ち上がったが、その息はまだ震えていた。

「まちがいありませんか？」ノーレンがぶっきらぼうに尋ねる。「娘さんのビオラ・フェルナンデスさんということで……」

が、その声は途切れ、彼は苛立たしげにさっと咳払いした。

クラウディアはかぶりを振り、指先でそっと娘の頬に触れている。

「ビオラ、ビオリータ……」

そして震える手を引っ込めた。ヨーナはゆっくりと言った。

「ほんとうに、ほんとうにお気の毒です」

クラウディアは倒れそうになったが、壁に手をついて持ちこたえた。顔をそむけ、ひとりつぶやいている。

「土曜日にはサーカスに行こうと思っていたのに。ビオラには内緒にして、驚かせようと……」

三人の視線は、亡くなった娘に、血の気のない唇に、喉に浮かび上がった血管に向けられた。

「お名前はなんだったかしら」クラウディアがぼんやりと言い、ヨーナを見つめた。

「ヨーナ・リンナです」

「ヨーナ・リンナさん」くぐもった声で繰り返す。「ビオラの話をさせてください。この子は目に入れても痛くなかったわ。いつも元気で、明るくて……」

そしてビオラの蒼白い顔を見やると、ふらりと横によろめいた。ノーレンが椅子を引き寄せたが、彼女はかすかに首を横に振った。

「ごめんなさい。なにが言いたいかというと……長女のペネロペは、エルサルバドルでいろいろと恐ろしい目に遭いました。監獄でされたことを思い出すと、ペネロペがどんなにおびえて、泣いて、私を呼んでいたかを思い出すと……何時間も、何時間も泣いていたんです。でも、私は返事すらできなかった。あの子を守ってやれなかった……」

クラウディアはヨーナの目を見つめ、一歩前に踏み出した。ヨーナはそっと彼女を抱きとめた。クラウディアは彼の胸にずしりともたれかかり、息をつき、それから体を離した。ビオラの遺体から視線をそらし、手探りで椅子の背もたれをつかんでから、腰を下ろした。

「私、ずっと誇りに思ってきました……ビオラがここ、スウェーデンで生まれたことを。ピンクのランプが下がった可愛らしい部屋で、おもちゃや人形に囲まれて、学校に行って、『長くつ下のピッピ』を観て……わかっていただけないかもしれないけれど、あの子が一度もお腹をすかせたり、おびえたりせずに済んだということが、私にとっての誇りだったんです。私たちみたいに……私とペネロペみたいに、部屋にだれかが入ってきて暴力をふるわれるような気がして夜中に目を覚ます、なんていう経験をせずに済んだんですから」

そこで言葉を切ってから、ささやき声で続けた。

「ビオラはなんの心配ごともなく、いつも元気で……」

そして前のめりになると、両手に顔を埋め、ゆっくりと涙を流した。ヨーナは彼女の背にそっと手を置いた。

「もう行きます」クラウディアがまだ泣きながら言う。

「急ぐことはありませんよ」

彼女は落ち着いたようすになったが、ふたたび涙で顔がゆがんだ。

「ペネロペとは話しました？」

「まだ連絡が取れていません」ヨーナが小声で答える。

「連絡がついたら、私に電話するよう伝えていただけ……」

クラウディアははっと黙り込んだ。顔からまた血の気が引き、彼女は顔を上げた。

「電話に出ないのは、私が……私が……ひどいことを言ったせいだと思っていたわ。でも、あんなつもりじゃなかった、あんなつもりじゃ……」

「ヘリコプターでペネロペさんとビヨルン・アルムスコーグさんの行方を捜していますが、いまのところ……」

「お願い、ペネロペは生きていると言って」クラウディアはヨーナにささやきかけた。

「ヨーナ・リンナさん、お願い」

ヨーナは顎の筋肉をこわばらせ、クラウディアの背中をさすりながら言った。

「全力を尽くすとお約束し……」

「生きていると言って。生きているはずよね」

「娘さんはかならず見つけ出します」とヨーナは答えた。「かならず見つけ出してみせます」

「ペネロペは生きていると言って」

ヨーナはためらい、クラウディアの暗いまなざしを受け止めた。いくつかの考えが稲妻のように現われて、彼の心臓を貫き、束の間組み合わさってつながった。不意に自分の声が聞こえた。

「ペネロペさんは生きていますよ」

「そうよね」クラウディアがつぶやく。

ヨーナは視線を落とした。わずか数秒前に自分の意識を貫いた考え、ふと気が変わり、クラウディアの長女が生きていると答えるきっかけとなった考えが、いったいなんだったのか、もう思い出せなくなっていた。

16

思い違い

ヨーナは待機していたタクシーへクラウディア・フェルナンデスを送り届け、乗り込む彼女に手を貸した。そのままUターンゾーンで立ちつくし、タクシーが去っていくのを見送っていたが、やがてポケットに手を突っ込んで携帯電話を探しはじめた。どこかに忘れてきたらしいと気づき、急いで法医学局に戻ると、ノーレンのオフィスに駆け込んだ。ネットワーク機器類の中から固定電話を手に取り、机に向かって腰を下ろすと、エリクソンの番号を押し、着信音に耳を傾けた。

「寝かせてくださいよ」とエリクソンは応答した。「日曜日なんですから」

「例のクルーザーにいるんだろう。白状しなさい」

「例のクルーザーに来てます」エリクソンはあっさり白状した。

「ということは、爆弾は仕掛けられてなかったのか」

「爆弾はありませんでしたが、おっしゃるとおりでしたよ。この船はいつ爆発してもおかしくない状態でした」

「というと？」

「ケーブルの絶縁体がひどく傷ついている箇所がありましてね、押しつぶされたような感じなんですが……金属に触れてるわけではないんです、それならヒューズが飛びますからね。でも、とにかく導体がむき出しになってまして……エンジンをかけると、あっという間に過負荷状態になって……やがてアーク放電が起こります」

「それから？」

「アーク放電の温度は三千度以上になりますから、ちょうどこの場所に押し込まれてた古いクッションに引火したでしょうね。その火が燃料タンクの管に燃え移って……」

「そうなるまでに時間はかかるのかい？」

「そうですね……放電が起こるまでには、十分、いや、それ以上かかるかもしれません……けど、それからはあっという間でしょうね——またたく間にあちこち燃え移って、爆発して——たちまち浸水して沈没ですよ」

「つまり、船のエンジンがかかっていたら、すぐ火事になり、爆発が起きたかもしれない、と？」

「ええ、まあ、意図的とはかぎりませんが」

「ケーブルが傷ついていたのはただの偶然で、クッションもたまたまそこに押し込まれていた？」

「可能性はあります」

「でも、偶然だとは思わないだろう？」

「思いません」

ヨーナはユングフルー湾を漂流しているところを見つかった問題のクルーザーに思いを馳せた。咳払いをしてから、考え込んでいるような声で言う。

「もしこれが犯人のしわざだとしたら……」

「ふつうの殺人犯ではありませんね」エリクソンが言い添えた。

ヨーナはこの言葉を頭の中で繰り返した——相手はふつうの殺人犯ではない。ふつうの殺人犯は、たとえあらかじめ犯行を計画していたとしても、犯行に及んでいるときには興奮状態にある。かならず激しい感情が絡んでいるうえ、殺人に狂乱の要素が混じっていることが多い。殺してしまってから手がかりを隠したり、アリバイ工作をしたりするなど、あとから計画がかたちづくられることも珍しくない。だが今回の犯人は、初めから高度な戦略にしたがってことを進めているようだ。

それにもかかわらず、計画が狂った。

ヨーナはしばらく前を見つめていたが、やがてノーレンのメモ帳の一ページ目に〝ビオラ・フェルナンデス〃と書いた。その名を丸で囲み、下に〃ペネロペ・フェルナンデス〃うし。〃ビヨルン・アルムスコーグ〃と記す。女性たちは姉妹だ。ペネロペとビヨルンは恋人どうし。クルーザーの持ち主はビヨルン。ビオラは、いっしょに行ってもいいかと姉に尋ね、出発の直前に船に乗り込んだ。

殺人の動機が明らかになるまでの道のりはまだ長い。ヨーナはさきほど、ペネロペ・フェルナンデスは生きている、と思った。あれは単なる希望的観測でもなければ、クラウディアを励ますための空言でもなく、むしろ予感のようなものだった。が、予感はただの予感でしかなく、それ以上のなにものでもない。去っていこうとする考えをつかみはしたものの、次の瞬間、それは彼の手をすり抜けて消えた。

殺人捜査特別班を支える捜査方式にしたがうなら、疑いの目はただちにビオラの恋人に向けられたことだろう。ペネロペとビヨルンも、クルーザーに乗っていたという理由で被疑者候補とされたかもしれない。アルコールやその他の薬物が絡んでいることはまちがいない、激しい嫉妬が原因で口論になったのだろう、などの推理が展開され、ほどなくレイフ・G・W・ペーション（一九四五～ 犯罪学者、作家）がテレビ番組に出演して、犯人はビオラの身近にいる人物だ、恋人か元恋人である可能性が高い、と語ったことだろう。

ヨーナは犯人が燃料タンクを爆発させようとした事実を思い起こし、その計画の裏に隠された論理をつかもうとした。ビオラは後甲板の洗い桶で水死させられた。犯人は彼女を運び、ベッドに座らせた。

だめだ、あまりにもたくさんのことを一気に考えすぎている、とヨーナは思った。自分にブレーキをかけなければならない。すでにわかっていることと、答えを出すべき問いを、しっかりと整理しなくてはならない。

ふたたびビオラの名を丸で囲み、初めから考え直した。

わかっているのは、ビオラ・フェルナンデスが洗い桶の水に頭を沈められて殺され、前部船室のベッドに運ばれたこと。ペネロペ・フェルナンデスとビョルン・アルムスコーグが行方不明になっていること。

いや、それだけではない。ヨーナはそう考え、メモ帳をめくった。

細かい事実がいくつもある。

彼はメモ用紙に〝凪《なぎ》〟と書いた。

風のない日だった。クルーザーはストールシェール島のそばを漂流しているところを発見された。

船はなにかに激しくぶつかったらしく、船首が傷ついていた。鑑識がおそらく痕跡を確保し、衝突の跡が一致するかどうか調べられるよう、型を取っていることだろう。

ヨーナはノーレンのメモ帳を壁に投げつけ、目を閉じた。

「くそっ《ペルケレ》」フィンランド語でつぶやく。

また、なにかが手をすり抜けていった。たしかに手の中にあったなにかが。重要なことに気づいた感触があり、もう少しでつかめたはずだという気がした。なにかを感じた。理解にかぎりなく近づいていた。が、またつかめずに終わってしまった。

ビオラ、とヨーナは考えた。きみはクルーザーの後甲板で殺された。なのに、どうしてきみの死体は別の場所にあったんだ？　だれがきみを動かした？　犯人なのか、それとも、別のだれかなのか？

甲板でぐったりしているビオラをだれかが見つけたのなら、蘇生措置を施しただろうし、いずれにせよ救急車を呼んだことだろう。それがふつうの行動だ。そして、彼女が亡くなっているとわかり、もう手遅れで、生き返る可能性がないとわかったのなら、甲板に放置しておくのは不憫だと感じ、船室に運び、毛布をかけてやりたいと考えたとしても不思議はない。が、死人というのは重いもので、ふたりがかりでも運ぶのはひと苦労だ。とはいえ居間に運ぶのであれば、さほど労力を要しない。甲板からはわずか五メートルほどしか離れていないし、幅の広いガラス戸を開けて、階段を一段下りればいいのだから。

それなら可能だし、筋が通る。特別な意図がないのであれば。

だが、ビオラを引きずって急な階段を下り、狭い通路を通って、船室のベッドに座らせるのは、筋が通っていない。

そんなことをするのは、船を沈め、彼女が自室で溺死したように見せかける意図がある場合だけだ。

「そうだ」とヨーナはつぶやき、立ち上がった。

窓の外に目をやる。青みがかった甲虫が白い窓枠を這っている。視線を上げると、自転車に乗った女性が木々のあいだに消えていくのが見えた。そのとき突然、ヨーナはつかめずにいたパズルピースに思い至った。

ふたたび腰を下ろし、机をコツコツと叩く。

船上で遺体となって見つかったのはペネロペではなく、妹のビオラだ。が、ビオラが座っていたのは、ビオラのベッドではなかった。彼女が泊まる予定の客用船室ですらなかった。前部船室の、ペネロペのベッドで見つかったのだ。

犯人もぼくと同じ思い違いをしたのかもしれない、とヨーナは考えた。背筋に悪寒が走った。

〝犯人は、ペネロペ・フェルナンデスを殺したと思い込んだのだ〟

だから彼女を前部船室のベッドに座らせた。

そうとしか考えられない。

ということは、ペネロペ・フェルナンデスとビョルン・アルムスコーグは、ビオラの死に関与していないことになる。このふたりが犯人なら、まちがってペネロペのベッドにビオラを座らせるわけがない。

オフィスのドアがばたんと開き、ヨーナははっとわれに返った。ノーレンが背中でドアを押して開けたのだ。長方形の大きな段ボール箱を抱え、後ろ向きにオフィスに入ってきた。箱の前面に大きな炎が描かれ、〝ギターヒーロー〟の文字が見える。

「フリッペといっしょにこのゲームを始めようかと……」

「静かに」とヨーナがさえぎった。

「どうかしたのかね?」

「なんでもありません。考えなきゃならないことがあるだけです」早口で答える。

ヨーナは椅子から立ち上がると、それ以上なにも言わずにオフィスをあとにした。受付の女性が目を輝かせ、ヨーナになにか話しかけたが、彼は耳を貸さずにロビーを通り過ぎた。そのまま朝の日差しの中に出ていくと、駐車場脇の芝生の上で立ち止まった。

第四の人物。姉妹と知り合いでない第四の人物が、ビオラを殺したのだ。犯人はビオラを殺したのに、ペネロペを殺したと思い込んだ。ということは、ビオラが死んだとき、ペネロペはまだ生きていたということだ。そうでなければ、まちがえるはずがない。

ペネロペはいまも生きているかもしれない。もちろん、群島のどこかで——どこかの島か、あるいは海の底で、遺体となって横たわっている可能性もないわけではない。が、まだ生きている望みはある。生きている可能性はじゅうぶんにある。生きているのなら、ほどなく見つかるはずだ。

ヨーナは大股で車に向かったが、次にどこに行けばいいのかよくわからなかった。車の上に携帯電話が置いてある。車の鍵をかけたときにうっかり置きっぱなしにしてしまったのだろう。すっかり熱を帯びた電話を手に取ると、アーニャ・ラーションに電話をかけた。応答がない。車のドアを開け、運転席に座り、シートベルトを締めたが、そのまま身動きせず、自分の推理に誤りがないかどうか確かめた。

空気はむっと淀んでいたが、駐車場脇のライラックの垣根からあふれる濃厚な香りのおかげで、法医学局の遺体の腐敗臭がようやく鼻から消えてくれた。

手の中で電話が鳴った。ディスプレイを見てから応答する。

「ちょうどあなたのお医者さんと話してたんです」とアーニャが言った。

「どうしてきみが？」ヨーナは驚いて尋ねた。

「ヤヌシュ先生の話だと、先生のところに行くのをさぼってるそうじゃないですか」

「時間がなかったんだ」

「薬はちゃんと飲んでるでしょうね？」

「あれ、不味《まず》いんだよ」ヨーナはふざけて言った。

「冗談は抜きにして……心配だからって、先生のほうから電話くださったんですよ」

「こっちから電話するよ」

「いまの事件が解決したら、ですか？」

「紙とペン、そっちにある？」

「わたしのことならご心配なく」

「クルーザーで見つかった女の子の名前は、ペネロペ・フェルナンデスじゃないんだ」

「ビオラ・フェルナンデスだったんでしょう。知ってますよ。ペッテルに聞きました」

「そうか」

「つまり、あなたはまちがっていた」

「そうだね……」

「認めなさい」アーニャは笑いながら言った。

「ぼくはいつもまちがってばかりだ」ヨーナは小声で答えた。

しばしの沈黙が下りた。

「笑いの種にしちゃいけなかったかしら？」アーニャがおそるおそる尋ねる。

「あのクルーザーとビオラ・フェルナンデスについてはなにかわかった？」

「ビオラとペネロペは姉妹で、ペネロペとビヨルン・アルムスコーグは四年前から、まあ俗に言う恋人関係にあるそうです」

「なるほど、思ったとおりだ」

「そうですか。続けましょうか？　それとも、わたしの情報なんかもう要らない？」

ヨーナは答えず、ヘッドレストに頭をあずけた。フロントガラスがなにかの木の花粉で覆われているのが見えた。

「ビオラはもともと、クルージングに同行する予定ではなかったそうです」とアーニャは続けた。「その日の朝、恋人のセルゲイ・ヤルシェンコと喧嘩して、泣きながら母親に電話したそうです。それで母親が、いっしょにクルージングに行ってもいいかペネロペに聞いてみなさい、と勧めたんです」

「ペネロペについてはなにかわかった？」

「いいえ、被害者のビオラ・フェルナンデスの調査を優先したので……」

「でも、犯人はペネロペを殺したつもりだったんだ」

「ちょっと待って。なんですって？」

「思い違いをしたんだよ。沈没事故に見せかけて、犯行を隠そうとした。が、ビオラを姉のペネロペのベッドに座らせるというミスを犯した」

「なぜなら、ビオラのことをペネロペだと思っていたから」

「ペネロペ・フェルナンデスについてなにもかも知りたい。それから……」

「彼女、わたしの憧れの人ですよ。平和活動家で、住所はサンクト・パウル通り三番地」

「インターネット経由で、ペネロペとビョルン・アルムスコーグの捜索命令を出してある。海難救助隊がヘリコプター二機でダーラレー付近を捜してるけど、海上警察と協力して捜索隊を組んだほうがいいと思う」

「進捗状況をチェックします」

「ビオラの恋人と、遺体を見つけた漁師のビル・ペーションにも話を聞かなくては。それから、クルーザーの鑑識捜査の結果もまとめなきゃならない。国立科捜研を急かして、さっさと結果を出してもらわないと」

「わたしから電話しておきましょうか？」

「それはエリクソンに頼むよ。あいつなら科捜研にコネがあるから。いずれにせよ、これから会って、いっしょにペネロペのアパートを見に行くつもりだ」

「まるで捜査責任者みたいな口ぶりですね。任命されたんですか？」

17

危険きわまりない男

夏の空はまだ高いが、空気がむっと淀みはじめている。雷雲が生まれつつある気配だ。ヨーナ・リンナとエリクソンは老舗の釣具店の前に車を駐めた。昔からずっと、旧市街の北の水路でいちばん大きな鮭を釣った人の写真を、週ごとに貼り出している店だ。

電話が鳴り、ヨーナはディスプレイを見た。クラウディア・フェルナンデスからだ。歩道の端に退き、建物の外壁に沿ってできた細い影の中に入ってから、電話に出る。

「いつでも電話してかまわないっておっしゃいましたよね」クラウディアは弱々しい声で言った。

「ええ、かまいませんよ」

「だれにでもそうおっしゃってるんだろうって、わかってるんですけど……娘のペネロペのことなんですが……なにかわかったら、すぐに知らせてほしいんです。たとえ、娘が……

……」

クラウディアの声がそのまま消え入った。

「もしもし？　フェルナンデスさん？」

「もしもし。ごめんなさい」ささやき声が聞こえた。

「ぼくは刑事なので……今回のできごとになんらかの犯罪が絡んでいるのかどうかを調べるのが仕事です。ペネロペさんを捜しているのは海難救助隊です」

「いつ見つかりますか？」

「まずはヘリコプターで周辺を調べます……それと並行して、地上での捜索活動も準備しますが、そちらは少し時間がかかるので……先にヘリコプターで捜すんです」

クラウディアが涙をこらえようとしているのがわかった。

「どうしたらいいかわからないんです、私……もし私にできることがあったら教えてください。ペネロペの友だちに聞いてまわるとか」

「ご自宅にいていただくのがいちばんいいと思います。ペネロペさんから連絡があるかもしれないし、そうしたら……」

「連絡してくるはずないわ」

「そんなことは……」

「昔からずっと、ペニーにはひどく厳しく接してきたんです。どういうわけか苛々《いらいら》してしまって……でも、あの子を失いたくない。失うわけにはいかない……」

クラウディアは電話に向かって泣き出したが、気持ちを落ち着けようと努め、やがて早口で謝ってから電話を切った。

釣具店の向かい側に、ペネロペ・フェルナンデスの住むサンクト・パウル通り三番地がある。ヨーナはエリクソンのもとへ向かった。エリクソンは、日本語の文字やマンガ風のイラストがところ狭しと飾られたショーウィンドウの前で待っていた。棚には、頭の大きな、無邪気な顔のネコのぬいぐるみ、ハローキティが数え切れないほど並んでいる。くすんだ茶色の外壁とは対照的に、店の中は驚くほど明るく、きらびやかな雰囲気に包まれている。

「体のわりに頭が大きいですよね」ヨーナが隣で立ち止まると、エリクソンはそう言ってキティを指差した。

「まあまあ可愛いんじゃないか」ヨーナがつぶやく。

「ぼくはちょっとまちがえたな。頭のわりに体ばっかり大きくなっちまった」エリクソンがおどけてみせた。

ヨーナは微笑みながらエリクソンを横目で見やり、幅の広い正面扉を開けると、エリクソンを先に通してやった。階段を上がり、それぞれの扉に掲げられた名前を、暗闇でも見つけやすいように光っている天井灯のスイッチを、ごみがあふれそうになっているダストシュートを見つめる。日差しと埃、軟せっけんのにおいがする。エリクソンは息をはずませながらヨーナの後ろを歩いた。使い込まれてつやが出ている手すりをつかむと、ねじや土台の部分がギシギシと音を立てた。ふたりは同時に三階にたどり着き、顔を見合わせた。体を動かしたせいで、エリクソンの顔が震えている。彼はうなずき、額の汗をぬぐいながら、申しわけなさそうにささやいた。

「すみません」

「今日、蒸し暑いからなあ」

呼び鈴のそばにシールが何種類か貼ってある。反原発のマーク、フェアトレードのロゴ、ピースマーク。ヨーナはエリクソンをちらりと見やった。灰色の目を細め、扉に耳を近づけて耳を澄ます。

「どうしたんですか?」エリクソンが小声で尋ねた。

ヨーナは呼び鈴を鳴らし、耳を傾けた。しばらく待ってから、内ポケットに入れていた箱を取り出す。

「思い過ごしかな」と言いつつ、単純なつくりの錠をそっとこじ開けた。

そして扉を開けたが、考えを変えたのか、中に入ることなく閉めた。ここで待っているようエリクソンに合図するが、なぜそうしたのかは自分でもよくわからない。アイスクリームの移動販売車のメロディーが外から聞こえてくる。エリクソンは不安げな表情であごの下をさすった。ヨーナは両腕に寒気が走るのを感じたが、それでもふだんと変わらず落ち着いたようすで扉を開け、中に入った。玄関マットの上には、新聞や広告に加え、左翼党からの手紙も一通落ちている。空気が淀み、いやなにおいがする。クローゼットの前にベルベットのカーテンが掛かっている。水道管が奥のほうでかすかにざわつき、壁の中でカタカタと音がした。

ヨーナは自分でもなぜかわからないまま、ホルスターに収まっている拳銃に手を伸ばした。上着の下で指先が拳銃に触れる。が、取り出しはしなかった。クローゼットの前に掛かっている、血のように赤い目隠しカーテンを見つめ、それからキッチンの扉に視線を移す。息をひそめ、筋の入ったガラスの先に、居間に続くガラス戸の向こうに目を凝らした。さらに一歩前に踏み出したが、ほんとうはこのアパートを離れたかった。増援を呼ぶべきだという気がしてならない。筋の入ったガラスの向こうでなにかが暗くなった。真鍮製の短い棒がいくつもぶら下がった風鈴が、音を立てずに揺れた。空気中を舞う埃が向きを変え、新たな空気の流れに乗っているのが見えた。

このアパートには、ほかにも人がいる。

ヨーナの心臓の鼓動が速まった。何者かがアパート内を歩いていると感じ、彼はキッチンの扉に目を向けた。それからはあっという間だった。木の床がきしんだ。なにかをカチカチと鳴らしているような、小さくリズミカルな音が聞こえた。キッチンの扉は半開きになっている。最初に動きが見えたのは、蝶番のそばのすき間からだった。ヨーナはまるで地下鉄のトンネル内で電車をよけるかのごとく、壁に体をぴたりと寄せた。廊下の薄暗がりの中を、だれかがすうっとすべるように移動している。背中、片方の肩、片腕しか見えない。人影はすばやく近づいてくると、くるりと回った。かろうじて見えたのは、白い舌のようなナイフだった。それは斜め下からミサイルのように襲ってきた。あまりに意外な角度からだったので、かわす暇はなかった。鋭い刃がヨーナの服を切り裂き、刃先が拳銃に当たった。ヨーナは相手に殴りかかったが、パンチがまったく当たらない。ふたたびナイフが空気を裂く音が聞こえ、ヨーナは飛び退いた。今回、ナイフはほぼ真上から襲ってきた。ヨーナはバスルームのドアに頭をぶつけた。ナイフがドア枠に食い込み、細長い木の破片が削り取られるのが目に入った。ヨーナは足をすべらせて転んだが、体を回転させ、低い位置から床を掃くようにキックを繰り出した。なにかに当たった——敵の足首かもしれない。そのまま回転しながら退き、ピストルを抜くと同時に安全装置をはずした。玄関のドアが開いている。階段を駆け下りる足音が聞こえる。ヨーナは立ち上がり、男のあとを追おうとしたが、ふと立ち止まった。背後から、なにかがうなっているような低い音が聞こえる。ヨーナはその音の正体をたちまち悟り、キッチンに駆け込んだ。電子レンジが動いている。ガラス戸の中でパチパチと音がし、黒い火花が散っている。四つある古いコンロのつまみが最大限まで開かれ、ガスがキッチン内へ噴き出している。時間が妙にゆっくり流れているような感覚に襲われながら、ヨーナは電子レンジに駆け寄った。丸いタイマーがせっせと時を刻んでいる。パチパチという音が大きくなってきた。レンジ内で、殺虫剤スプレーを載せたガラス皿が回転している。ヨーナはレンジのコンセントを引き抜いた。音がやんだ。聞こえるのは、開いたコンロからガスが噴き出す、単調なシューッという音だけだ。ヨーナはつまみを回してガスを切った。化学物質の臭いで気分が悪くなった。キッチンの窓を開け、それからレンジ内のスプレー缶に視線を移した。ひどく膨らんでいて、少しさわっただけでも爆発しそうだ。

ヨーナはキッチンを出ると、アパートのあちこちを足早に見てまわった。どの部屋も空で、荒らされた形跡もない。空気中にはまだガスが充満している。玄関外の階段室で、エリクソンが横になってタバコをくわえている。

「火をつけるな」とヨーナは叫んだ。

エリクソンは笑みをうかべ、疲れきったようすで片手を振ってみせた。

「これ、チョコレートですよ」ほとんど声になっていない。

そして弱々しく咳き込んだ。ヨーナはエリクソンの下の血溜まりに気づいた。

「血が出てる」

「大したことありませんよ」とエリクソンは言った。「いったいどうやったのかわからないけど、アキレス腱をざくっとやられました」

ヨーナは救急車を呼んでから、エリクソンの脇に腰を下ろした。エリクソンの頬から血の気がひき、汗がにじんでいる。かなり気分が悪そうだ。

「立ち止まりもしないで切りつけてきたんですよ……まるで蜘蛛かなにかに襲われたような感じだった」

沈黙が訪れた。ヨーナはキッチンの扉の向こうに見えた動きのすばやさを思い起こした。あんなふうに、目にもとまらぬ速さで、まっしぐらにナイフの刃が向かってきたのは、まったく初めての経験だった。

「ペネロペ・フェルナンデス本人は？　中にいましたか？」エリクソンが息をはずませながら尋ねる。

「いや」

エリクソンはほっとしたような笑みをうかべたが、すぐに真剣な顔になった。

「それなのに、アパートを爆破しようとした？」

「自分の痕跡を消すつもりだったんだろう。あるいは、犯人につながる手がかりを隠滅するつもりだったか」

エリクソンはチョコレートの包み紙を取ろうとしたが、そのままチョコレートごと落としてしまい、しばらく目を閉じた。頬が蒼白を通り越して土気色になっている。

「きみもあいつの顔は見えなかっただろうね」

「見えませんでした」エリクソンが弱々しく答える。

「でも、なにか見ているはずなんだ。いつだって、なにかしら見ているはずなんだ……」

18

火事

救急隊員が、絶対に落としたりしませんから、とエリクソンにまた請け合った。

「自分で歩けるのに」エリクソンはそう言って目を閉じた。

隊員たちが階段を一段下りるたびに、エリクソンのあごが震えた。

ヨーナはペネロペ・フェルナンデスのアパートに戻った。窓を全部開けて換気をしてから、座り心地の良いあんず色のソファーに腰を下ろした。

もしあのままアパートが爆発していたら、おそらく単なるガス爆発事故として片付けられていたことだろう。

記憶の断片が消えることはない、とヨーナは考えた。人が目にしたものは、けっして失われない。奥深いところにしまわれたその記憶を、表面に浮き上がらせるだけでいいのだ――難破船の漂流物が水面に浮かんでくるように。

〝でも、ぼくはいったいなにを見たんだろう?〟

なにも見えなかった。目に入ったのは、すばやい動きと、ほの白いナイフの刃だけだった。

それだ、とヨーナはふと思った。なにも見えなかったんだ。

手がかりとなるものがなにも見えなかったという事実こそ、相手はふつうの殺人犯ではないという直感の裏付けにほかならない。

相手はプロの殺し屋だ。もめごとを処理するトラブルシューター。〝グロブ〟。

すでにそんな予感はしていたが、実際に遭遇してみて、確信が深まった。

廊下で遭遇した男は、ビオラを殺した犯人と同一人物にちがいない。ペネロペを殺し、クルーザーを沈めて、事故に見せかけるつもりだった。そして、このアパートでも同じパターンを繰り返そうとした。そこにヨーナたちが現われたのだ。犯人は、目に見えない存在でありつづけようとしている。人を殺しながらも、警察には犯罪があったことすらわからないよう、自分の行為を隠そうとしている。

ヨーナはゆっくりとあたりを見渡しながら、これまでに気づいたことをまとめ、全体像をつかもうとした。

上の階では、子どもたちが床ででんぐり返しをしているような音がする。ヨーナが爆発前にコンセントを引き抜いていなかったら、子どもたちはいまごろ炎熱地獄のただ中にいたことだろう。

あれほど狙いの確かな、危険な攻撃を受けたのは初めてだ、とヨーナは思った。失踪中の平和活動家、ペネロペ・フェルナンデスの自宅にいたあの男は、彼女と敵対している極右の人物などではあり得ない。極右の連中はたしかに、狡猾で暴力的な事件を起こすこともある。が、あの男は、特殊な訓練を受けたプロにほかならない。スウェーデンの極右グループなど足元にも及ばない、はるかに上のレベルの職業的な殺し屋にちがいないのだ。

〝そんなおまえが、いったいここでなにをしていたんだ？　殺し屋がペネロペ・フェルナンデスになんの用だ？　いったいペネロペはなにに巻き込まれた？　水面下でなにが起こっているんだ？〟

ヨーナは男の動きを思い起こした。予測のつかない動きだった。あのナイフの使いかたは、警察や軍隊で叩き込まれる戦闘や防御のパターンを含め、一般的な自衛パターンの隙をつこうとするものだった。

右腕の下に拳銃を下げていなかったら、最初の一撃は肝臓を貫いていただろうし、そのあと後ろに飛び退いていなければ、次の一撃は頭頂部を直撃していただろう。そう想像すると、体の中がむずむずしてきた。

ソファーから立ち上がり、寝室に入る。きちんと整えられたベッドを、頭側の壁に掛かった十字架を見つめる。

殺し屋はペネロペを殺したと思い込んだ。事故に見せかけるつもりだった……が、船は沈まなかった。

犯行の途中で邪魔が入ったか、あるいはいったん現場を離れ、戻って任務を完了するつもりだったのかもしれない。いずれにせよ、水死した若い女性をクルーザーに乗せて漂流させ、海上警察に発見させるつもりでなかったことはまちがいないだろう。途中で計画が狂ったのかもしれないし、新たな命令を受けたかなにかで、急に計画が変更になった可能性もある。が、ビオラを殺してから一日半が経ったいま、犯人はペネロペのアパートに侵入した。

〝ペネロペのアパートを訪れるなんて、よほどの理由があったにちがいない。そんな危険を冒す気になったのはなぜだ？　このアパートに、おまえとペネロペの、あるいはおまえの依頼人とペネロペとのつながりを示すなにかがあるのか？

おまえはここでなにかをしていた。指紋を消したか、ハードディスクの中身を削除したか、留守番電話に残ったメッセージを消したか、あるいは、なにかを取りに来たか。

いずれにせよ、おまえはなんらかの目的をもってここに現われた。が、ぼくが入ってきたせいで、作業を中断させられたのだろう。

火事を起こして、痕跡を消すのが目的だったのか？

それも可能性のひとつではある〟

いまこそエリクソンが必要なのに、とヨーナは思った。鑑識官なしで現場を調べるわけにはいかない。適切な用具を持っていないし、自力でアパート内を調べまわったら、せっかく残っている痕跡を台無しにしてしまうかもしれない。DNAを汚染したり、目に見えない手がかりを逃したりしてしまう可能性がある。

窓辺に向かうと、通りを見下ろし、サンドイッチ店の前のだれもいないテラス席を眺めた。

警察本部に行って、上司であるカルロス・エリアソンと話をつけなければならない。この事件を担当させてもらえるよう頼み込むのだ。そうしないかぎり、エリクソンが仕事を休んで療養しているあいだ、別の鑑識官の協力を仰ぐことはできそうにない。

やはりきちんと手続きを踏もう、カルロスと、それからイェンス・スヴァーネイェルム首席検事とも話をして、小さな捜査グループを立ち上げよう、と決めたところで、電話が鳴った。

「やあ、アーニャ」

「いっしょにサウナに行きません？」

「サウナ？」

「そう。サウナでいっしょに汗を流すの。本場フィンランドのサウナではどんなふうにするのか、教えてもらいたいわ」

「アーニャ」ヨーナは慎重に答えた。「悪いけど、ぼくは生まれてこのかた、ほとんどずっとストックホルムで暮らしてきたんだよ」

ヨーナは廊下に出ると、玄関に向かって歩いた。

「フィンランド人だけど、スウェーデン育ちってことでしょう。わかってますよ」アーニャが電話の向こうで言った。「いまいちエキゾチックさに欠けるわよね。どうしてエルサルバドルとかの出身じゃないんですか？　ペネロペ・フェルナンデスの論説、読んだことあります？　彼女の討論は見ものですよ――この前なんか、テレビでスウェーデンの武器輸出をばっさり斬ってみせたんですから」

受話器越しにアーニャが息をついているのを聞きながら、ヨーナはペネロペ・フェルナンデスのアパートをあとにした。救急隊員の血まみれの靴跡が階段の踊り場に残っているのを見て、脚を大きく開いて階段室にぐったりと座っていたエリクソンの姿を、みるみる血の気が引いていったその顔を思い出し、頭にさあっと悪寒が走るのを感じた。

殺し屋はペネロペ・フェルナンデスを殺したと思い込んでいる。第一の任務は完了しているわけだ。そして第二の任務として、なんらかの目的をもってペネロペのアパートに忍び込んだ。もしペネロペがまだ生きているとしたら、急いで見つけなければならない。殺し屋はやがて自分の誤りに気づき、彼女を追いはじめるだろうから。

「ビヨルンとペネロペは別々に暮らしてるんですよ」とアーニャが言った。

「別々に暮らしてても、ちゃんと愛しあってる——あなたとわたしみたいに」

「そうみたいだね」

「そうだね」

ヨーナは強い日差しの中に出ていった。空気は重く、さらに蒸し暑くなっている。

「ビョルンの住所を教えてくれるかい？」

アーニャの指がカタカタとコンピュータのキーボードを叩いた。

「アルムスコーグ。ポントニエール通り四十七番地、二階……」

「よし、行ってみるよ。それから……」

「ちょっと待って」アーニャが急に声を上げた。「無理です、行くのは……ほかのデータベースでも検索かけてみたんですけど……その建物で、金曜日に火事があったみたい」

「ビョルンのアパートはどうなった？」

「二階が全焼したそうです」

19

波打つ灰の風景

ヨーナ・リンナ警部は階段を上がり、立ち止まると、じっと立ったまま真っ黒な部屋をのぞき込んだ。床、壁、天井が黒焦げになっている。悪臭が鼻をつく。建物を支えていない内壁は、ほとんど燃えてなくなっている。黒い鍾乳石のようなものが天井から垂れ下がっている。なにもかもが波打つ灰に覆われている中、炭化した梁の燃え残りがそこかしこに突き出ている。二重床が燃え、階下が見える場所もある。二階のいったいどこがビョルン・アルムスコーグの住まいだったのか、もはや判別することすらできなくなっていた。かつて窓だった穴には灰色のビニールが張られ、夏の日差しも、通りの反対側にある緑色の建物も見えなくなっている。

ポントニエール通り四十七番地の火事で、怪我人がひとりも出なかったのは、火事が発生したとき、ほとんどの人が仕事に出ていたからだった。

十一時五分、第一報が緊急通報センターに寄せられた。クングスホルメン地区消防署が目と鼻の先にあるにもかかわらず、火の勢いがあまりにも激しかったせいで、鎮火する間もなく四戸が全焼した。

ヨーナは火災調査官であるハッサン・シュキュルとの会話を思い起こした。シュキュルは、国立科学捜査研究所が定めた報告基準のうち、確かさのレベルが上から二番目にあたる〝可能性が高い〟という表現を用いて、調査結果から推測するに、ビヨルン・アルムスコーグの隣に住む八十歳のリスベット・ヴィレーン宅から出火した〝可能性が高い〟、と説明した。リスベット・ヴィレーンは、宝くじで少額が当たったので、新しいくじ二枚に換えてもらおうと、近所の売店まで歩いていったのだが、そのときにもしかするとアイロンをつけっぱなしにしていたかもしれない、と証言した。火の回りはひじょうに速く、さまざまな痕跡から、火元はヴィレーン宅の居間のアイロンとアイロン台であると推測された。

ヨーナは真っ黒になった二階の各戸を眺めた。それぞれの部屋に置いてあった家具はすっかり燃え、ねじ曲がった金属製の部品がいくつかと、冷蔵庫の残骸、ベッドフレーム、すすけたバスタブくらいしか残っていない。

ふたたび階段を下りる。階段室の壁も天井も煤煙で損なわれている。ヨーナは警察の立入禁止テープのそばで立ち止まり、振り返って、黒焦げになった二階を見上げた。

身をかがめてテープをくぐったとき、揮発性物質を保管するための袋が何枚か床に落ちているのに気づいた。火災調査官が置き忘れていったのだ。ヨーナはそのまま緑の大理石の正面玄関を通り抜けて外に出た。警察本部に向かって歩きながら、電話を取り出し、ハッサン・シュキュルにまた電話をかけた。ハッサンはすぐに応答し、無線機のボリュームを下げた。

「引火性液体の跡があったんですか？」とヨーナは尋ねた。「階段に揮発性物質用の袋が何枚か落ちてたから、もしかしてと思って……」

「ええと、おわかりかとは思いますが、もし可燃性の液体が撒《ま》かれたのなら、当然、それがいちばん最初に燃え尽きるわけで……」

「それはわかりますが……」

「それでも、まあ……たいていは痕跡が見つかるんですよ。床板のすき間から二重床の中に流れ落ちることが多いから、グラスウールや二重床用の板が燃え残っていれば、跡が残るんです」

「でも、ここではそれすら見つからなかった？」ヨーナはハントヴェルカル通りの坂道を歩きながら尋ねた。

「いっさい見つかりませんでした」

「けど、もし燃料の跡が残ることを知っていたら、発見されないよう、あらかじめ対策をとることもできるのでは？」

「もちろん……ぼくが放火魔だったら、発見されるようなミスは絶対に犯しませんね」ハッサンは明るく言った。

「でも、今回の火事の原因はアイロンということでまちがいない？」

「ええ。まぎれもない事故ですよ」

「ということは、調査はもう中止したんですか？」

20

人家

ペネロペはまた恐怖にわしづかみにされたような気がした。体の中で、恐怖がひたすら息を吸い込み、悲鳴をあげつづけようとしているかのようだ。頰に流れる涙をぬぐい、立ち上がろうとする。胸のあいだとわきの下に、冷たい汗が流れている。疲れのあまり体が痛み、震えが止まらない。汚れた手のひらに血がにじんでいる。

「ここで止まってるわけにはいかないわ」とつぶやき、ビョルンを引っ張って先を急いだ。

森の中は暗いが、夜が朝に切り替わりつつある。ふたりは足早に海岸をめざした。パーティーをしていた例の別荘からは、かなり南に離れたところだ。

可能なかぎり、追っ手から離れること。

それでも、助けてくれる人を見つけなければならないとわかっている。電話を借りなければならない。

海に近づくにつれ、森が徐々に開けてきて、ふたりはまた走り出した。木々のあいだに新たな家が見える。五百メートルほど先だろうか。いや、そんなに距離はないかもしれない。どこか遠くでヘリコプターの音がする。さらに遠ざかっていくようだ。

ビョルンはめまいに襲われているらしい。地面や木の幹に手をついて体を支えているのが見え、これ以上走れないのではないかとペネロペは心配になった。

背後で枝がきしんだ。人の重みで折れたような音だ。

ペネロペは全速力で森の中を駆け出した。

木々がまばらになり、また家が見えてきた。ほんの百メートルほど先だ。駐めてある赤いフォードの塗料に、窓の灯りが反射して光っている。

野ウサギが苔や灌木《かんぼく》の上を跳ねながら去った。

ふたりは息をはずませ、あたりを警戒しながら、家へ続く砂利道をめざした。

立ち止まり、まわりを見渡したとき、疲れのあまりふくらはぎがうずいた。外階段を上がり、扉を開けて中に入る。

「ごめんください。助けていただけませんか」ペネロペが呼びかけた。

気持ちよく晴れた一日のあとで、家の中が暖まっている。ビョルンは足をひきずっている。玄関の床に血まみれの裸足の跡が残った。

ペネロペはあちこちの部屋を駆けまわったが、どうやら留守のようだった。きっとあのパーティーに参加していて、そのままあの別荘に泊まっているのだろう、とペネロペは考え、カーテンで身を隠しつつ窓辺に立って外をうかがった。そうしてしばらく見張っていたが、森の中にも、庭の芝生にも、家の前の私道にも、動きはまったくみられない。もしかすると、ようやく追っ手をまくことができたのかもしれない。男はパーティーをしていた別荘のそばで、まだ待ち伏せているのかもしれない。ペネロペは玄関に戻った。ビヨルンが床に座り、両足の傷を見つめている。

「靴を手に入れなきゃ」とペネロペは言った。

ビヨルンはうつろな目で彼女を見上げた。まるで言葉がわからないかのようだ。

「まだ助かったわけじゃないのよ」と彼女は続けた。「なにか履かなくちゃ」

ビヨルンは玄関のクローゼットの中を探ると、ビーチ用の靴と、ゴム長靴、古いバッグを引っ張り出した。

ペネロペは窓を避けつつ、急ぎ足で電話を探した。玄関のテーブルの上、ソファーに置いてあったブリーフケースの中、ソファーテーブルの上のボウルの中を探し、キッチンの長椅子に置いてあった、共用道路の管理に関する書類や鍵束にまぎれていないかも確かめた。

外で物音がした。彼女ははっと動きを止め、耳を傾けた。

空耳かもしれない。

昇ったばかりの朝日が窓から差し込んできた。

身をかがめ、広い寝室に駆け込む。タンスの引き出しを開けてみると、額入りの家族写真が下着にまぎれて入っていた。写真館で撮ったらしい肖像写真で、夫妻と十代の娘ふたりが写っている。そのほかの引き出しは空だ。ペネロペはクローゼットを開け、針金ハンガーに掛かっていた数少ない服を引っ張り出すと、十五歳の少女に合いそうな黒いパーカと、セーターを一枚拝借することにした。

蛇口の水が流れる音が聞こえて、ペネロペはキッチンへ急いだ。ビヨルンが流しに身を乗り出して水を飲んでいる。履き古された、サイズの大きすぎるスニーカーを履いている。助けてくれる人を見つけなければ、とペネロペは考えた。こんなの尋常じゃない。人はいくらでもいるはずなのに。

ペネロペはビヨルンに歩み寄り、セーターを渡した。そのとき、玄関の扉をノックする音がした。ビヨルンが驚きのまじった笑みをうかべ、セーターを着ながら、ようやく運がまわってきたみたいだ、とつぶやいた。ペネロペは玄関へ向かって歩き出し、顔にかかった髪を払いのけた。扉にたどり着く直前、曇りガラスの向こうのシルエットが目に入った。はっと立ち止まり、ぼんやりとした窓の外の影を見つめる。手を伸ばして扉を開けることはできなくなった。その姿勢、頭や肩の形に見覚えがあった。

空気がなくなりつつあるような気がした。

ペネロペはゆっくりとキッチンへ後ずさった。体がひきつる。できることなら走り出したい。体は走りたがっている。ガラス窓の向こうのぼやけた顔、とがったあごに視線を据える。めまいを覚えながら後ずさる。バッグや長靴を踏んでしまう。手を伸ばし、壁に手をついて体を支える。指が壁紙をたどる。玄関の鏡がずれて斜めになった。

ビョルンが彼女のそばで立ち止まった。手に包丁を持っている。刃の幅の広い肉切り包丁だ。頰から血の気が引いている。口が半開きになり、目はガラス窓を見据えている。

後ずさっていたペネロペはテーブルにぶつかった。その瞬間、ドアの取っ手がゆっくりと押し下げられるのが目に入った。彼女はバスルームに駆け込み、蛇口をまわしてから、大声で叫んだ。

「どうぞ！　開いてますよ！」

ビョルンはびくりと体を震わせた。頭の中で脈がどくどくと打った。ナイフを構え、身を守り、攻撃する覚悟を固めた瞬間、男がドアの取っ手をそっと手放すのが見えた。窓からシルエットが消え、やがて家の脇にある敷石の通路を歩く足音が聞こえた。ビョルンは右に目を向けた。ペネロペがバスルームから出てきた。ビョルンがテレビのある部屋の窓を指差し、ふたりはその場を離れた。キッチンに入ると、男が外のウッドデッキを歩いているのが聞こえてきた。足音は窓を素通りし、裏口のガラス戸に到達した。ペネロペは追っ手の目になにが見えているだろうと考えた。この角度、この明るさで、玄関に引っ張り出された靴や、ビョルンの血まみれの足跡が見えるだろうか？外のウッドデッキがふたたびきしみ、階段を下りて家の裏手へ向かう足音が聞こえた。角を曲がり、キッチンの窓に近づいている。ビョルンとペネロペは床を這い、窓のすぐ下の壁にぴたりと身を寄せた。じっと動かず、息をひそめる。男が窓にたどり着いたのがわかった。その手が窓枠をなぞっている。キッチンをのぞき込んでいるのだ。

ペネロペはオーブンの扉のガラスにキッチンの窓が映っていることに気づいた。追っ手の男がキッチン内に視線を走らせているのが見える。男がオーブンに目を向ければ、自分と目が合うことになる。ここに隠れていることがばれてしまう。

窓辺の顔が消え、ウッドデッキを歩く足音がまた聞こえた。敷石の通路をたどって前庭へ向かっているらしい。玄関が開いた。ビョルンはすばやく勝手口へ向かい、包丁をそっと置くと、錠にささっていた鍵を回し、ドアを押し開けて外へ駆け出した。

ペネロペも彼のあとを追い、肌寒い朝の庭に出た。芝生を走って横切り、コンポストを素通りして、森に入る。あたりはまだ薄暗いが、地平線近くから差す夜明けの光が、木々のあいだにしみわたりつつある。恐怖がまたペネロペに追いつき、彼女を前へ突き飛ばし、彼女の胸の中にパニックを渦巻かせた。太い木の枝をかわし、灌木や岩を跳び越える。ビヨルンの足音と荒い息遣いが、斜め後ろから聞こえてくる。そして、そのさらに後ろに、もうひとりの男、影のような男の気配が、絶えずつきまとっている。ふたりを追う男。見つかれば殺されるとペネロペにはわかっていた。なにかで読んだことをふと思い出す。ルワンダで、フツ族によるツチ族の大量虐殺を逃れた女性の話。彼女は、虐殺が続いていた数カ月のあいだ、毎日走って逃げては湿地に身を隠すことで生き延びた。かつての隣人が、友人が、マチェーテ（大鉈、山刀の一種）を手に追いかけてきた。女性はその本の中で、わたしたちはアンテロープの真似をした、と語っていた。ジャングルで生き延びたわたしたちは、天敵から逃れるアンテロープの動きを真似た。ひたすら走り、予測しがたい道を選び、いくつものグループに分かれて方向を変えた。追っ手を混乱させるために。

　自分とビョルンの逃げかたはまちがっていると、ペネロペにはわかっていた。なんの計画もなく、なにも考えずに、ただひたすら走ったところで、自分たちのためにならないどころか、むしろ追っ手のほうを利することになる。ふたりはなんの計算もせずに逃げている。家に帰りたい、助けを求めたい、警察に通報したい、その一心で走っている。追っ手はそのことを承知している。ふたりが助けを求めて人を探し、人家のあるほうへ向かうだろうと、家に帰りたいがために本土をめざすだろうとわかっているのだ。

　ペネロペのジャージのズボンが地面に落ちた枝に引っかかり、穴が開いた。彼女は数歩ほどよろめき、灼熱の縄で脚を締めつけられたかのような痛みを覚えたが、かまわず走りつづけた。

　立ち止まるわけにはいかない。口の中で血の味がする。ビョルンがつまずきながらも藪をかき分けて進んだ。大きな倒木があり、地面に開いた穴に水がたまっている。ふたりは方向を変えた。

ビヨルンと並んで走っているペネロペの中で、思いがけないことに恐怖がさっと引き、ある記憶が不意に浮かび上がってきた。いまと同じ恐怖を感じた記憶。ダルフール地方にいたときのことが、急に思い出される。人々の目。心に傷を負った人、もはや生きつづける気力のない人のまなざしと、まだ闘っている人、あきらめようとしない人のまなざしは、まったく違っていた。あの日の夜、弾の入ったリボルバーを持ってクブムにやってきた少年たちのことは、けっして忘れないだろう。あのとき感じた恐怖は、けっして忘れないだろう。

21

公安警察

公安警察のオフィスは警察本部の大きな建物の三階にあり、入口はポルヘム通りに面している。同じ建物の屋上に設けられている拘置所の運動場から、ホイッスルの音が聞こえてくる。治安対策課の課長はヴェルネル・サンデーンという名で、背が高く、とがった鼻と漆黒の小さな目、ひじょうに深みのある低い声が特徴的だ。彼は自室で机に向かい、脚を大きく広げて椅子に腰掛け、相手を落ち着かせようと手を挙げている。中庭に面した小さな窓から、ほの白い光が差し込んでいる。熱を帯びた白熱電球と、埃のにおいがする。この類を見ないほど殺風景な部屋に、もうひとり、サーガ・バウエルという名の若い女性が立っている。テロ対策グループでキャリアを積んでいる警部で、弱冠二十五歳、長い金髪に、緑、黄、赤のリボンを編み込んでいる。その姿はまるで、林間の空き地に差し込む光に照らされた森の精のようだ。〝ナルヴァ・ボクシングクラブ〟とプリントされたフード付きジャケットの前が開いていて、ショルダーホルスターには大口径の拳銃が入っている。

「わたし、もう一年以上もこの作戦を率いてきたんですよ」と彼女は懇願した。「張り込みもしたし、週末や夜も犠牲にして……」

「だが、いまは事情が変わったんだ」ヴェルネル・サンデーンは笑みをうかべながら彼女をさえぎった。

「お願いです……またわたしを踏みつけになさるおつもりなんですか？」

「踏みつけにしているわけじゃないよ。国家警察の鑑識官が重傷を負い、警部が襲われた。ガス爆発の危険もあった……」

「わかってます、これから現場に……」

「ヨーラン・ストーンに行ってもらってる」

「ヨーランですって？　わたし、ここでもう三年も働いているのに、作戦を最後まで終えさせてもらったことが一度もないんですよ。これはわたしの専門分野です。ヨーランはまったくの門外漢……」

「地下通路の件ではよくやってくれたからな」

サーガはごくりと唾を飲み込んでから答えた。

「あれだって、わたしの担当だったんです。つながりに気づいたのはわたし……」

ヴェルネルは真剣な表情で反駁した。

「だが、危険な状況になった。いまでも自分の判断は正しかったと思っているよ」

サーガの頬が真っ赤になった。彼女は視線を落として気を落ち着かせ、冷静に話そうと努めた。

「今回は大丈夫です、こういったケースはわたしの専門ですし……」

「うむ、しかし、私はすでに別の判断を下したんだ」

ヴェルネルは鼻をつまんで引っ張り、ため息をつくと、机の下のくずかごに両足を載せた。

「わたしが男女平等を期すためだけに雇われたんじゃないってことは、課長もご存じですよね？」サーガはゆっくりと切り出した。「頭数を合わせるためじゃないんです。どんなテストでも、わたしはグループで最優秀の成績でしたし、射撃も最優秀で、そのうえ二百十件の調査を……」

「きみのことが心配なんだ、それだけだよ」ヴェルネルは小声でそう言うと、サーガの明るいブルーの瞳を見つめた。

「でも、わたしは人形じゃありません。どこかのお姫さまでも、妖精でもないんです」

「しかし、きみはあまりにも……あまりにも……」

ヴェルネルは顔を赤らめた。やがて降参したように両手を挙げてみせた。

「わかったよ。いいだろう、捜査責任者はきみだ。が、ヨーラン・ストーンにも参加してもらう。きみに目を光らせるのが彼の役目だ」

「ありがとうございます」サーガは安堵の笑みをうかべた。

「だがな、これは遊びじゃないぞ、忘れるな」ヴェルネルがいつもの低い声で言った。

「ペネロペ・フェルナンデスの妹が亡くなっている。殺されたんだ。フェルナンデス本人も姿を消している……」

「最近、複数の左翼過激派グループの動きが活発になっているようです」サーガが言う。

「ヴァクスホルムで爆薬が盗まれた事件に〝革命戦線〟が関与しているかどうか調査中です」

「いま重要なのは、差し迫った危険があるのかどうかを突き止めることだよ。わかっているとは思うが」とヴェルネルが言った。

「いずれのグループも、急速に過激化しています」サーガは少々勢い込んで言った。「ついさきほど、軍情報部のダンテ・ラーションと連絡をとりました。夏のあいだに破壊工作があるかもしれないと予測しているそうです」

「だが、いまのところはペネロペ・フェルナンデスに集中しよう」ヴェルネルが笑みをうかべた。

「はい」サーガはすかさず応じた。「もちろんです」

「鑑識捜査は国家警察と共同で行なうことになるが、それ以外のところでは、連中をなるべく遠ざけておくように」

サーガ・バウエルはうなずき、少し待ってから尋ねた。

「この捜査は最後までやらせていただけますね？　わたしにとっては大事なことなんです、ぜひ……」

「きみが手綱をさばききれているかぎりは」ヴェルネルは彼女をさえぎって答えた。「だが、この件がどんな結末を迎えるかは、まださっぱりわからない。どこから始まるのかすらはっきりしないんだ」

22

不可解なこと

ヴェステロースのレキュール通りに沿って、幅のかなりある、輝くような白の集合住宅が建っている。近くにリルハーグ基礎学校があり、サッカー場やテニスコートも目と鼻の先だ。

その十一番地の扉から、バイクのヘルメットを片手に持った少年が姿を現わした。名前はステファン・ベリクヴィスト。もうすぐ十七歳だ。高校の自動車工学科に通い、母親とそのパートナーとともに暮らしている。

金髪を長く伸ばし、下唇に銀のリングピアスをつけ、黒いTシャツと、スニーカーに踏まれて裾のほつれたぶかぶかのジーンズを身につけている。

のんびりと駐車場へ向かい、ヘルメットをモトクロス用バイクのハンドルに掛けると、歩行者専用の小道に沿ってゆっくりとバイクを走らせた。建物の反対側へまわり、複線の線路に沿って走り、ノルレーデン通りの高架橋の下をくぐり、広々とした工場地帯に入ると、青や銀色の落書きで覆われたプレハブのそばで停止した。

ステファンはよく友人たちとここに集まっては、線路の盛り土に沿って作ったモトクロスコースで競争している。あちこちの側線の上を走ってから、テルミナル通りに戻ってくるのだ。

ここに来るようになったのは四年前、プレハブ小屋の鍵が裏手の釘に掛けてあるのを、アザミの茂みの中から見つけ出したからだった。小屋は十年近く使われていなかった。大規模な工事があったあと、どういうわけか取り壊されずに残っていたのだ。

ステファンはバイクを降りると、カバーのかかった南京錠を開け、スチール製の門を下げて木の扉を開けた。小屋の中に入り、扉を閉める。時刻を確かめようとして携帯電話を見やると、母親からの着信履歴があった。

灰色のスエードジャケットに薄い茶色のズボンを身につけた、六十歳ほどの男に観察されていることに、ステファンは気づいていない。男は線路の反対側にある低層の工業用建物のそばで、ごみ回収用のコンテナに身を隠している。

ステファンは簡易キッチンに向かうと、流し台に置いてあったポテトチップスの袋を手に取り、わずかに残っていたかけらを手に振り出して食べた。

汚れたガラスの格子窓ふたつから差し込む光が、小屋の中を照らしている。

ステファンは友人たちを待ちながら、図面庫の上に山積みになったまま忘れ去られた古い雑誌をぱらぱらとめくった。男性誌『レクチュール』の表紙には〝舐めてもらって稼げるってホント?!〟の見出しとともに、胸をあらわにした若い女性の写真が載っている。

スエードジャケットを着た男はおもむろに隠れ場所を離れ、トラス構造の高い電柱のそばを通り過ぎ、茶色い盛り土の上に伸びる複線の線路を横切った。そしてステファンのバイクに近づくと、スタンドを上げ、小屋の扉まで押していった。

あたりを見まわしてから、バイクを地面に倒し、足でぐいと蹴って、扉が開かないようきつく押し込んだ。それからタンクのふたを開け、ガソリンを小屋の下へ流し込んだ。

ステファンはあいかわらず古い雑誌をめくり、女性が監獄に入れられた設定の色褪せた写真を眺めている。金髪の女性が独房の中に座って両脚を広げ、看守に性器を見せているのだ。ステファンは写真に見入っていたが、ガタガタとなにかがぶつかる音が外から聞こえてはっとわれに返った。耳を傾ける。足音が聞こえたような気がして、さっと雑誌を閉じた。

スエードジャケットの男は、少年たちが小屋の脇の草むらに隠していた赤いガソリン容器を引っ張り出し、小屋のまわりにガソリンを撒きはじめていた。少年が小屋の裏手にまわったところで、ようやく中から大声が聞こえてきた。少年が力一杯に扉を叩いて開けようとしたている。床をどすどすと歩きまわる音が聞こえ、やがて汚れた窓の向こうに不安げな顔がのぞいた。

「開けてくれよ、冗談じゃないぜ」大声で叫んでいる。

スエードジャケットの男はそのまま小屋を一周し、ガソリン容器を空にすると、元の場所に戻した。

「なにやってんだよ？」ステファンが叫んだ。

扉に体当たりし、蹴破ろうとするが、扉はびくともしない。母親に電話したが、携帯電話の電源が入っていないようだ。恐怖で心臓がどくどくと脈打つのを感じながら、埃で縞模様になった窓の向こうに目を凝らす。もう片方の窓ものぞいてみる。

「頭おかしいんじゃねえのか？」

そのとき突然、気化したガソリンの臭いが鼻を突いた。恐怖が体を貫き、みぞおちが強く締めつけられる。

「ちょっと」おびえた声で呼びかける。「まだいるんだろ？　返事しろよ！」

男はポケットからマッチを取り出した。

「いったいなんでこんなことするんだよ？　頼む、なんでもするから……」

「きみのせいじゃないんだよ。ただ、悪夢を刈り取らなければならないのでね」男は大声をあげることもなくそう言うと、マッチを擦った。

「出してくれよ！」

男は濡れた草むらにマッチを放った。大きな帆にさっと風が満ちるときのように、ボッ、と音がした。青い炎が激しく燃え上がり、男はやむを得ず数歩ほど後ずさった。少年が助けを求めて叫んでいる。炎が小屋を包み込んだ。男はそのまま後ずさった。顔に熱を感じ、すさまじい恐怖の叫びを耳にした。

わずか数秒で小屋は炎にのみ込まれ、格子の向こうの窓ガラスが熱で割れた。あまりの熱で髪に火がつき、ステファンは悲鳴をあげた。

男は線路を渡り、工業用建物のそばに陣取って、古いプレハブ小屋がたいまつのように燃えるのを見守った。

数分後、北のほうから貨物列車が近づいてきた。いくつもの茶色い車両が、線路をこすって甲高い音を立てながらゆっくりと進み、燃え上がる炎のそばを通り過ぎていく。そのあいだに、灰色のスエードジャケットを着た男はステンビー通りを歩き去った。

23

鑑識官たち

週末にもかかわらず、カルロス・エリアソン国家警察長官はオフィスにいた。ここのところ、人と接するのがますます億劫になり、約束もなく現われる訪問者はなるべく迎え入れたくないという気持ちが強まっている。彼は扉を閉め、多忙であることを示す赤いランプをつけておいた。が、ヨーナはドアをノックすると同時に開けた。

「海上警察がなにか見つけたら知らせてほしいんですが」

カルロスは読んでいた本を机の上に置いてから、穏やかに答えた。

「きみもエリクソンも襲われた。さぞかしショックだったろう。まずは自分をいたわりなさい」

「そうするつもりですが」

「ヘリでの捜索は終わったよ」

ヨーナは固まった。

「終わった？　いったいどのくらいの広さを対象に……」

「私は知らん」カルロスがさえぎる。

「指揮官はだれですか？」

「国家警察にはかかわりのないことだ。海上警察と……」

「でも、捜査するべき殺人事件が一件なのか、それとも三件なのかぐらいは、把握しておいたほうがいいんじゃありませんか」ヨーナは険しい声で反駁した。

「ヨーナ、いまのところ、きみがするべき捜査はなにもないんだよ。今回の件については、イェンス・スヴァーネイェルム検事とも話し合って方針を決めた。公安警察と共同で捜査チームを立ち上げることになったよ。国家警察からはペッテル・ネースルンドが参加する。殺人捜査特別班のトミー・クフードも……」

「ぼくの任務は？」

「一週間、休みを取りなさい」

「いやです」

「それなら、警察大学で講義を頼むよ」

「いやです」

「意地を張らんでくれたまえ。まったく、頑固なのはあいかわらず……」

「あなたにどう思われようと関係ない。ペネロペ・フェルナンデスは……」

「私にどう思われようと関係ない？」カルロスが驚きの声をあげた。「私は国家警察の……」

「ペネロペ・フェルナンデスとビョルン・アルムスコーグは、まだ生きてるかもしれないんですよ」ヨーナは強い調子で続けた。「ビョルンのアパートは火事で全焼しました。ペネロペのアパートも、ぼくが行かなければ、同じように全焼してたはずです。犯人はおそらく、ふたりが持ってるなにかを探してるんです。ビオラを水責めにして、白状させようとしたにちがいない……」

「どうもありがとう」カルロスも声のボリュームを上げた。「実に興味深い推理だ。しかしだね……待ちなさい、私の話も聞いてくれ。きみには受け入れがたいことかもしれないが、刑事はきみのほかにもたくさんいるんだよ。しかもその大半はひじょうに有能なんだ」

「ぼくもそう思ってますよ」ヨーナはとげのある声でゆっくりと言った。「だからこそ、カルロス、あなたはその有能な刑事たちを大事にするべきです」

ヨーナは自分のシャツの袖についたエリクソンの血の跡を見つめた。すでに茶色がかっている。

「それはどういう意味かね？」

「ぼくは犯人と対面しました。この捜査では、同僚に犠牲が出ることも覚悟しなければならないと思います」

「たしかに、きみたちはいきなり襲われた。さぞ恐ろしかったろう……」

「ぼくは大丈夫です」ヨーナは強く言い切った。

「現場検証はトミー・クフードの担当だ。警察大学のブリッティスに電話して、今日のうちにきみが顔を出す、明日から特別講師として講義を担当する、と連絡しておくよ」

＊

ヨーナは警察本部を出るなり熱気に襲われた。上着を脱いだ瞬間、斜め後ろから近づいてくる人の気配に気づいた。公園の木陰を離れ、駐まった車のあいだを縫って通りに出てきている。振り返ってみると、ペネロペの母親、クラウディア・フェルナンデスだった。

「ヨーナ・リンナさん」張りつめた声で言う。

「フェルナンデスさん、大丈夫ですか？」ヨーナは真剣な表情で尋ねた。

クラウディアはなにも言わずにかぶりを振った。目は赤く腫れ上がり、苦しげな顔をしている。

「娘を見つけてください。絶対に見つけてください」そう言うと、分厚い封筒をヨーナに手渡した。

開けてみると、紙幣がぎっしり詰まっている。あわてて返したが、クラウディアは受け取ろうとしない。

「お願い、受け取ってください。これが全財産ですけど、お金はもっと作れます。家を売ってもいい。娘を見つけてくださるのなら」

「フェルナンデスさん、受け取るわけにはいきません」

クラウディアの苦しげな顔が歪んだ。

「お願い……」

「すでに全力を尽くしてます」

ヨーナは封筒をクラウディアに返した。彼女はぼんやりと封筒を手に持ったまま、では家に帰って電話のそばで待つことにします、とつぶやいた。それからヨーナを引き止め、あらためて説明しようとした。

「娘に言ったんです、もう二度とうちには来るなって……だから、私には絶対に電話してこないわ」

「喧嘩してしまったんですね。だからといって絶望することはありませんよ」

「どうしてあんなこと言ったのかしら？　わかります？」彼女は拳を握って自分の額を強く叩いた。「自分の子どもに、どうしてあんなことが言えるの？」

「思わず言ってしまうことはだれにでも……」

ヨーナの声が消え入った。急に背中に汗がにじんだ。うごめきはじめた記憶の断片を、なんとか振り払おうとする。

「耐えられないわ」クラウディアが小声で言った。

ヨーナはクラウディアの両手を取り、全力を尽くすと約束した。

「娘さんをかならず見つけて連れ戻しましょう」とささやきかける。

クラウディアはうなずき、ふたりはそれぞれ別の方向へ歩き出した。ヨーナはベリィ通りを足早に下って自分の車へ向かう途中、ふと目を細めて空を見上げた。晴れてはいるが、かすかに靄がかかっていて、あいかわらずの蒸し暑さだ。去年の夏は病院にいて、母の手を握っていた。会話はいつもどおりフィンランド語だった。元気になったらいっしょにカレリアへ行こう、とヨーナは言った。母はカレリア地方の出身で、第二次大戦中ほとんどの村がロシア軍によって焼き払われた中で、難を逃れた小さな村で生まれたのだった。母は、カレリアに行くつもりなら、あなたのことを待っている人といっしょに行ったほうがいい、と答えた。

ヨーナは〈イル・カッフェ〉で炭酸入りのミネラルウォーターを買って飲んでから、暑い車内に腰を下ろした。ハンドルが熱くなっている。座席も熱く、背中をやけどしそうだ。警察大学に向かうことはなく、代わりにサンクト・パウル通り三番地、失踪したペネロペ

・フェルナンデスのアパートへ戻った。アパートで鉢合わせしたあの男に思いを馳せる。男の動きは奇妙なほどにすばやく、的確だった。ナイフがまるで生きているかのようだった。

表玄関に〝警察〟〝立入禁止〟と書かれた青と白のビニールテープが張られている。ヨーナは制服警官に身分証を見せ、握手を交わした。何度か顔を合わせたことはあるが、ともに仕事をしたことはない相手だ。

「しかし暑いね」とヨーナは言った。

「まったく、冗談じゃありませんよ」

「鑑識は何人来てる?」と尋ね、階段の上に向かってうなずいてみせる。

「うちのが一人と、公安のが三人です」警官は明るく答えた。「なるべく早くDNA鑑定にまわしたいそうで」

「きっと見つからないだろうな」ヨーナはひとりごとのようにそう言い、階段を上がりはじめた。

三階に上がってみると、アパートの外に年配の警察官、メルケル・ヤノスが立っていた。ヨーナは研修時代に彼のもとで働いたことがあり、つねに苛立っている気難しい上司だったという記憶が残っている。当時のメルケルは順調に昇進を重ねていたが、やがて離婚問題がこじれ、アルコール依存症に悩まされるようになって、一段、また一段と出世の階段を下り、ついにはパトロールを担当する一巡査に成り下がってしまった。ヨーナの姿を認めると、メルケルはぶっきらぼうに挨拶してから、皮肉たっぷりにへつらうようなしぐさでドアを開けてみせた。

「どうも」ヨーナは答えが返ってくることを期待せずに言った。

玄関を入ってすぐのところに、殺人捜査特別班で鑑識捜査の取りまとめを担当しているトミー・クフードがいた。背を丸くして、不機嫌そうに歩きまわっている。頭がヨーナの胸ほどまでしか届かない。目が合うと、クフードはまるで子どものように嬉しそうな笑みをうかべ、口を開いた。

「やあやあ、ヨーナ。警察大学に行くんじゃなかったのかい」

「道をまちがえちゃって」

「それはよかった」

「なにか見つかりました？」

「廊下と玄関の靴跡は全部採ったよ」

「きっとぼくの靴と一致しますよ」ヨーナはそう言いながらクフードと握手を交わした。

「犯人のもあったよ」クフードの顔にさらに笑みが広がった。「きれいな靴跡がいくつも採れた。しかし、ずいぶんと妙な動きかたをしてたみたいだ——違うかい？」

「そのとおり」ヨーナは簡潔に答えた。

痕跡を採取する前に現場が乱れてしまわないよう、廊下の床に踏み板が並んでいる。三脚があり、カメラのレンズが床を向いている。アルミ製のシェードのついた強力なライトが片隅に置かれ、ケーブルが巻かれている。鑑識官たちは、斜光線、つまり床とほぼ平行に光を放つライトを使って、目に見えない靴跡を探したのだった。それから静電気法を使って靴跡を採取し、キッチンから玄関までの犯人の足取りに印をつけていた。

こんなに念入りに調査したところで、きっと無駄だろう、とヨーナは思った。犯人はおそらく、身につけていた靴や手袋、服をすべて燃やし、証拠を隠滅しているだろうから。

「いったいどう走ったんだ？」クフードがそう言い、印を指差した。「そこ、そこ……それから、あっちへ斜めに向かってる。が、そのあとは、ことここまで、ひとつも足跡が残っていないんだ」

「ひとつ見逃してますよ」ヨーナがニヤリと笑みをうかべた。

「嘘だろう」

「あそこ」ヨーナが指差す。

「どこだって？」

「壁です」

「なんてこった」

床から七十センチほどのところ、薄いグレーの壁紙に、靴跡がひとつかすかに残っている。トミー・クフードは別の鑑識官を呼び寄せ、靴跡をゼラチンシートに転写するよう指示した。

「中に入っても大丈夫ですか？」ヨーナが尋ねる。

「壁を歩きさえしなければ」クフードが鼻で笑いながら言った。

24

問題の品

キッチンには、革のひじ当てのついた薄い茶色のブレザーにジーンズという服装の男が立っていた。ブロンドの口ひげをさすりながら大声で話し、電子レンジを指差している。

ヨーナはキッチンに足を踏み入れた。マスクと手袋をつけた鑑識官が、ふくらんだスプレー缶を紙袋に入れ、口を二重に折ってからテープで留め、内容を書き記しているのが見えた。

「きみがヨーナ・リンナだね？」ブロンドの口ひげの男が言った。「評判どおりの凄腕なら、どうしてうちに来ないんだい？」

ふたりは握手を交わした。

「公安のヨーラン・ストーンだ」男は満足げに自己紹介した。

「きみが捜査責任者？」

「ああ……いや、正式にはサーガ・バウエルだが。まあ、統計上、男女平等をアピールしなきゃならないからね」ストーンはニヤリと笑った。

「サーガなら会ったことがあるよ。能力はじゅうぶんありそうだったけど……」

「そうだろ？」ヨーラン・ストーンは大笑いしたが、すぐに口をつぐんだ。

ヨーナは窓の外に目をやった。漂流していたクルーザーを思い起こし、犯人はいったいだれを始末するよう命じられたのだろう、と考える。捜査はまだ始まったばかりで、なんらかの結論を出せる段階には至っていないが、それでも事件の経緯について仮説を立て、これに沿って仕事を進めるのは、けっして悪いことではない。犯人のターゲットだった可能性がいちばん高いのは、ペネロペ・フェルナンデスだ、とヨーナは考えた。そして、おそらく殺すつもりでなかった唯一の相手が、ビオラ・フェルナンデス。彼女がクルージングに同行することを、犯人が予測できたはずはない。彼女がクルーザーに乗っていたのは不幸な偶然だったのだ。ヨーナはそこまで考えると、キッチンを離れ、寝室に入った。

ベッドは整えられ、クリーム色のベッドカバーが皺ひとつなくきちんと掛かっている。公安警察のサーガ・バウエルが、出窓に置いたノートパソコンの前に立ち、電話で話をしている。ヨーナはテロ対策に関するセミナーで彼女と顔を合わせたことがあった。

ベッドに腰を下ろし、あらためて考えをまとめようとする。ビオラとペネロペの姿を思い浮かべ、彼女たちの横に、ペネロペの恋人、ビヨルンを配置してみた。ビオラが殺されたとき、全員が船に乗っていたとは考えにくい。もし乗っていたなら、犯人が殺す相手をまちがえることはなかったはずだ。クルーザーが沖に浮かんでいるときに犯人が乗り込んだのなら、彼は三人とも殺し、それぞれのベッドに死体を置いて、ボートを沈めたことだろう。犯人が殺す相手を取り違えた以上、ペネロペが船に乗っていなかったことはまちがいない。したがって、一行はどこかに停泊していたはずだ。

ヨーナはふたたび立ち上がり、寝室を出ると、テレビのある部屋に入った。壁に取り付けられたテレビ、赤い毛布の置かれたソファー、現代的なデザインのテーブル、そこに積んである左翼系の雑誌『オードフロント』誌や、『ＥＸＩＴ』誌に視線を走らせる。壁一面を覆っている本棚に向かうと、そこで立ち止まり、クルーザーの機械室のケーブルに思いを馳せた。なにかに押しつぶされて傷ついたように見えるケーブル。数分でアーク放電が起こるはずだった。詰め物に引火するようクッションが置かれていたうえ、燃料ポンプの管が引き出されてもいた。が、船は沈まなかった。着火しないうちにエンジンが切れたのだろう。

もはや偶然の一致とは考えにくい。

ビョルンのアパートが火事で全焼したのと同じ日に、ビオラが殺された。しかも、クルーザーが乗り捨てられていなければ、船の燃料タンクが爆発していたはずだった。

そのあと、犯人はペネロペのアパートでガス爆発を起こそうとした。

ビヨルンのアパート、クルーザー、ペネロペのアパート。

〝犯人は、ビヨルンとペネロペが持っているなにかを探してるんだ。そこでまずビヨルンのアパートを探したが、目的の品は見つからず、アパートを焼き払ってクルーザーを追うことにした。ところがクルーザーの中を探しても見つからず、ビオラに白状させようとした。それでも答えを得られずに、ペネロペのアパートにやってきた、というわけだ〟

ヨーナは段ボール箱に入っていた防護用の手袋を拝借すると、本棚に戻り、棚の手前にうっすらと積もった埃を眺めた。背表紙のそばに埃の積もっていない本が何冊かある。つまり、ここ数週間のあいだに、だれかがこれらの本を本棚から出したということだ。

「邪魔なんですけど」背後からサーガ・バウエルの声がした。「わたしの担当です」

「もうすぐ帰るよ。ひとつだけ確かめたいことがあるんだ」ヨーナは静かに答えた。

「五分だけですよ」

ヨーナは振り返った。

「ここの本の写真を撮ってもらえるかな?」

「もう撮りました」サーガがぶっきらぼうに答える。

「埃が見えるように、斜め上から」ヨーナは彼女の態度を意に介すことなく続けた。

サーガは彼の意図を理解した。顔をしかめることもなく、黙ったまま鑑識官のカメラを取り上げると、本棚に近づき、彼女の背丈で届く範囲の棚をすべて撮影した。そして、下から五段目までは見てもかまわない、とヨーナに告げた。ヨーナはカール・マルクスの『資本論』を引っ張り出し、ページをぱらぱらとめくった。あちこちに下線が引いてあり、余白は覚え書きでいっぱいだ。ずらりと並んだ本の列に開いたすき間をのぞき込むが、なにも見えない。ヨーナは本をもとに戻した。ウルリケ・マインホフ（一九三四～七六　旧西ドイツのジャーナリスト。ドイツ赤軍の創設に参加し、テロ活動に身を投じた）の伝記、ぼろぼろになった『女性政治学主要文献』なる選集、ベルトルト・ブレヒト全集が目に入った。

下から二段目に目をやると、つい最近本棚から出されたらしい本が三冊並んでいるのがわかった。

背表紙の手前に埃が積もっていない。ルワンダの大量虐殺に関する証言をつづった『アンテロープの戦略』。パブロ・ネルーダの詩集『百の愛のソネット』。そして『スウェーデンにおける人種生物学の思想史的根源』。

ヨーナは一冊ずつ取り出してページをめくった。『スウェーデンにおける人種生物学の思想史的根源』を開いたとき、写真がひらりと落ちた。床から拾い上げてみると白黒写真で、髪をきっちりと三つ編みにまとめた、真剣な表情の少女が写っている。すぐにクラウディア・フェルナンデスだとわかった。せいぜい十五歳だろう。娘たちに瓜二つだ。

それにしても、人種生物学に関する本に母親の写真をはさんでおくというのは奇妙だな、とヨーナは思いながら、写真を裏返した。

写真の裏には鉛筆で書き込みがあった。〝ノ・エステス・レホス・デ・ミ・ウン・ソロ・ディア〟

おそらく詩の一節だろう。〝私から遠く離れないでくれ、一日たりとも〟

ヨーナはふたたびネルーダの詩集を取り出し、ページをめくった。すぐに該当する詩が見つかった。〝私から遠く離れないでくれ、一日たりとも、なぜなら……なぜなら……なんと言えばいいのかわからない。日は長く、私はあなたを待ちつづける、がらんとした駅で、電車がどこか別の場所で眠っているときのように〟

写真はここに、ネルーダの本にはさんであったのではないか。

そのほうが自然だ、とヨーナは思った。

だが、犯人がもし、本にはさまれたなにかを探していたのだとしたら、そのときに写真が落ちた可能性がある。

犯人はここに立っていたんだ、とヨーナは考えた。ぼくと同じように、棚に積もった埃を見て、ここ数週間のうちに出した形跡のある本をざっと調べた。その最中に、ふと写真が床に落ちていることに気づいて、元に戻した。が、戻した先がまちがっていた。

ヨーナは目を閉じた。

まちがいない。

あの殺し屋は、本にはさまれたなにかを探していたのだ。

問題の品がなんであるか、犯人がはっきり把握したうえで探していたのなら、それは本にはさむことのできる品ということになる。

いったいなんだろう？

手紙か、遺言書か。写真。なにかの告白を記した紙。ＣＤやＤＶＤ。メモリーカード。携帯電話のＳＩＭカードかもしれない。

25

階段室の子ども

ヨーナは居間を出てバスルームをのぞき込んだ。ちょうど鑑識官が隅々まで写真を撮っている最中だった。ヨーナはそのまま玄関へ向かい、階段室へ出ると、エレベーターの目の細かい格子扉の前でふと立ち止まった。

エレベーターの隣の扉に〝ニルソン〟の名が掲げられている。ヨーナはドアをノックし、待った。やがて中から足音が聞こえてきた。六十代らしい肥満体の女性がドアをかすかに開けて顔を出した。

「どなた?」

「失礼、警察のヨーナ・リンナと申しますが……」

「だから、顔は見てないって言ったでしょう」

「もう警察の者がお邪魔しましたか? すみません、知りませんでした」

女性が扉を開けると、電話台の上でくつろいでいた二匹の猫が床に飛び降り、アパートの奥へ消えた。

「ドラキュラのお面をかぶってたんだもの」女性は歯がゆそうに言った。もう何度も説明しているのに、といったようすだ。

「だれのことですか？」

「だれのこと、って」女性はつぶやくと、アパートの中へ入っていった。

しばらくすると、黄ばんだ新聞の切り抜きを持って戻ってきた。

ヨーナは記事に目を通した。二十年前の記事で、セーデルマルム島でドラキュラに変装し、複数の女性にわいせつ行為をした露出症の男について書かれたものだ。

「それこそ一糸まとわぬ姿で、この下を歩いてて……」

「いや、今回は別の……」

「もちろん、見てたわけじゃなくて、目に入ってしまっただけですけどね」と彼女は続けた。「いずれにせよ、全部あなたがたにお話ししたとおりです」

ヨーナは彼女を見つめて微笑んだ。

「実を言うと、今回はまったく別のことをお聞きしたいんです」

女性は目を丸くした。

「どうしてすぐにそう言ってくださらなかったの？」

「ペネロペ・フェルナンデスさんをご存じですか？　この階に住んでる……」

「ペネロペなら孫も同然よ。とってもいい子。感じが良くて、美人で……」

そしてふと黙り込み、小声で尋ねた。

「亡くなったの？」

「なぜそう思われるんです？」

「警察が来て、いやな質問をされれば、当然そう思うわ」

「ここ数日、いつもは見かけない客がペネロペのところに来ていませんでしたか？」

「年寄りだからって、いつも人様のことを詮索してるわけじゃないんですよ」

「それはもちろんそうでしょうが、たまたま見かけた可能性もあるかと思って」

「見かけてません」

「ほかには？　なにか変わったことはありませんでしたか？」

「いっさいありませんよ。ペネロペはまじめな、しっかりした子です」

ヨーナは礼を言い、また質問があればお邪魔させていただくかもしれないと告げてから、女性が扉を閉められるよう退いた。

三階にあるアパートは二戸だけだった。ヨーナは階段を上りはじめた。階段の途中に子どもが座っているのが見えた。八歳ほどの少年だろうか。髪は短く、ジーンズと着古したヘリーハンセンのカットソーを着ている。ひざの上に置いたビニール袋の中には、ラベルのはがれかけたミネラルウォーターのペットボトルと、食パン半斤が入っている。

ヨーナは子どもの前で立ち止まった。子どもはおどおどした目でヨーナを見た。

「やあ。名前は？」

「ミア」

「ぼくはヨーナだよ」

少女のあごの下、ほっそりとした首が、汚れて黒ずんでいるのにヨーナは気づいた。

「ピストル持ってる？」少女が尋ねる。

「どうしてそんなこと聞くんだい？」

「おじさん、警察の人だってエラおばさんに言ってたから」

「そうだよ――ぼくは警部なんだ」

「ピストル持ってるの？」

「持ってるよ」ヨーナは淡々と答えた。「撃ってみたい？」

ミアは驚いた顔でヨーナを見た。

「ほんとに？」

「冗談だよ」ヨーナは笑みをうかべた。

ミアは笑い声をあげた。

「どうして階段に座ってるんだい？」やがてヨーナが尋ねた。

「ここにいるのが好きだから。いろいろ聞こえるし」

ヨーナはミアの隣に腰を下ろした。

「どんなことが聞こえた？」穏やかな、なにげない口調で尋ねる。

「さっき聞こえたのは、おじさんが警察の人だって言ったのと、エラおばさんが嘘をついたこと」

「どんな嘘？」

「ペネロペのこと大好きって言ってた」

「大好きじゃないのかい？」

「いつも猫のフンをペネロペの郵便受けに入れてるよ」

「どうしてそんなことを？」

ミアは肩をすくめ、ビニール袋をいじった。

「知らない」

「きみはペネロペのことをどう思う？」

「いつも挨拶してくれるけど」

「でも、よくは知らないんだね？」

「うん」

ヨーナはあたりを見まわした。

「この階段で暮らしてるのかい？」

ミアはかすかな笑みをこらえながら答えた。

「ううん、お母さんと一階に住んでる」

「でも、ここによくいるんだね」

ミアは肩をすくめた。

「だいたいね」

「寝るのもここ？」

ミアはミネラルウォーターのラベルをいじりながら、短く答えた。

「ときどきは」

「この前の金曜日なんだけど」ヨーナはゆっくりと切り出した。「朝早く、ペネロペが出かけていっただろう。タクシーに乗って」

「惜しかったね」ミアがすかさず言った。「ほんのちょっとの差で、ビョルンとすれ違いになっちゃったもん。ペネロペが出かけたすぐあとに来たんだよ。だから、教えてあげたの。もう出かけたよ、って」

「そしたら、なんて言ってた？」

「大丈夫、ちょっとあるものを取りにきただけだから、って」

「あるものを取りにきた？」

ミアはうなずいた。

「いつもはビヨルンの電話を借りて、ゲームやらせてもらうんだけど、そのときはビヨルンが急いでたから貸してもらえなかったの。ペネロペの家に入ったと思ったら、すぐ戻ってきたよ。ドアに鍵をかけて、階段を走って下りてった」

「なにを取りにきたのかは見えた？」

「ううん」

「そのあとは？　なにがあった？」

「べつになにも。八時四十五分に学校に行った」

「学校が終わったあと、夕方は？　なにかあったかい？」

ミアは肩をすくめた。

「お母さんが出かけてたから、あたしは家で留守番してたの。マカロニ食べて、テレビ見てた」

「昨日は？」

「昨日もお母さん出かけてたから、留守番してた」

「じゃあ、だれか来たとしても見えなかったね」

「うん」

ヨーナは自分の名刺を出すと、電話番号を書きつけた。

「ミア、見てごらん。とっても役に立つ電話番号がふたつ書いてある。ひとつはぼくの電話番号」

ヨーナは警察の紋章とともに名刺に印刷された番号を指差した。

「なにか困ったことがあったり、人にいやなことをされたりしたら、電話してくれ。もうひとつの、ぼくがここに書いた番号、0200‐230‐230は、子ども相談センターの番号だよ。いつでも電話して、なんでも話していいんだ」

「わかった」ミアはつぶやいて名刺を受け取った。

「ぼくが帰ってすぐに名刺を捨てたりしちゃだめだよ。いまはべつに電話したくないと思うかもしれないけど、いつか電話したくなるときが来るかもしれない」

「ビヨルン、出ていくとき、こんなふうに手を当ててたよ」ミアは腹に手を当ててみせた。

「お腹が痛いみたいに？」

「うん」

26

手のひら

ヨーナは同じ建物に住むほかの住人たちにも話を聞いてみたが、わかったのは、ペネロペが比較的控えめな、少々よそよそしい感じの住人で、定期的に行なわれる共有部分の掃除や住民会合などには参加していたものの、それ以上の近所付き合いはしていなかった、ということだけだった。聞き込みを終えると、ヨーナは階段をゆっくりと下りて三階へ戻った。

ペネロペのアパートの扉が開いている。公安警察の鑑識官がちょうど玄関の錠を取りはずして分解し、ボルト部分を紙袋に入れたところだ。

ヨーナは中に入ると、少し離れたところから鑑識捜査のようすを見守った。鑑識官たちの仕事に立ち会うのは、昔からずっと気に入っている。彼らが系統的に、あらゆるものを写真に収め、痕跡を採取し、仕事の各段階を事細かに記録しているようすを見るのが好きだった。現場は検証が進むにつれて損なわれる。だんだんと汚染が進み、痕跡が少しずつ消されていく。大切なのは、さまざまな証拠や、事件を再現する鍵となる手がかりがいっさい失われないよう、正しい順序で現場を損なうことなのだ。

ヨーナはペネロペ・フェルナンデスの掃除の行き届いたアパートのあちこちに視線を走らせた。ビョルン・アルムスコーグは、ここでなにをしていたのだろう？　彼はペネロペが出かけた直後にやってきた。まるで表玄関のそばに隠れ、彼女がいなくなるのを待っていたようではないか。

もちろん、単なる偶然にすぎないのかもしれない。が、それでも、ビョルンがペネロペの不在を狙っていた可能性は捨て切れない。

ビョルンは急いでこの建物に入ってきた。階段に座っていたミアに出会ったが、話をしている時間はなく、あるものを取りにきたのだと言ってアパートの中に入り、わずか数分で出てきた。

おそらくミアに告げたとおり、なにかを取りにきたのだろう。クルーザーの鍵を忘れたのかもしれない。いずれにせよ、ポケットに入れられる大きさのなにかだ。

あるいは逆に、なにかを置きにきたのかもしれない。なにかを見る必要があったのかもしれない——なんらかの情報を確認するとか、電話番号をメモするとか。

ヨーナはキッチンに入り、あたりを見まわした。

「冷蔵庫は調べた？」

あごひげを生やした若者がヨーナのほうを見た。

「腹が減ったんですか？」ダーラナ地方のきつい訛りがある。

「なにかを隠すにはぴったりの場所だろ」ヨーナはそっけなく答えた。

「まだそこまで調べてません」

居間に戻ってみると、サーガがまだ居間の片隅で録音機に向かって話しているのが見えた。

トミー・クフードは、テープで採取した繊維をOHPシートに貼る作業をしていたが、やがて顔を上げた。

「なにか予想外の手がかりは見つかりました？」ヨーナが尋ねる。

「予想外の手がかり？　ああ、あの壁の靴跡とか……」

「ほかにはなにもないんですか？」

「重要な手がかりは、リンシェーピンの国立科捜研のラボで見つかることが多いんだよ」

「結果が出るのはいつですか？　一週間後ぐらい？」

「急《せ》かしまくれば」クフードはそう答えて肩をすくめた。「これからナイフが刺さったドア枠を調べるよ。刃の型を取るつもりだ」

「そんなことはどうでもいい」ヨーナがつぶやく。

クフードはそれを冗談と解釈して笑い声をあげたが、やがて真剣な顔になった。

「ナイフは見えたのかい？　カーボン・スチールだった？」

「いや、刃はもっと明るい色でした。焼結炭化タングステンかもしれない——そのほうが好みだって連中もいるから。いずれにせよ、無駄な作業ですよ」

「なにが？」

「この現場検証が」とヨーナは答えた。「犯人特定につながるDNAや指紋は、いっさい見つからないと思います」

「じゃあ、どうしろと？」

「犯人はなにかを探しにきたんだと思う。ところが、見つける前に邪魔が入ったんです」

「つまり、犯人が探していたものはまだここにある、と？」クフードが尋ねる。

「その可能性は大いにありますね」

「でも、それがなんだかはわからない？」

「本にはさめるものだっていうことしか」

ヨーナは花崗岩のようなグレーの瞳を、ほんの一瞬、クフードの茶色の目に据えた。公安警察のヨーラン・ストーンが、バスルームのドアの写真を撮っている。扉の側面、戸枠、蝶番。それから床に腰を下ろし、バスルームの白い天井を撮影した。ソファーテーブルに載っている雑誌の写真を何枚か撮ってもらおうと、ヨーナが居間のガラス戸を開けようとした瞬間、カメラのフラッシュが光った。不意に襲ってきたその光に、ヨーナは立ち止まった。目の前が暗くなった。黒い視界の中を、四つの白い点がすうっと移動し、やがて油のような光沢を放つライトブルーの手のひらが現われた。ヨーナはあたりを見まわした。手のひらはどこから来たのだろう？

「ヨーラン」ヨーナは居間から廊下に出るガラス戸越しに大声で呼びかけた。「もう一枚撮ってくれ！」

アパート内の全員が動きを止めた。ダーラナ訛りの若者がキッチンから顔を出し、玄関のそばに立っていた男が怪訝な顔でヨーナを見た。トミー・クフードがマスクをとり、首筋を掻いた。ヨーラン・ストーンは床に座ったまま、問いかけるような表情をヨーナに向けた。

「いまみたいに」ヨーナは指差した。「バスルームの天井の写真をもう一枚撮ってくれ」

ヨーラン・ストーンは肩をすくめ、カメラを構えると、バスルームの天井に向けてシャッターを押した。フラッシュが光り、ヨーナは瞳孔が収縮して涙腺から涙が出てくるのを感じた。目を閉じる。また黒い四角が見える。ドアにはまっているガラスの形だとわかった。目がくらんだせいで、ネガのように黒くなっているのだ。

四角の中央に白い点が四つ見え、その横にライトブルーの手が漂った。

やはりそうだった。

ヨーナはまばたきをして視力を取り戻すと、まっすぐガラス戸へ向かった。テープの跡が四つ、長方形についている。その横のガラスに手型がついている。

トミー・クフードが近寄ってきて、ヨーナの隣に立った。

「掌紋だ」

「転写できますか？」

「ヨーラン」クフードが呼びかける。「ここの写真を撮ってくれ」

ヨーラン・ストーンが立ち上がり、なにやら口ずさみながらカメラを持ってやってきた。手型を見つめる。

「ほんとだ、ばっちり跡が残ってやがる」満足げにそう言うと、四枚写真を撮った。

それから脇に退いて、トミー・クフードが掌紋を、まず塩分や水分と反応するシアノアクリレートで、それから染料のベーシック・イエロー40で処理するのを待った。

ヨーランはさらに数秒ほどおいてから、また二枚写真を撮った。

「これで逃げられないぞ」クフードは手型に向かってそうつぶやくと、プラスチックの粘着シートにそっと転写した。

「すぐに調べてもらえますか？」とヨーナが言う。

トミー・クフードは掌紋を持ってキッチンへ向かった。ヨーナはその場にとどまり、ガラスに残った四つのテープ跡を見つめた。そのうちのひとつに、破れた紙の端切れがはさまっている。ここに手型を残した人物は、テープをそっとはがす間を惜しみ、ガラス戸から紙を引きはがしたのだろう。それで端切れが残ったのだ。

ヨーナは破れた端切れに目を凝らした。ふつうの紙ではないとすぐにわかった。写真用紙。カラー写真の印刷に使う紙だ。

〝このガラス戸に写真が貼ってあった。だれでも見られるように飾ってあった。ところが急に事情が変わり、急いで写真をはがさなければならなくなった。そっとはがす余裕すらなかった。写真をはがした人物は、このドアに駆け寄ると、ガラスに片手をついて、テープから写真を破り取ったんだ〟

「ビョルンだ」ヨーナは小声で言った。

〝ビョルンが取りにきたのはこの写真にちがいない。腹を手で押さえていたのは、腹が痛かったからじゃない。ジャケットの下に写真を隠していたからだ〟

ヨーナは反射した光でガラスに残った手形が見えるよう、頭を横に動かした。掌紋の細い線が残っている。

人の皮膚の紋様は変わることがなく、老化にも影響されない。DNAとは違い、一卵性双生児であっても指紋は異なる。

背後から駆け寄ってくる足音に、ヨーナは振り返った。

「まったく、もうじゅうぶんでしょ」サーガ・バウエルが叫んでいる。「この事件はわたしの担当です。あなたにはここにいる権利すらないんですよ！」

「ぼくはただ……」

「黙っててください。たったいま、ペッテル・ネースルンド主任警部と話をしましたよ。あなたがここですることなんか、なにもないそうじゃないですか。そもそも、ここにいるべきじゃない。ここにいる許可すら得てないんですから」

「わかってる。もうすぐ出ていくよ」ヨーナはそう言いつつ、ガラス戸にふたたび目をやった。

「いったいなにやってるんですか」サーガが抑えた声で言う。「勝手にテープをいじられちゃ……」

「ここのガラスに、写真が貼ってあったんだ」ヨーナは穏やかに答えた。「だれかがそれを引きはがした。椅子のこっち側から身を乗り出して、ガラス戸に手をついて、写真を引ったくったんだ」

サーガはしぶしぶヨーナを見つめた。彼女の左眉と交差するように、ほの白い傷が残っていることにヨーナは気づいた。

「この捜査、わたしひとりの力でやれるんですけど」彼女は苦々しげに言った。

「手型はたぶん、ビョルン・アルムスコーグのものだと思う」ヨーナはそう言うと、キッチンに向かって歩き出した。

「出口はそっちじゃありませんよ」

ヨーナは彼女を無視してキッチンに入った。

「これはわたしの事件なんだから」サーガが大声を出した。

鑑識官たちはキッチンの中央に小さなオフィスを設けていた。椅子が二つあり、テーブルの上にはコンピュータ、スキャナー、プリンターが置いてある。ヨーラン・ストーンがカメラをコンピュータにつなぎ、トミー・クフードがその背後に立っている。掌紋をコンピュータに取り込み、最初の指紋照合を行なっているところだ。

サーガがヨーナのあとについてきた。

「どうですか？」ヨーナが彼女を無視して尋ねる。

「ヨーナとは話さないでください」サーガはすかさず言った。

トミー・クフードが顔を上げた。

「サーガ、子どもみたいなことを言うなよ」と言い、ヨーナのほうを向く。「今回は運がなかったな。手型はペネロペの恋人、ビヨルン・アルムスコーグのものだったよ」

「被疑者名簿に載ってるんだ」とヨーラン・ストーンが言った。

「なんの疑いで？」

「暴力的暴動罪、公務員に対する暴行の罪」

「そりゃ重罪人だな」クフードがふざけて言った。「デモにでも参加したんだろう」

「ふん」ヨーラン・ストーンが不機嫌そうに言う。「警察の大半はあなたと違って、左翼の連中の暴動やら破壊工作やらに、心底うんざりして……」

「きみだけじゃないのかい」クフードがさえぎった。

「捜索活動の結果からしても納得ですよ」ヨーランがニヤリと笑ってみせた。

「なんだって？」ヨーナが尋ねる。「どういう意味だ？　捜索活動の詳しいようすはまだ知らないんだ――なにかあったのか？」

27

過激派

ヨーナ・リンナが大きな音を立ててドアを開けたので、国家警察のカルロス・エリアソン長官はびくりと体を震わせ、魚のエサを大量に水槽の中へぶちまけた。

「どうしてもっと大規模な捜索活動にならないんですか？」強い口調で尋ねる。「二人の命がかかってるのに、ボート一艘すら出さないとは」

「判断は海上警察に任せてあるんだよ。それはきみもわかっているはずだ。あの近辺一帯をヘリで探しまわった結果、全員が同じ結論に達したんだ——ペネロペ・フェルナンデスとビヨルン・アルムスコーグは、すでに死んでいるか、または見つかりたくないと思っている、とね……それならば、いずれにせよ捜索を急ぐことはない」

「ペネロペとビヨルンは、犯人が探しているなにかを持っているんです。ぼくの推測では……」

「推測してもしかたがない……なにがあったのかは、まったく不明なんだよ、ヨーナ。公安の話だと、ペネロペとビョルンは地下に潜ったのではないかということだった。いまごろは電車でアムステルダムかどこかに向かっていてもおかしくないと……」

「馬鹿を言わないでください」ヨーナは険しい声でカルロスをさえぎった。「公安の言うことなんか信用できませんよ、連中は左翼を目の敵にして……」

「この件は公安の担当だ」

「どうして？　どうして公安の担当なんですか？　ビョルン・アルムスコーグはたしかに、暴動罪の疑いをかけられたことがある。だが、そんなことには意味がない。なんの意味もないんです」

「ヴェルネル・サンデーンと話をしたよ。彼は早い段階で、ペネロペ・フェルナンデスは左翼過激派の連中とつながりがある、と教えてくれた」

「そうなのかもしれませんが、この殺人事件は関係ありませんよ。ぼくはそう確信してます」ヨーナは食い下がった。

「そうだろうとも！　きみはいつも〝確信〟しているからな」カルロスが大声を上げた。

「いずれにせよ、ペネロペのアパートでぼくが遭遇した人物は、まちがいなくプロの殺し屋です。とても素人とは……」

「公安は、ペネロペとビョルンがテロを計画していたと考えているようだ」

「ペネロペ・フェルナンデスがテロリストだっていうんですか？」ヨーナは驚きをあらわにした。「彼女の記事を読んだことないんですか？　正真正銘の平和主義者で、そういった暴力からは距離を……」

「昨日のことだが」カルロスがさえぎった。「昨日、〝旅団〟のメンバーがひとり、公安に逮捕された。ペネロペのアパートに入ろうとしていたそうだ」

「〝旅団〟っていうのがなにかすら知らないんですが」

「左翼過激派団体だよ……〝反ファシスト行動〟や〝革命戦線〟などの団体と緩やかにつながってはいるが、独立した団体で……イデオロギー的にはドイツ赤軍に近く、モサド並みの工作活動をめざしているそうだ」

「けど、つじつまが合いませんよ」

「合ってほしくないだけじゃないのかね」とカルロスが言った。「まあ、捜索はいずれ行なうよ。潮の流れを調べて、船がどんなふうに漂流したか突き止めてから、海底をさらおう。ダイバーに潜ってもらってもいい」

「それはどうも」ヨーナがつぶやいた。

「残る問題は、なぜふたりが殺されたのか……あるいは、なぜ、どこに身を隠しているのか、ということになるね」

ヨーナは廊下に出るドアを開けたが、ふと立ち止まり、ふたたびカルロスのほうを向いた。「ペネロペのアパートに入ろうとしたっていう、その〝旅団〟のメンバーはどうなったんですか？」

「釈放されたよ」

「なにが目的だったのかはわかったんですか？」

「ただ訪ねてきただけだそうだ」

「訪ねてきただけ、って」ヨーナはため息をついた。「公安ともあろうものが、わかったことはそれだけですか？」

「〝旅団〟を調べるのは許さんぞ」カルロスが急に不安げな声を出した。「わかっているだろうね？」

ヨーナは部屋を出ると、廊下で電話を取り出した。これは命令だぞ、公安警察の領域に踏み込むことは断じて許さん、と叫ぶカルロスの声が聞こえたが、ヨーナはそのまま彼のオフィスから遠ざかり、ナータン・ポロックの番号を探し出すと、通話ボタンを押して待った。

「もしもし」ナータンが応答する。

「〝旅団〟について、なにかご存じですか？」ヨーナはエレベーターのドアが開くと同時に尋ねた。

「公安は何年も前から、ストックホルムやヨーテボリ、マルメの左翼過激派グループに潜入して、その実態をはっきりさせようとしている。〝旅団〟がほんとうに危険なのかはよく知らないが、少なくとも公安の見方によれば、どうやら武器や爆薬を隠し持っているらしい。いずれにせよ、少年院に入ったり、暴力事件で有罪になったりしたことのあるメンバーが何人かいることは確かだ」

エレベーターがすうっと下降した。

「〝旅団〟と直接つながりのある人物が、ペネロペ・フェルナンデスのアパート前にいるところを、公安が逮捕したと聞いたんですが」

「名前はダニエル・マルクルンド。グループの中枢にいる人物だ」

「そのマルクルンドとやらについてご存じのことは？」

「あまりないな」とポロックは答えた。「器物損壊とコンピュータへの不法侵入で執行猶予判決を受けてることぐらいだ」

「ペネロペの家でなにをしようとしてたんでしょう？」ヨーナは尋ねた。

エレベーターが停止し、ドアが開いた。

「武器は持っていなかった」とナータンは語った。「事情を聞きはじめるやいなや、法的代理人を要求して、質問にはいっさい答えなかった。その日のうちに釈放された」

「つまり、なにもわかっていないわけですね？」

「そういうことになるね」

「どこに行けば会えるでしょう？」

「住所不定なんだが、公安によれば、シンケンスダムにある〝旅団〟のアジトで、中心メンバーと共同生活しているらしい」

28

ヨーナ・リンナは、地方裁判所と警察本部を隔てる庭園の下にある地下駐車場へ大股で向かいながら、ディーサのことを想った。彼女に会いたいという気持ちが急に湧き上がってきた。ディーサのほっそりとした腕に触れ、やわらかい髪の香りを嗅ぎたい。彼女が、自分の考古学上の発見について、犯罪とかかわりのない骨片について、はるか昔に生きていた人々の残骸について語るのを聞いていると、不思議と穏やかな気持ちになれるのだ。

ディーサと話をしなければ、とふと思う。ここ最近、忙しすぎる日々があまりにも長いこと続いている。地下駐車場に入ると、駐まった車のあいだを縫って歩いた。ふと、コンクリートの柱の向こうで、なにかが動いたような気がした。ヨーナのボルボのそばに、だれかがじっと立っている。輪郭が見えるが、ほとんどワゴン車の陰になっている。聞こえるのは、大きな換気扇の轟《とどろ》く音だけだ。

「早いですね」ヨーナが呼びかける。

「テレポーテーションだよ」ポロックが答えた。

ヨーナははたと立ち止まった。目を閉じ、指でこめかみを押す。

「頭痛かい？」

「寝る時間があまりとれなくて」

ふたりは車に乗り込み、ドアを閉めた。ヨーナがイグニッションキーを回すと、アストル・ピアソラのタンゴ曲がスピーカーから流れ出した。ポロックがかすかにボリュームを上げた。二挺のバイオリンが互いのまわりを旋回しているような曲だ。

「私が情報源であることは内緒にしてくれるだろうね」ポロックが言った。

「ええ」

「ついいましがた聞いたんだが、公安はダニエル・マルクルンドがペネロペのアパートに侵入しようとした事実を利用して、連中のアジトを手入れするつもりらしい」

「その前にマルクルンドから話を聞かなくては」

「なら、急がないとな」

ヨーナはバックして車を出すと、ハンドルを切り、地下駐車場出口への坂を上がった。

「どのくらい急がなきゃなりませんかね？」ヨーナはそう尋ねながら、クングスホルム通りを右に曲がった。

「公安はもう、アジトへ向かっている最中だと思うよ」

「アジトの入口だけ教えてくれませんか？　あなたはそのあと本部に戻って、なにも知らないふりをすればいい」

「計画はあるのかい？」

「計画？　計画ってなんですか？」ヨーナはおどけてみせた。

ナータンが笑い声を上げた。

「計画というほどのものはありません。ダニエル・マルクルンドがペネロペのアパートでなにをしようとしていたのかを突き止めるだけです。もしかしたらマルクルンドが事件の背景を知っているかもしれない」

「しかし……」

「〝旅団〟がいまこのタイミングでペネロペのアパートに入ろうとしたのは、けっして偶然ではないと思います。公安は、左翼過激派がテロを計画してると思い込んでるようですが……」

「公安はいつもそう思い込んでる。そう思い込むのが連中の仕事だ」ナータンが笑みをうかべた。

「いずれにせよ、この事件を手放す前に、ダニエル・マルクルンドと話がしたいんです」

「しかし、たとえ公安の連中より先にたどり着いたとしても、〝旅団〟がすすんで話をしてくれるとは限らないぞ」

29

突入部隊

サーガ・バウエルは弾倉に弾薬を十三発詰め込み、その弾倉を自分の大きな黒いピストルに入れた。四五口径のグロック21だ。

公安警察はこれから、セーデルマルム島にある〝旅団〟のアジトに突入する。

サーガは同僚三人とともに、ホーン通り、フォルクオペラ歌劇場の前に駐めたマイクロバスに乗っている。全員が私服だ。あと十五分で〈ナガム・ファストフード〉まで歩いていき、そこで突入部隊の到着を待つことになっている。

公安は一カ月ほど前から、ストックホルムの左翼過激派が活発になっていることに注目していた。単なる偶然の一致という可能性もないわけではないが、公安でも屈指の戦略家たちの推測によれば、こうした過激派団体のいくつかが手を組み、大規模な破壊工作をたくらんでいるのではないか、ということだった。そのうえ、ヴァクスホルムにある軍の倉庫から爆薬が盗まれる事件があったことから、テロの可能性もささやかれていた。ビオラ・フェルナンデス殺害事件とペネロペ・フェルナンデス宅のガス爆発未遂も、来るべきテロ行為に関連するものとみなされていた。

〝旅団〟は、極左団体の中でも最も危険かつ過激な団体とみなされている。ダニエル・マルクルンドはその中心人物のひとりだ。彼はペネロペ・フェルナンデスのアパートに侵入しようとしていたところを逮捕された。公安の戦略家たちの考えによれば、ヨーナ・リンナ警部と、彼に同行していた鑑識官を襲ったのも、このマルクルンドである可能性が高いとのことだった。

ヨーラン・ストーンはずしりと重い防弾チョッキを身につけながら、笑みをうかべて言った。

「ようやくあの腰抜けどもをとっ捕まえる時が来たな」

アンデシュ・ヴェストルンドが笑い声を上げたが、緊張しているのは隠しようがなかった。

「どうせなら抵抗してくれれば万々歳ですよ。そうすれば、アカの子種を根絶やしにしてやれる」

サーガ・バウエルは、ペネロペ・フェルナンデス宅の前でダニエル・マルクルンドが逮捕されたときのことを思い起こした。上司であるヴェルネル・サンデーン課長の意向で、ヨーラン・ストーンが事情を聞くことになった。ストーンは事情聴取を始めるなり攻撃的な態度に出た。相手を挑発して反応をうかがおうとしたのだ。が、その結果、マルクルンドは法的代理人を求めただけで、事情聴取のあいだ沈黙を押し通した。

マイクロバスの扉が開き、ローランド・エリクソンがコカコーラの缶とバナナ味のキャンディーの袋を持って乗り込んできた。

「武器が見えたら撃ってやりますよ」ローランドは気が立っているようすだ。「あっという間だから、考えずに撃つしか……」

「打ち合わせどおりにやるんだ」ヨーラン・ストーンが言う。「が、銃撃戦になったら、脚だけを狙う必要は……」

「頭にぶち込んでやりましょう」ローランドが大声を上げた。

「落ち着きなさい」

「兄貴の顔は……」

「知ってるよ、ローランド、黙っとけ」アンデシュが苛立ちをあらわにした。

「火炎瓶が顔に当たって」ローランドは続けた。「十一回も手術を……」

「おまえ、この作戦に耐えられるか？」ヨーランが鋭い声でさえぎった。

「もちろんです」ローランドがすかさず答える。

「ほんとうに？」

「大丈夫です」

ローランドは窓の外に目をやり、スヌース（口に含んでニコチンを摂取するタイプの煙草）の箱のふたを親指の爪でカリカリと引っ掻いた。

サーガ・バウエルは扉を開け、車内に少し空気を入れた。たしかに、アジトの手入れをするには絶好の機会だと思う。待つ理由はなにもない。が、同時に、ペネロペ・フェルナンデスとのつながりを理解したいとも思う。ペネロペが左翼過激派の中でどんな役割を担っているのか。なぜ彼女の妹が殺されたのか。わからないことがたくさんありすぎる。突入する前に、ダニエル・マルクルンドを尋問したほうがいいのではないか。彼の目を見て、じかに質問したい。上司にもそう説明しようとした。突入してしまったあとでは、尋問する相手がいなくなってしまう可能性もあるのだから、と。

この捜査の責任者は、あくまでもわたしだ——サーガはそう考えると、車を降り、蒸し暑い歩道へ出ていった。

「突入部隊が、ここと、ここと、ここから突っこむ」ヨーラン・ストーンは建物の図面を指差して再確認した。「われわれがいるのはここだ。場合によっては、劇場を通り抜けなきゃならなくなるかも……」

「サーガはどこに行ったんですか?」ローランドが尋ねる。

「怖じ気づいて生理にでもなったんだろ」アンデシュが冷笑した。

30

痛み

ヨーナ・リンナとナータン・ポロックはホーン通りに車を駐め、コンピュータから印刷した画質の悪いダニエル・マルクルンドの写真をちらりと見やった。車を降り、交通量の多い道路を足早に渡ると、小さな劇場の扉を開けて中に入った。

トリビュナーレン劇場は独立系の劇団によって運営され、観客の収入に応じたチケット価格制度を取り入れている。これまでの公演レパートリーは、ギリシャ悲劇『オレステイア』から『共産主義者宣言』までさまざまだ。

ヨーナとナータンは幅の広い階段を駆け下り、バーカウンター兼チケット売り場にさしかかった。まっすぐな髪を黒く染め、鼻に銀のリングピアスをした女性が、ふたりに笑顔を向けた。ふたりとも愛想良くうなずいてみせたが、なにも言わずに通り過ぎた。

「だれかお探しですか？」ふたりが金属の階段を上りはじめると、背後から女性が呼びかけた。

「ええ」ポロックはほとんど聞き取れないほどの小声で答えた。

ふたりは散らかった事務室に足を踏み入れた。コピー機と机があり、掲示板に新聞記事の切り抜きが貼ってある。ぼさぼさ頭の痩せた男が、火のついていないタバコをくわえ、コンピュータに向かっていた。

「やあ、リカルド」ポロックが言う。

「どちらさま?」男は上の空でそう言うと、コンピュータ画面に視線を戻した。

ふたりは楽屋に入った。ハンガーに掛かった衣装が整然と並び、化粧台とバスルームが見える。

テーブルの上の花瓶には、バラの花束が活けてあった。

ポロックはあたりを見まわしてから、行く先を指差した。ふたりは〝配電室〟と書かれたスチール扉へまっすぐに向かった。

「この中のはずだよ」ポロックが言う。

「劇場の配電室ですか?」

ポロックは答えず、すばやく錠をこじ開けた。中をのぞき込むと、狭い空間に、電力量計や分電盤、大量の段ボール箱が見えた。天井灯はつかなかったが、ヨーナは段ボール箱をまたいで中に入り、古着の入った紙袋を踏んで進んだ。ぶら下がった延長コードの向こうに、もうひとつ扉があるのが見えた。扉を開け、打ち放しコンクリート壁の通路に入る。ナータン・ポロックがそのあとに続いた。空気が淀んでいて、酸素が足りない気がする。ごみと湿った土のにおいがする。遠くのほうから、とらえがたいバックビートの音楽が聞こえる。床にビラが一枚落ちている。マルクス主義のゲリラ指導者、チェ・ゲバラの頭から、火のついた導火線が出ている図柄だ。

「〝旅団〟は二年ほど前からここに隠れてる」ポロックが小声で言う。

「菓子パンでも持ってくればよかったな」

「気をつけると約束してくれ」

「ダニエル・マルクルンドが留守なんじゃないかってことだけが心配なんですが」

「留守ということはないと思う。めったに出かけないようだから」

「ナータン、ありがとうございます」

「やはり、いっしょに行こうか？　あと数分しかない。公安が突入してきたら、きみの身も危ないぞ」

ヨーナはグレーの目を細めたが、それでも柔らかな声で言った。

「訪ねにきただけですから」

ナータンは咳をしながら劇場へ戻り、扉を閉めて出ていった。ひとり残されたヨーナは、がらんとした通路にほんの一瞬立ちつくしたが、やがてピストルを抜き、弾倉がフルに装塡されていることを確かめてからホルスターに戻した。それから通路の奥のスチール扉へ向かった。鍵がかかっている。こじ開けているあいだに貴重な時間が数秒ほど過ぎた。扉は青いペンキで塗られ、ひどく小さな文字で〝旅団〟と刻み込まれている。文字の幅は二センチほどしかない。

ヨーナは取っ手を押し下げ、そっと扉を開けた。耳をつんざくような大音量の音楽に迎えられた。

ジミ・ヘンドリックスの『マシンガン』を、電子音楽ふうにアレンジした曲のようだ。あまりの大音量で、ほかの音はなにも聞こえない。ギターの音色が叫び、夢見るようなリズムでうねりながら迫ってくる。

ヨーナは中に入って扉を閉めると、がらくたのあふれかえった部屋を小走りに進んだ。山積みになった本や古雑誌が天井にまで達している。

あたりはほぼ完全な暗闇だが、そこかしこに積まれた本が、部屋の中に通路をかたちづくっているのだとわかった。新たな扉へ続く迷路だ。

足早に通路を抜け、弱々しい光の差している場所にたどり着く。さらに前進すると、通路が二手に分かれていた。ヨーナは右に曲がったが、やがてくるりときびすを返した。

なにかが見えた気がしたのだ。すばやい動きのようなものが。

なにかの影が、視界の端へ消えたような気がした。

気のせいかもしれないが。

ヨーナは前に進んだが、曲がり角でふと立ち止まり、目を凝らした。裸電球が天井からケーブルで吊るされ、ゆらゆら揺れている。ふと、音楽のあいまに悲鳴が聞こえてきた。防音壁の向こうでだれかが叫んでいる。ヨーナははたと動きを止め、少し後ずさると、雑誌の山が崩れて床に散らばっている狭い通路をのぞき込んだ。

頭が痛くなってきた。なにか食べなきゃならないな、とヨーナは思った。なにか持ってくればよかった。ほんの少しのダークチョコレートでもじゅうぶんなのに。

崩れた雑誌の山をまたいで進むと、下の階に続くらせん階段があった。甘ったるい煙のにおいがする。手すりにつかまり、足を忍ばせながらできるかぎり速く下りたが、金属の階段で、どうしても音が出てしまう。最下段にたどり着き、黒いベルベットのカーテンの前で立ち止まると、ホルスターに入れたピストルに手を置いた。

階上よりも音楽が弱まっている。

カーテンのすき間から赤い光が差し込み、大麻と汗のにおいが鼻を突いた。ヨーナは目を凝らしたが、見える範囲は限られていた。プラスチック製のピエロが片隅に置かれ、鼻の部分が赤い電球になっている。ヨーナは数秒ほどためらっていたが、やがて黒いカーテンをくぐり、部屋に足を踏み入れた。脈が高まり、頭痛が激しくなる。あたりにさっと視線を走らせる。研磨されたコンクリートの床に、二連のショットガンが置いてあり、開いた箱にはスラッグ弾が入っている――相手に大きなダメージを与える、ずしりと重い鉛の弾だ。事務用椅子に裸の男が座り、目を閉じてタバコのようなものを吸っている。ダニエル・マルクルンドではないとわかった。胸をあらわにした金髪の女が、壁にもたれ、マットレスに半ば横たわるようにして座り、軍用毛布を腰に巻いている。ヨーナと目が合うと、キスの真似事をしてみせ、缶ビールを無造作にひと口飲んだ。

唯一開いている戸口から、また悲鳴が聞こえてきた。

ヨーナはふたりに視線を据えたまま、ショットガンを拾い上げて銃口を床に向け、銃身を軽く踏んで折った。

女が缶ビールを置き、ぼんやりとわきの下を掻いた。

ヨーナはそっとショットガンを置いて前進した。マットレスの女のそばを素通りし、天井の低い通路に入る。黄色いグラスウールに金網を張った天井だ。葉巻の煙が立ちこめている。強烈な灯りがこちらに向けられていて、ヨーナは光をさえぎろうと手をかざした。通路の奥には、幅の広いプラスチック板が何枚かぶら下がっている。ヨーナは目がくらんで、なにが起こっているのかよく見えなかったが、なにかが動いていること、不安と恐怖に満ちた声がこだましていることだけはわかった。突然、すぐそばで大きな叫び声があがった。喉の奥から絞り出したような叫び声。速く荒い息遣いがそのあとに続いた。ヨーナは音を立てないよう気をつけながら足早に進み、目がくらむほど明るいライトを素通りした。厚いプラスチック板の奥の部屋がたちまち見えてきた。

部屋には煙が立ちこめ、静止した空気の中で、煙のヴェールがゆっくりと動いている。目出し帽をかぶり、黒のジーンズと茶色のTシャツを着た、背の低い筋肉質の女が、ブリーフと靴下しか身につけていない男の前に立ちはだかっている。男はスキンヘッドで、白人至上主義のスローガン〝ホワイト・パワー〟の文字をタトゥーで額に彫り込んでいる。舌を嚙み切ったらしく、あごに、首筋に、でっぷりとした腹に、血が流れ出している。

「頼む」男は声にならない声でそう言い、首を横に振った。

ヨーナは、女がだらりと垂らした手に火のついた葉巻を持っていることに気づいた。女はいきなり男に歩み寄ると、額のタトゥーに葉巻の火を押しつけた。男は絶叫した。でっぷりとした腹と垂れた胸が小刻みに震えた。男は小便を漏らし、青いブリーフに紺色のしみが広がって、小便が裸の脚をつたって流れた。

ヨーナはピストルを抜き、厚いプラスチックの仕切り板に開いたすき間に近づきながら、室内にほかにも人がいるのかどうか確かめようとした。ふたりのほかに人影は見えない。大声をあげようと口を開いた瞬間、自分のピストルが床に落ちるのが見えた。

ピストルはむき出しのコンクリートにぶつかってかつんと音を立て、プラスチックの仕切り板のそばに落ちた。ヨーナは怪訝な顔で自分の手を見つめた。震えている。次の瞬間、すさまじい痛みに襲われた。目の前が真っ暗になる。額の内側に、重い、なにかが割られるような動きを感じる。うめき声を抑えることができず、片手を壁について体を支えた。

気が遠くなりながらも、仕切りの向こうから聞こえてくる声が耳に届いた。

「そんなことはどうでもいい」葉巻を持った女が叫んだ。「なにをしたのか言えって言ってんだろ？」

「覚えてないんだ」ネオナチの男は泣いている。

「なにをした？」

「いやがらせを」

「もっとはっきり言え！」

「目にやけどさせた」

「タバコで、だろ」女が言う。「相手は十歳の男の子だってのに……」

「けど、おれは……」

「どうしてそんなことをした？　その子がなにをしたっていうんだ？」

「シナゴーグから出てきたところを追いかけて……」

ヨーナは自分でも気づかないまま、壁に取り付けられた重い消火器をつかんで引きずり下ろした。時間の感覚がなくなった。空間もさっと消えた。存在しているのは、頭の中の痛みと、甲高い耳鳴りだけだった。

31

メッセージ

ヨーナは壁にもたれ、視力を取り戻すためにまばたきをした。ふと、だれかが近寄ってきたことに気づいた。裸の若者たちのいた部屋から追いかけてきたのだ。背中に置かれた手を感じる。痛みの黒いヴェールル越しに、相手の顔がぼんやりと見えてきた。

「どうしたんですか？」サーガ・バウエルが小声で尋ねる。「怪我は？」

ヨーナは首を横に振ろうとしたが、痛みがひどすぎて言葉を発することもできない。皮膚を、頭蓋を、大脳皮質を、どろどろとした脳脊髄液をフックで貫かれ、引っ張られているような気がする。

彼はひざをついた。

「ここから出なければ」サーガが言う。

ヨーナは彼女にあごを支えられているとわかったが、それでも目の前は真っ暗だった。

体中が汗の粒に覆われ、わきの下や、後頭部、背中から汗が流れている。顔に、髪の生え際に、額ににじむ汗を感じる。

サーガは彼の服をまさぐった。てんかんの発作だろうと考え、ポケットに薬が入っていないか探しているのだ。彼女が財布を手に取り、てんかん患者のシンボルであるろうそくの炎のマークを探しているのが、ぼんやりと見えた。

やがて痛みが引いてきた。ヨーナは舌で口の中を湿らせ、顔を上げた。歯をぐっと食いしばっている。頭痛の発作のせいで体中がうずいている。

「まだ来ちゃだめだ」とヨーナはささやいた。「その前に……」

「いったいなにがあったんですか？」

「なんでもないよ」ヨーナはそう答え、床に落ちたピストルを拾い上げた。

立ち上がると、力のかぎりにすばやく動き、ぶら下がったプラスチックの仕切り板をすり抜けて部屋に入った。だれもいない。反対側の壁に非常口を示すランプが光っている。あとを追ってきたサーガが、問いかけるような視線を彼に向けた。ヨーナは非常口を開けた。急な半階段が上に伸び、通りに面したスチール扉へ続いている。

「くそっ《ペルケレ》」

「質問に答えてください」サーガが憤りをあらわにした。

ヨーナはこの病の直接の原因を、つねに意識から遠ざけている。ずっと昔に起こった、あのできごとについて——脳がときおり痛みでどくどくと脈打ちはじめ、数分のあいだ、ほぼ完全に彼を打ちのめす、その原因となったできごとについて、考えるのをかたくなに拒んでいる。医師によれば、物理的に引き起こされる極端な片頭痛なのだという。

これまでになんらかの効果があったのは抗てんかん薬のトピラメートだけで、ヨーナはこの薬を絶えず服用しなければならないことになっていたが、仕事で明晰な思考が必要とされるときには飲まないようにしていた。薬を飲むと、体がだるくなり、鋭く澄みわたった思考力が鈍ってしまう気がするのだ。危険な賭けだとわかっている。薬を飲まなくても、何週間も片頭痛の発作が起こらないことがほとんどだが、今回のように、ほんの数日飲まなかっただけで発作に襲われることもあるのだから。

「拷問してたんだ、やられてたのはネオナチの男みたいだったが……」

「拷問？」

「葉巻でね」ヨーナはそう答え、通路を戻りはじめた。

「なにがあったんですか？」

「結局、踏み込めなかった……」

「ちょっと、ヨーナ」サーガが冷静な声でさえぎる。「こんなふうに……なんというか……現場で立ち回るのは、やめたほうがいいんじゃないですか？　病気を抱えてるのなら」

そして自分の顔をさすり、つぶやいた。

「まったく、どうしてこうなるわけ」

ヨーナはピエロのランプのある部屋へ向かった。後ろからついてくるサーガの足音が聞こえた。

「だいたい、あなたはここでなにをしてるんですか？」背後からサーガが尋ねる。「公安の部隊がいつ突入してきてもおかしくないんですよ。あなたが武器を持っているとわかれば、容赦なく撃ってくる。わかってるでしょう？　あたりは暗いし、催涙ガスも使うだろうし……」

「ダニエル・マルクルンドと話をしなくては」

「その名前を知ってることからしておかしいわ」サーガはヨーナのあとに続いてらせん階段を上がった。「だれに聞いたんですか？」

ヨーナは通路のひとつを進みはじめたが、サーガが合図をし、別の道を指差しているのを見て立ち止まった。彼女のあとについて歩く。サーガが走り出すのを目にして、ピストルを抜いた。角を曲がると、サーガがなにやら叫んでいるのが聞こえた。

彼女は戸口で立ち止まっている。部屋の中にはコンピュータが五台あり、あごひげを生やし不潔な髪をした若い男が片隅に立っていた。ダニエル・マルクルンドだ。湿った唇は明らかに緊張している。ロシア製の銃剣を手に持っている。

「警察の者です。刀を置きなさい」サーガは穏やかにそう言い、身分証を掲げてみせた。

若者は首を横に振ると、刃をさまざまな方向にすばやく返しながら刀を振り回してみせた。

「話がしたいだけなんだ」ヨーナはピストルをホルスターに戻した。

「じゃあ、話せよ」ダニエルが張りつめた声で言う。

ヨーナは彼に近寄り、焦りの浮かんだ瞳を見つめた。突き出された刀を、自分を追って振り回される刃を、研ぎ澄まされた刃先を、ヨーナはまったく意に介していない。

「ダニエル、こういうことはあまり得意じゃないんだろう」微笑みながら言う。

ぎらぎらと光る刃から、銃の手入れに使うグリースのにおいがはっきりと感じとれた。

ダニエル・マルクルンドは銃剣をさらに速く振り回し、集中したまなざしで答えた。

「フィンランド人だけが得意だと思ったら大まちがい……」

ヨーナはすばやく攻撃に転じ、相手の手首をつかむと、柔らかな動きでひねって銃剣を手放させ、机の上にどさりと置いた。

沈黙が訪れた。ふたりは互いを見つめあった。やがてダニエル・マルクルンドが肩をすくめ、弁解するように言った。

「ITが専門なんで」

「急ごう、もうすぐ邪魔が入る」ヨーナが言った。「ペネロペ・フェルナンデス宅になんの用があったのかだけ聞かせてくれ」

「訪ねてみただけだよ」

「ダニエル」ヨーナの声が暗くなった。「銃剣を振り回した件だけでも、刑務所行きは堅いんだぞ。でも、いまはきみを逮捕するより大事なことがあるから、こうしてきみにチャンスを与えてやってるんだ。時間を節約するために」

「ペネロペは〝旅団〟の一員？」サーガがすかさず口をはさむ。

ネロペはおれたちの活動に大っぴらに反対してるよ」

「ペネロペ・フェルナンデスが？」ダニエル・マルクルンドの顔に笑みがうかんだ。「ペ

「じゃあ、彼女になんの用が？」ヨーナが言う。

「反対してる、というのは？」サーガが尋ねた。「権力争いをしてるとか……」

「まったく、公安ってなんにも知らないんだな」ダニエルは疲れた笑みをうかべた。「ペネロペ・フェルナンデスは混じりけなしの平和主義者で、心の底から民主主義を信奉してる。だから、おれたちのやり方が気に食わないんだよ……でも、おれたちは彼女のことを気に入ってる」

ダニエルはコンピュータ二台を前にした椅子に腰を下ろした。

「気に入ってる？」

「ペネロペのことは尊敬してる」

「どうして」サーガが驚きの声をあげた。「どうして……」

「ペネロペがどれほど嫌われてるか知ってるかい……グーグルで彼女の名前を検索してみればわかるよ。かなりひどいことが書かれてる……で、そのうちの何人かが、とうとう一線を越えちまったというわけだ」

「一線を越えた、というと？」

ダニエルはふたりに苛立たしげな視線を向けた。

「ペネロペが失踪したことは知ってるんだろ？」

「ええ」サーガが答える。

「それはよかった」とダニエルは言った。「よかったけど、おれはどういうわけか、警察がペネロペの捜索に力を尽くすわけがない、という気がしてならない。だから彼女の家に行ってみたんだ。彼女のコンピュータを調べて、犯人の手がかりを得ようと思った。というのも、極右の〝スウェーデン抵抗運動〟がこの四月、メンバーに通知を送ってる。非公式だけど……共産主義者の売女ペネロペ・フェルナンデスを拉致して、〝スウェーデン抵抗運動〟の性的奴隷にしてやれ、っていう内容だ。ほら、これも見てみろよ……」

ダニエル・マルクルンドは何台もあるコンピュータのうちの一台を操作し、画面をヨーナに向けてみせた。

「〝アーリア同胞団〟の連中だよ」

ヨーナは画面にざっと視線を走らせた。ひどく卑猥な内容のチャットで、アーリア人種の一物がどうのとか、ペネロペをどうやって始末するかとかいった内容が並んでいる。

「だが、こいつらはペネロペの失踪にはかかわってないよ」ヨーナが言う。

「そうなのかい？　じゃあ、だれだ？　〝北欧連合〟？」ダニエルが興奮しはじめた。

「教えろよ！　まだ手遅れじゃないんだから」

「まだ手遅れじゃない？　どういうことだ？」

「言ったとおりだよ。ふつうなら、捜索を始めるころにはもう手遅れって場合が多いけど……今回は、ペネロペのお袋さんの留守電に残ったメッセージをキャッチしたんだ。一刻を争うことはまちがいなさそうだけど、少なくともまだ手遅れではない。だから、彼女のコンピュータを調べなきゃと思って……」

「メッセージをキャッチしたって？」ヨーナが口をはさむ。

「昨日の朝、お袋さんに電話してたんだよ」ダニエルはそう答えると、苛立ったようすで不潔な頭を掻いた。

「ペネロペが？」

「ああ」

「なんて言ってた？」サーガがすかさず尋ねる。

「電話の盗聴のやりかたを知ってるのは公安だけじゃないんだぜ」ダニエルはニヤリと笑ってみせた。

「ペネロペはなんと言ってたんだ?」ヨーナが声を大きくして繰り返した。

「追われてる、って」ダニエル・マルクルンドが苦々しげに答える。

「正確には?」

ダニエルはサーガ・バウエルにちらりと視線を向けてから、尋ねた。

「公安はあとどれくらいで突入してくる?」

サーガは時計を見た。

「三、四分」

「じゃあ、こいつを聞いてもらう時間はあるな」ダニエル・マルクルンドはそう言うと、さきほどとは別のコンピュータにコマンドをいくつかすばやく打ち込み、音源を再生した。

スピーカーがざわつき、やがてカチリと音がして、クラウディア・フェルナンデスの留守番電話メッセージが再生された。ピッと短い音が三度鳴り、それから激しい雑音が響いた。電波の状態がかなり悪いようだ。雑音にまぎれて、遠くのほうから弱々しい声が聞こえてくる。女性の声だが、なにを言っているかまではわからない。そのわずか数秒後、〝仕事見つけろよ〟という男の声がした。電話がぷつりと切れ、沈黙が訪れた。

「失礼」ダニエルがつぶやく。「もう少しフィルターをかけなきゃ」

「時間がないわ」サーガが小声で言った。

ダニエルはコンピュータを操作し、コントローラーを動かした。交錯する音声の曲線を見つめ、数字を調節してから、もう一度録音を再生する。

〝はい、クラウディア・フェルナンデスです――ただいま電話に出ることができません。メッセージを残してくだされば、できるだけ早く折り返しお電話します〟

三つの短い電子音が、さきほどとは違って聞こえた。そのあとの雑音も、金属がそっとぶつかり合うような、弱々しい音に変わっていた。

不意にペネロペ・フェルナンデスの声がはっきりと響いた。

「お母さん、助けて、追われてるの……」

「仕事見つけろよ」男の声がして、電話は切れた。

32

地道な警察捜査

　サーガ・バウエルが時計をちらりと見やり、もう行かなくては、と言った。ダニエル・マルクルンドは、自分はバリケードを築いてここに残る、と冗談半分につぶやいてみせたが、その目は明らかにおびえていた。

「公安は容赦しないわよ。さっきの銃剣は捨てること。抵抗しないで、すぐに投降しなさい。動くときにはゆっくり動いて」サーガは早口でそう言うと、ヨーナとともに狭い事務室をあとにした。

　ダニエル・マルクルンドは事務用の椅子に座ったまま、ふたりの背中を目で追った。それから銃剣をくずかごに捨てた。

　ヨーナとサーガは迷路のような〝旅団〟のアジトを離れ、ホーン通りに出た。サーガは、〈ナガム・ファストフード〉で押し黙ったままフライドポテトを食べているヨーラン・ストーンの私服グループに合流した。作戦司令部からの命令を待っている彼らの目は、虚ろながらもぎらついていた。

二分後、重装備の公安警察官が十五人、黒いワゴン車四台から降りて駆け出した。彼らは入口をすべて強硬突破した。あちこちの部屋に催涙ガスが広がった。ダニエル・マルクルンドを含む五人の若者が、頭に両手を載せて床に座っているのが発見された。彼らは後ろ手にプラスチックの手錠をかけられ、咳き込みながら外へ連れ出された。

公安が押収した武器から、〝旅団〟が実際には大した武装集団でなかったことがわかった。見つかったのは、コルト社製の古い軍用ピストル、小口径ライフル、銃身の折られたショットガン、スラッグ弾の入った箱が一つ、ナイフが四本、手裏剣が二つだけだったのだ。

＊

車で湖沿いを走っている途中、ヨーナは電話を取り出し、国家警察長官に電話をかけた。着信音が二回鳴ったあと、カルロスがスピーカーボタンをペンで押して応答した。

「ヨーナ、警察大学の居心地はどうかね？」

「警察大学にはいません」

「知っているよ、というのも……」

「ペネロペ・フェルナンデスは生きてます」ヨーナがさえぎった。「何者かに追われて、必死で逃げてるんです」

「だれからの情報だ？」

「母親の留守番電話にメッセージが残ってました」

受話器の両側に沈黙が下りた。やがてカルロスが息を吸い込んだ。

「なるほど、ペネロペは生きている、と。それはよかった……ほかにわかっていることは？　生きていることはわかった、が……」

「少なくとも、電話のあった三十時間前には、生きていたことがわかってます。それから、だれかに追われてることも」

「いったいだれに追われているんだ？」

「メッセージは途切れてたので、そこまではわかりませんが……もし、ぼくが鉢合わせしたのと同一人物だとしたら、とにかく急がなければ」

「職業的な殺し屋だというんだね？」

「ぼくとエリクソンを襲った男はまちがいなく、プロのトラブルシューター、いわゆる〝グロブ〟です」

「グロブ？」

〝墓〟を意味するセルビア語ですよ。法外な報酬をとって、基本的にひとりで仕事をする。が、引き受けた任務はかならず成し遂げる」

「どうも信じがたい気がするが」

「ぼくはまちがっていないはずです」ヨーナはきっぱりと言った。

「きみはいつもそう言うな。しかし、もしほんとうにプロの殺し屋なのだとしたら、ペネロペはもう絶望的ではないのかね……丸二日近く経っているんだ」

「彼女が生きているとしたら、それは殺し屋が別のことを優先したからでしょう」

「きみはあいかわらず、その男がなにかを探していると思っているんだね？」

「はい」

「そのなにかとは？」

「まだわかりませんが、写真ではないかと……」

「根拠は？」

「いまのところ、それがいちばん有力な線で……」

ヨーナは、本棚から出された本、詩の一節が書かれた写真、ビヨルンの短い訪問、腹に当てていた手、ガラス戸に残った手型、テープの跡、写真の切れ端についてざっと報告した。

「つまり、殺し屋が探していたのは、ビヨルンが回収したその写真だというんだね？」

「ビヨルンのアパートを先に探したんだと思います。でも目的の品は見つからなかったので、ガソリンを撒き、隣のアパートのアイロンをつけっぱなしにした。消防署へは十一時五分に通報がいきましたが、火の勢いを抑える間もなく二階が全焼したんです」

「そして、同じ日の夜、ビオラを殺した」

「ビヨルンが写真を持ってクルージングに出かけたと思ったんでしょう。そこでクルーザーを追い、乗り込んで、ビオラを水死させ、船内を探した。船を沈めようと考えたが、どういうわけか気が変わった。群島を離れ、ストックホルムに戻ってきて、ペネロペのアパートを探しはじめた……」

「が、犯人はまだ写真を見つけていない、と？」

「ビヨルンが持って逃げているか、どこかに隠したんでしょう。友だちの家とか、どこかのロッカーとか、可能性はいろいろあります」

電話の両側が静まり返った。ヨーナはカルロスが深く息をつくのを耳にした。

「その写真を、われわれが先に見つけられれば」カルロスが物思わしげに言う。「きっとすべてが終わるんだろうね」

「そうですね」

「われわれがその写真を見れば……写真が警察の目に触れれば、それはもはや秘密ではなくなる。秘密を守るために人を殺す意味はなくなる」

「そううまくいけばいいんですが」

「ヨーナ、私は……ペッテルを担当からはずすわけにはいかないが、それでもぜひ……」

「ぼくは警察大学に行って、講義をしてればいいんですよね」ヨーナがカルロスをさえぎった。

「そのとおりだよ」カルロスは笑い声をあげた。

クングスホルメン島に戻る途中で、ヨーナは携帯電話の留守番電話サービスに耳を傾けた。エリクソンがいくつもメッセージを残していた。最初のメッセージでは穏やかな口調で、入院先の病院でも仕事できます、と言っているが、その十三分後のメッセージでは、絶対に捜査に参加させてください、と語調が強くなり、二十七分後には暇すぎて頭がおかしくなりそうだと叫んでいる。ヨーナは彼に電話をかけた。着信音が二度鳴り、エリクソンのけだるそうな声が聞こえてきた。

「ヒック……」

「手遅れなのか？」ヨーナが尋ねる。「もう頭がおかしくなった？」

エリクソンは返事の代わりにしゃっくりをしてみせた。

「その状態でどこまで理解できるかわからないけど」とヨーナは切り出した。「大急ぎで捜査を進めなきゃならなくなった。昨日の朝、ペネロペ・フェルナンデスが母親に電話をかけて、留守電にメッセージを残してたことがわかったよ」

「昨日ですか？」エリクソンはたちまち真剣な声になった。

「追われている、と言っていた」

「これから来てくれるんですよね？」

エリクソンの荒い鼻息が聞こえ、ヨーナは経緯を説明した。ペネロペとビョルンは、木曜から金曜にかけての夜をそれぞれの自宅で過ごした。ペネロペはテレビ討論に参加するため、六時四十分に迎えにきたタクシーに乗ってテレビ局へ向かった。タクシーがサンクト・パウル通りを離れてから一、二分のあいだに、ビョルンがアパートに入った。ヨーナはガラス戸に残った手型とテープの跡、引きはがされた写真の切れ端について話し、ビョルンはペネロペが出かけるのを外で待っていたにちがいない、彼女の留守を狙って、大急ぎでこっそり写真をはがそうと考えたのだ、と語った。

「そして、ぼくたちを襲った男は、いわゆるトラブルシューターだと思う。写真を探していたところに、ぼくたちがひょっこり現われたんだ」

「そうかもしれませんね」エリクソンがつぶやく。

「奴にとっては、とにかくアパートを離れることが先決だった。ぼくたちを殺すことは優先しなかった」

「優先していれば、ぼくたちはふたりとも死んでいるだろうから」

電話の向こうで雑音がした。エリクソンがだれかに向かって、出ていってくれませんか、と告げている。リハビリの時間だと繰り返す女性の声と、人に聞かれたくないんですよ、と吐き出すように言うエリクソンの声が聞こえてきた。

「つまり、殺し屋はまだ問題の写真を見つけていないということになる」とヨーナは続けた。「もしクルーザーで見つけていたなら、ペネロペ宅の家捜しなどしなかったはずだ」

「でも、ペネロペ宅に写真はなかったんですね。ビヨルンがすでに回収していたから」

「ガス爆発を起こそうとしたということは、殺し屋は写真を手に入れたがってるわけじゃなくて、ただ隠滅しようとしてるんだと思う」

「でも、そんな大事な写真なら、どうしてペネロペ・フェルナンデスは居間のドアなんかにその写真を貼ってたんでしょう？」

「理由はいくつか考えられるよ。いちばん可能性が高いのは、ビヨルンとペネロペがなにかの証拠になる写真を撮ったけど、本人たちはその深刻な意味合いを知らない、ということだ」

「なるほど、なるほど」エリクソンが熱心に言う。

「ふたりにとってはただの写真にすぎなかったから、隠す必要などなかった。そのために人を殺すような写真だとは思ってなかったんだ」

「ところが、ビヨルンが急に考えを変えた」

「なにか、それまでは知らなかったことを知ったのかもしれない。実は危険な写真だと気づいたのかもしれない。だから回収しに行った。とにかく、いまの時点ではわからないことだらけだ。答えをはっきりさせるには、昔ながらの地道な捜査をやるしかないと思う」

「賛成です」エリクソンの声は叫びに近かった。

「ここ一週間の電話や携帯メールの記録、銀行口座の動きなんかを調べてくれるかい？　レシート、バスの乗車券、だれかと会っていたか、なにをしていたか、仕事は何時から何時までだったか……」

「もちろんですよ」

「いや、ちょっと待った。いまのは忘れてくれ」

「忘れる？　どういうことです？」

「リハビリがあるんだろ」ヨーナは笑いながら言った。「リハビリの時間だって言ってるのが聞こえたよ」

「なに冗談言ってるんですか」エリクソンは憤りをこらえながら言った。「リハビリですって？　なんですか、それ？　仕事の代わりに暇つぶししてろと？」

「ちゃんと休んだほうがいいよ」ヨーナはからかいを続けた。「鑑識官はほかにもいるし……」

「ここでじっとしてると気が狂いそうなんですよ」

「まだ六時間ぐらいしか経ってないじゃないか」

「頭がおかしくなっちまう」とエリクソンはこぼした。

33

捜索活動

ヨーナはストックホルム東のグスタフスベリへ車を走らせた。道端に白い犬がじっと座り、行き交う車を静かに眺めている。ヨーナはディーサに電話しようと思ったが、代わりにアーニャの番号を押した。

「クラウディア・フェルナンデスの住所を教えてくれ」

「マリア通り五番地です」即座に答えが返ってきた。「昔の陶磁器工場の近くですよ」

「ありがとう」

アーニャはすぐには電話を切らなかった。

「待ってますよ」あいまいな口調で言う。

「なにを？」ヨーナはやさしく尋ねた。

「フェリーでいっしょにフィンランドに行こう、って誘ってくださるのを。湖のそばに薪サウナのある、小さなコテージを借りるのを」

「それはいいね」ヨーナはゆっくりと答えた。

夏なのにあたりは灰色で、靄がかかり、空気がむっと淀んでいる。ヨーナはクラウディア・フェルナンデス宅の前に車を駐めた。車を降りると、ツゲやスグリの苦い香りが漂い、彼はある記憶にとらわれてしばらく立ちつくした。浮かび上がってきた顔がゆっくりと融け、ヨーナは呼び鈴を押した。学校の木工の授業で作ったのか、子どもらしい文字で〝フェルナンデス〟と焼き付けた表札が掛かっている。

呼び鈴が家の中で美しいメロディーを奏でた。ヨーナは待った。しばらくして、ゆっくりとした足音が聞こえてきた。

扉を開けたクラウディアは不安げな表情だった。ヨーナの姿を目にすると、彼女は玄関で後ずさった。コートがハンガーからはずれて床に落ちた。

「まさか」とささやく。「ペニーが……」

「フェルナンデスさん、大丈夫ですよ」ヨーナはあわてて言った。

クラウディアは立っていることができず、ハンガーに掛かった服の下、靴の並んだ床にくずおれた。おびえた獣のような息遣いだ。

「どうしたんですか？」恐怖の混じった声で尋ねる。

「まだわからないことだらけですが、とにかく昨日の朝、ペネロペがあなたに電話しようとしたことはわかりましたよ」

「生きてるのね」

「ええ、生きてます」

「ああ、神さま」クラウディアは声にならない声で言った。「ありがとう……」

「あなたの留守電に残ったメッセージをキャッチしたんです」

「私の……でも、そんなはずは」彼女は立ち上がった。

「雑音がひどくて、特別な機械を使わないと、ペネロペの声は聞こえませんでした」

「留守電に残っていたメッセージはひとつだけで……男の人に、仕事を見つけろって言われたわ」

「それですよ。その男性の前に、ペネロペが話しているんですが、聞こえなくて……」

「なんと言ってたんですか？」

「助けを求めてました。海上警察がいま、大規模な捜索の準備をしてます」

「電話の逆探知はできないんですか？　そうすれば……」

「クラウディアさん」ヨーナは穏やかに言った。「いくつか質問があります」

「質問？」

「どこかに座りましょうか？」

ふたりは玄関を抜け、キッチンに入った。

「ヨーナ・リンナさん。ひとつお聞きしてもいい?」

「どうぞ。答えられるかどうかわかりませんが」

クラウディア・フェルナンデスはコーヒーカップをふたつ出した。手がかすかに震えている。ヨーナの向かい側に座ると、長いことじっと彼を見つめ、それから口を開いた。

「あなた、ご家族がいるでしょう?」

黄色を基調にした明るいキッチンが静まり返った。

「最後にいつペネロペの家を訪れたか、覚えていらっしゃいますか?」しばらくしてヨーナが尋ねた。

「先週の火曜日でした。ビオラのズボンの裾上げを手伝ってくれて」

ヨーナはうなずいた。クラウディアが涙をこらえ、口元を震わせているのがわかった。

「よく考えて、思い出してほしいんですが」ヨーナはそう言って身を乗り出した。「ガラス戸に写真が貼ってありませんでしたか?」

「ありました」

「なんの写真でした?」ヨーナは穏やかな声を保とうと努めた。

「覚えてないわ。ちゃんと見たわけではないので」

「でも、写真があったことは覚えていらっしゃる。まちがいありませんね?」

「ええ」クラウディアはうなずいた。

「だれか、人が写っていましたか？」

「どうだったかしら。あの子の仕事関係の写真かな、とは思いましたけど」

「屋内で撮られた写真でしたか？　それとも、野外？」

「わかりません」

「お願いします。頭の中に思い浮かべてみてください」

クラウディアは目を閉じたが、やがて首を横に振った。

「覚えてないわ」

「もう少し頑張ってみてください。大事なことなんです」

クラウディアは視線を落として考え込んだが、やはり首を横に振った。

「ドアに写真を貼るなんておかしい、そんなところに貼ったってきれいじゃないのに、と思った記憶はありますけど、それ以上のことは思い出せないわ」

「ペネロペの仕事関係の写真だと思ったのはなぜですか？」

「わかりません」クラウディアはささやいた。

上着の中で携帯電話が鳴り、ヨーナは失礼を詫びて電話を出した。カルロスからだ。

「もしもし」

「ダーラレーにいる海上警察のランスと話をしたよ。明日、大規模な捜索隊を出すそうだ。人数は三百人ほど。ボートの数も五十艘近い」

「よかった」そう言ったヨーナは、クラウディアが玄関に出ていくのを目にした。

「エリクソンにも電話して、具合を聞いてみたんだが」とカルロスが言う。

「順調に回復してるみたいですね」ヨーナは淡々と答えた。

「ヨーナ、きみたちがいったいなにをやっているのか、詳しく知りたいとは思わんが……エリクソンには、結局ヨーナが正しかったと認めさせられることになりますよ、と言われたよ」

電話を切ると、ヨーナは玄関に出た。クラウディアが上着をはおり、長靴を履いている。

「電話の向こうの声が聞こえたので」と彼女は言った。「私も手伝います。徹夜で探しまわってもかまわないわ……」

彼女はドアを開けた。

「フェルナンデスさん、警察に任せてください」

「娘が私に電話して、助けを求めてきたのよ」

「じっと待っているのがつらいのはわかりますが……」

「お願い、いっしょに行かせてください。邪魔はしません。食事を作ったり、電話番をしたりするわ。あなたがお仕事に集中できるように」

「ここに来て、あなたといっしょにいてくれそうな人は、だれかいませんか？　親戚とか、ご友人とか……」

「だれにも来てほしくないわ。ペニーに戻ってきてほしいんです」

34

ドリームボウ

エリクソンのひざの上に、大きな封筒と一冊のフォルダーが載っている。病室に届けさせた資料だ。ヨーナがエリクソンを車椅子に乗せて病院の廊下を移動しているあいだ、エリクソンはブーンと音を立てる小さな携帯扇風機を顔の前に掲げていた。

アキレス腱は縫い合わされ、足はギプスではなく、爪先が下を向いた特製ブーツのようなもので固定されている。白鳥の湖が見たいのなら、もう片方の足にもトウシューズを履かせてもらわなくちゃ、とエリクソンはつぶやいた。

ヨーナは、手を取り合ってソファーに座っている老女ふたりに向かって、愛想良く軽い会釈をしてみせた。ふたりはまるで女学生のように小さな笑い声をあげ、ひそひそと話をし、それからヨーナに向かって手を振った。

「クルージングに出た日のことですが」エリクソンが切り出した。「ビョルンは中央駅で封筒を一枚と切手を二枚買ってました。クルーザーに残された財布に、駅の売店のレシートが入ってたんです。そこで警備会社をせっついて、監視カメラの映像をメールで送ってもらいました。どうやら写真みたいですよ。あなたが最初から言ってるとおり」

「ビョルンがだれかに写真を送ったってことか？」

「封筒にだれの住所を書いてるかまでは読み取れませんでした」

「自分宛に送ったのかも」

「でも、ビョルンのアパートは全焼しましたよね。ドアすら残ってない」

「郵便局に問い合わせてみてくれ」

エレベーターに乗るやいなや、エリクソンは泳ぐ真似をしているかのように、両腕で妙な動きをした。ヨーナは穏やかなまなざしで彼を見つめただけで、質問はいっさいしなかった。

「こうするのが体にいいってシャスミンに言われて」

「シャスミン？」

「ぼくのリハビリを担当してる理学療法士ですよ……可愛い顔してるくせに、これがまためちゃくちゃ厳しいんだ。静かに！　背筋を伸ばして！　ぐずぐず言わない！　ってね。〝でぶっちょ〟とまで言われました」エリクソンは恥ずかしそうに笑った。「理学療法士になるのに何年かかるか知ってます？」

ふたりはエレベーターを降り、礼拝室に入った。高さ一メートルほどの三脚の上に、つるりと簡素な木の十字架が据えてあり、地味な祭壇もある。壁掛けは、いくつも並んだ明るい色の三角形がイエス・キリスト像をかたちづくっている図柄だ。

ヨーナは廊下に出ると、倉庫を開け、メモ帳やフェルトペンの入った大きなラックを取ってきた。礼拝室に戻ってみると、エリクソンが壁掛けを無造作に引きはがし、部屋の隅に移動させた十字架の上にかぶせているところだった。

「とりあえずはっきりしてるのは、例の写真が、そのために人を殺していいほど重要だと思ってるだれかがいる、ってことだね」ヨーナが言った。

「そうですね。でも、なぜ？」

エリクソンは、プリントアウトしたビヨルン・アルムスコーグの口座取引明細、通話記録、市内交通の回数券のコピー、財布に残っていたレシート、残された留守番電話メッセージの内容の写しを、画鋲で壁に留めていった。

「問題の写真には、だれかが秘密にしたがってるなにかが写ってるにちがいない。重要な情報が含まれてるんだ。企業秘密とか、機密情報とかかもしれない」ヨーナはそう言うと、メモ帳に時刻を書き記しはじめた。

「そうですね」

「とにかくこの写真を見つけよう。そうすれば、さしあたっては一件落着だ」

フェルトペンを手に取り、大きなメモ帳に書き入れる。

06：40　ペネロペがタクシーで自宅を出発
06：45　ビヨルンがペネロペ宅に入る
06：48　ビヨルンが写真を持ってペネロペ宅を出発
07：07　ビヨルンが中央駅売店から写真を郵送

エリクソンが車椅子を寄せ、時系列を見つめながら、チョコレートの包み紙をはがした。

「ペネロペ・フェルナンデスはテレビ局を出た五分後、ビヨルンに電話をかけてます」と言い、通話記録を指差す。「回数券を見ると、十時三十分に地下鉄に乗った記録が残ってます。十時四十五分、妹のビオラがペネロペに電話をかけました。このときペネロペはすでに、ロングホルメン島のヨットハーバーに到着して、ビヨルンといっしょにいたはずです」

「ビヨルンはなにをしていたんだろう？」

「これからお教えしますよ」エリクソンは満足げに言い、白いティッシュペーパーで指を拭いた。

壁に沿って移動し、回数券を指差す。

「ビヨルンは写真を持ってペネロペのアパートを出ました。すぐに地下鉄に乗り、七時七分にはもう、中央駅で封筒一枚と切手二枚を買ってます」

「そしてすぐに写真を郵送した」とヨーナが言い添えた。

エリクソンは咳払いをして続けた。

「次のチェックポイントは、これもVISAカードでの支払いです。ヴァットゥ通りのインターネットカフェ〈ドリームボウ〉で、二十クローナを払ってます。時刻は七時三十五分」

「七時三十五分」とヨーナは繰り返し、時系列表に書き入れた。

「ヴァットゥ通りっていったいどこですか？」

「かなり細い道だよ。中央駅の近く、昔クララ地区って呼ばれてた界隈にある」

エリクソンはうなずいて続けた。

「ビヨルン・アルムスコーグは、回数券の刻印がまだ有効なうちに、フリードヘム広場まで地下鉄で移動したんだと思います。というのも、この直後に、ポントニエール通り四十七番地の自宅の固定電話から電話を一本かけているんです。相手は父親のグレーゲル・アルムスコーグですが、応答はなかったようです」

「父親からも話を聞かなくては」

「次のチェックポイントは、回数券に刻印された時刻、九時〇〇分。おそらくフリードヘム広場から四番バスに乗って、セーデルマルム島のホーガリド通りで降り、そこからロングホルメン島につないであるクルーザーまで歩いていったんでしょう」

ヨーナはメモ帳に最後の時刻を書き入れると、その紙を遠ざけ、午前中のふたりの動きをじっと眺めた。

「ビヨルンは急いで写真を取りに行ったが、ペネロペと鉢合わせしたくなかったので、彼女がタクシーで出発するまで待った。それからアパートに駆け込んで、ガラス戸から写真を引きはがした。すぐに出ていき、中央駅の売店に向かった……監視カメラの映像が見たいな」

「売店のあと、ビヨルンは近くのインターネットカフェに向かいました」とエリクソンが続けた。

「三十分ほどとどまってから、また出発して……」

「それだ」ヨーナがいきなり言い、ドアに向かって歩き出した。

「えっ？」

「ペネロペもビヨルンも、自宅にインターネット回線を引いてただろう」

「それなのに、なぜインターネットカフェを使ったのか？」エリクソンが言う。

「行ってみるよ」ヨーナはそう言って礼拝室から出ていった。

35

消されたデータ

ヨーナ・リンナは市立劇場の裏手でブルンケベリ広場からヴァットゥ通りに入った。駐車し、車を降りると、なんの変哲もない金属の扉を足早に抜け、下り坂になったコンクリートの通路を大股で進んだ。

インターネットカフェ〈ドリームボウ〉の店内はとても静かだった。床は磨きたてで、レモンとプラスチックのにおいが店内に漂っている。小さなコンピュータデスクがいくつもあり、それぞれの前につるりとしたアクリルガラスの椅子が置いてある。動いているのは、ゆったりと移ろうスクリーンセーバーのパターンだけだ。

黒いあごひげをとがらせた肥満体の男が、高いカウンターにもたれ、〝レナートはライオンの意味〟と書かれた大きなマグカップからコーヒーをすすっている。ジーンズはぶかぶかで、リーボックのスニーカーの靴ひもが片方ほどけている。

「コンピュータを使わせてほしいんだが」ヨーナは近寄る間も惜しんで呼びかけた。

「列にお並びください」男はふざけてそう言うと、閑散とした店内を手で示してみせた。

「どのコンピュータでもいいわけじゃないんだ」ヨーナの目がきらりと光った。「知り合いが金曜日にここに来た。そいつと同じコンピュータを使いたい」

「それは個人情報なので……」

男はそう言いかけたが、ヨーナが片ひざをついて自分の靴ひもを結んでくれているのに気づき、ふと黙り込んだ。

「大事なことなんだ」

「金曜日の帳簿を見てみますよ」と男は言った。頬に小さな赤い斑点が浮かびはじめた。

「そのお知り合いの名前は？」

「ビョルン・アルムスコーグ」ヨーナはそう答えて立ち上がった。

「五番ですね。あそこの隅の」と男は言った。「身分証明書を見せてもらえますか」

ヨーナが警察の身分証を見せると、男はとまどったようすで、彼の名前と市民番号を帳簿に書き写した。

「もう使ってかまいませんよ」

「ありがとう」ヨーナは愛想良く礼を言い、コンピュータに向かった。

携帯電話を取り出すと、ヨハン・ヨンソンに電話をかける。国家警察でＩＴ関連犯罪を担当する部署にいる若者だ。

「ちょっと待ってくださいよ」息を詰まらせたようなしわがれ声が聞こえてきた。「紙を飲み込んじゃって。ぼろぼろのティッシュなんですがね。鼻をかんだときに、ちょうどくしゃみが出そうになって、息を吸い込んだら……ああ、もう、説明してる場合じゃないんだ。ところで、どなたですか？」

「国家警察のヨーナ・リンナだよ」

「おっと！　これはどうも！」

「もう大丈夫みたいだね」

「ええ、のどを通りましたよ」

「ある人物が金曜日にコンピュータでなにをやってたか知りたいんだけど」

「お任せあれ！」

「急ぎなんだ。いま、インターネットカフェにいるんだけどね」

「問題のコンピュータは手元に？」

「目の前にあるよ」

「それなら話が早いや。まずは履歴をチェックしてみてもらえますか。きっと削除されてるでしょうけど。インターネットカフェでは、ユーザーが変わるごとに設定がリセットされる仕組みになってますからね。でも、ハードディスクにはたいてい、履歴が全部残ってるものなんですよ。ただね……実のところ、いちばん手っ取り早いのは、箱ごと押収して、ぼくが開発したプログラムでハードディスクを調べることなんですが……」

「十五分後に聖ヨーラン病院の礼拝室で会おう」ヨーナはそう言うと、コンピュータのケーブルを抜き、小脇に抱えて出口へ向かって歩きはじめた。

コーヒーを飲んでいた男が驚いた顔でヨーナを見つめ、行く手を阻もうとした。

「持ち帰りは禁止……」

「こいつは逮捕されたよ」ヨーナは気さくに答えた。

「はあ、でも、容疑はなんですか？」

男はその場に立ちつくしてヨーナを見つめた。頬から血の気が引いている。ヨーナは空いているほうの手を振ってみせ、日差しの中へ出ていった。

36

つながり

聖ヨーラン病院前の駐車場はひどく蒸し暑かった。

礼拝室の中で、エリクソンは車椅子を巧みに操っていた。拠点となる電話回線網がすでに整い、三台の電話がひっきりなしに鳴っている。

ヨーナはコンピュータを抱えて入ってくると、椅子の上に置いた。小さなソファーに、ヨハン・ヨンソンがすでに座っている。二十五歳で、黒いジャージの上下を身につけているが、いまひとつ体に合っていない。頭はスキンヘッドで、濃い眉が鼻の上でひとつにつながっている。ヨハンは立ち上がってヨーナに近づくと、はにかんだような目で彼を見つめ、握手をした。そして背負っていた赤いコンピュータバッグを下ろした。

「エイ・サア・ペイッタア」とフィンランド語で言う。暖房装置によく書かれている〝布などで覆わないでください〞というフレーズだ。そして薄型のコンピュータを取り出した。

エリクソンが、魔法瓶に入ったファンタを、小さく頼りなげな無漂白紙の紙コップに注いだ。

「ぼくはたいてい、ハードディスクがおかしくなってきたら、冷凍庫に何時間かぶち込んどくんです」とヨハンは言った。「で、ATA／SATAコネクターを差し込む、と。やり方は人それぞれです。たとえば、データ復元が専門のIbasって会社で働いてる友だちは、遠隔データ復旧が専門で、客と顔を合わせもしないんですよ。暗号化された電話通信でなにもかも済ませちまうんです。それでほぼ百パーセント復元できますが、ぼくはそれじゃいやなんだ。データを百パーセント、隅々まで回収する。それがぼくのポリシーです。で、そうなると、このハンガー18っていうプログラムが必要で……」

ヨハンは頭をのけぞらせ、狂気の科学者を真似て笑い声をあげてみせた。

「ムワッハッハ……ぼくが自分で作ったんですよ。言ってみれば、デジタル掃除機みたいなもんです。なにからなにまで回収して、百万の一秒単位で時系列に並べてみせる」

そして祭壇を囲む手すりに腰掛け、〈ドリームボウ〉のコンピュータを接続した。ヨハンのコンピュータがかすかに音を立てる。彼はすさまじい速さでいくつもコマンドを入力し、画面に視線を走らせ、スクロールし、読み、さらに新たなコマンドを入力した。

「時間かかりそうかい？」しばらくしてヨーナが尋ねた。

「どうでしょうね」ヨハンはつぶやいた。「一ヵ月以内には終わると思いますけど」

小声で悪態をつくと、さらにコマンドを入力し、画面を流れていく数字を見つめた。

「いまのは冗談ですよ」やがてヨハンが言った。

「わかってるよ」ヨーナは我慢強く応じた。

「どのくらいデータを復元できるか、十五分以内にはわかるはずです」ヨハンはそう言うと、ヨーナが書き記した、ビョルン・アルムスコーグがインターネットカフェを訪れた日付と時刻を見やった。

「履歴が何度も消されてる。こりゃ、ちょっと厄介だな……」

古い画像の断片が、日差しで見にくい画面を流れていく。ヨハンはぼんやりとしたようすで唇の下にスヌースを突っ込み、ズボンで手を拭くと、横目で画面を見ながら待った。

「きれいに掃除されてますね」間延びした口調で言う。「でも、完全に削除することはできませんよ。秘密はすべて暴かれる……ハンガー18は存在しない領域まで見つけるんだから」

不意にコンピュータがピーッと鳴った。ヨハンはなにやら入力すると、数字のずらりと並んだ長い表に目を通した。さらに入力する。音はぴたりとやんだ。

「いまのは？」ヨーナが尋ねる。

「なんでもありません」とヨハンは答えた。「ただ、最新式のファイアウォールやら、サンドボックスやら、偽のウイルス対策ソフトやらで、進みが遅いだけですよ……まったく、こんなに一気にいろんな避妊薬をぶち込まれて、コンピュータがまだ動いてること自体、奇跡と言ってもいいな」

ヨハンはかぶりを振り、上唇についたスヌースのかけらを舐めて取り除いた。

「ぼくはウイルス対策ソフトなんか一度も……おい、ちょっと黙れ」不意にヨハンが自分の無駄口をさえぎった。

ヨーナは近寄り、ヨハンの肩越しに画面を見た。

「なにが出てきたかな？」ヨハンが歌うようにつぶやいている。「なにかなぁ？」

それから上半身をのけぞらせて首の後ろをさすり、片手でなにやら入力すると、エンターキーを押して笑みをうかべた。

「見ぃつけた、っと」

ヨーナとエリクソンは画面を見つめた。

「もうちょっと待ってくださいよ……これがまた一筋縄ではいかないんですよ、ちっぽけな断片やかけらが出てくるだけで……」

画面を照らす日差しを手でさえぎり、待つ。インターネットの文字や画像の断片が、ゆっくりと浮かび上がってきた。

「ほら、ドアが少しずつ開きはじめましたよ……ビヨルン・アルムスコーグがこのコンピュータでなにをやってたか、拝見するとしましょう」

エリクソンは車椅子のストッパーをかけ、大きく身を乗り出して画面に目を凝らした。

「線しか見えないじゃないか」

「右下を見てください」

画面の右下に、カラフルな小旗が見える。

「ウィンドウズのマークだ」とエリクソンが言った。「でも、これだけじゃ……」

「ホットメールだよ」とヨーナが言う。

「ログイン画面です」

「面白くなってきたな」とエリクソン。

「メールの相手は?」

「すぐにはわかりませんよ……時系列をたどっていくしかないんです」ヨハンはそう答え、下にスクロールした。

「これは?」ヨーナが指差す。

「送信メールのフォルダに入ったところです」

「なにか送ったってことか?」ヨーナが張りつめた声で尋ねた。

画面には広告の断片が映し出されている。〝ミラノ〟〝ニューヨーク〟〝ロンドン〟〝パリ〟への格安航空券。画面の下隅に、薄い灰色の小さな数字が見てとれる。時刻だ――

―07:44:42 am。

「ここに面白そうなものが」ヨハンが言う。

画面に映し出されたのは断片だった。

た。私　連絡

「恋人募集広告でも出したのかな？」エリクソンがニヤリと笑う。「うまくいきっこないんだよ、ぼくだって……」

そしてすぐに黙り込んだ。ヨハンは慎重に画面をスクロールさせ、理解不能な画像の断片を素通りしていたが、はたと動きを止めた。満面の笑みをうかべ、コンピュータから身を離す。

ヨーナがヨハンの席を取り、日差しに目を細めつつ、画面の中央に現われた文字を読んだ。

カール・パルムクロ

写　は　た。私　連絡し

ヨーナはうなじの毛が逆立つのを感じた。寒気が両腕をたどり、背中の下へ流れていった。パルムクローナ——その名が頭の中に何度も響きわたり、ヨーナはメールの断片を画面に映し出されたとおりに書き写すと、髪をかきあげて窓辺に向かった。呼吸を鎮め、秩序立てて考えようとする。軽い片頭痛発作の兆しがよぎった。エリクソンはいまだ画面を見つめ、何度もひとりごとのように悪態をついている。

「ビヨルン・アルムスコーグがこれを書いたことは確かなんだね？」ヨーナが尋ねる。

「おそらく」ヨハンが答えた。

「まちがいない？」

「この時間にこのコンピュータを使っていたのがビヨルン・アルムスコーグなら、これは彼が書いたメールですよ」

「じゃあ、まちがいないな」ヨーナはそう断じながらも、その思考はすでに別の方向を向いていた。

「なんてこった」エリクソンがつぶやく。

ヨハン・ヨンソンはcrona@isp.seとある送信先欄の断片を見つめ、魔法瓶から直接ファンタを飲んだ。エリクソンが車椅子に背中をあずけ、しばらく目を閉じた。

「パルムクローナか」ヨーナが考えに沈んだようすでだれにともなく言う。

「いったいどういうことなんだ」とエリクソンが言った。「カール・パルムクローナとなんの関係が？」

ヨーナはドアに向かった。さまざまな考えが頭を占めている。なにも言わず、ふたりの同僚を置き去りにして礼拝室を出ると、階段を下りた。病院を出て駐車場に入ると、強烈な日差しの中、大股で自分の黒い車をめざした。

37

連携

ヨーナ・リンナは、ビョルン・アルムスコーグがカール・パルムクローナに送ったメールについて報告するため、足早に廊下を進み、国家警察長官のオフィスをめざした。驚いたことに、扉が大きく開いている。カルロス・エリアソンは窓から外を眺めていたが、やがて机に向かって腰を下ろした。

「まだいるんだよ」

「だれがですか?」

「女の子たちの母親だ」

「クラウディア・フェルナンデスが?」ヨーナは窓辺に向かった。

「もう一時間もあそこに立っている」

ヨーナは外に目をやったが、クラウディアの姿は見えなかった。紺色の背広を着た父親が、フリルのたくさんついたピンクのドレス姿の女の子を連れ、王冠をかぶって歩いている。

が、しばらくして、警察庁の大きな入口のほぼ正面にうすよごれたマツダの軽トラックが駐まっていて、そのそばに女性がひとり、肩を落として立っているのが目に入った。クラウディア・フェルナンデスだ。じっと立ちつくしたまま、警察本部のロビーを見据えている。

「下りていって、だれか待っているんですか、と聞いてみたんだ。きみが待ち合わせを忘れたんじゃないかと思って……」

「いいえ」ヨーナは小声で答えた。

「娘のペネロペを待っている、という返事が返ってきたよ」

「カルロス、大事な話が……」

ヨーナがビョルン・アルムスコーグのメールの件を切り出す前に、ドアを軽くノックする音がして、公安警察治安対策課のヴェルネル・サンデーン課長が入ってきた。

「どうも」長身のヴェルネルはカルロスと握手を交わした。

「ようこそ」

ヴェルネルはヨーナとも握手を交わしてから、部屋を見まわし、後ろを振り返って、いつもの低い声で言った。

「サーガはいったいどこに行っちまったんだ？」

彼女がゆっくりと戸口に現われた。そのほっそりとした姿、色白の肌に、水槽から放たれる銀色の光が反射しているようにも見える。

「なんだ、追い越したことにすら気づかなかったよ」ヴェルネルは笑みをうかべた。

カルロスはサーガのほうを向いたが、どうしていいかわからないらしく、妖精に握手を求めてもいいのだろうかと迷っているような顔をしている。彼は代わりに一歩退くと、歓迎のしるしに腕を広げてみせ、妙に甲高い声で言った。

「入りたまえ」

「ありがとうございます」

「ヨーナ・リンナとはもう会っているね」

サーガはその場に立ったまま動かなかった。腰まである髪がつややかに光っているが、その目は険しい。歯をぐっと食いしばっている。片方の眉を貫く鋭い傷跡が、顔の中で石灰石のようにほの白く光った。

「遠慮することはないんだよ」カルロスは大声をあげた。陽気な口調に聞こえなくもなかった。

サーガは体をこわばらせたまま、ヨーナの隣に腰を下ろした。カルロスが〝各部間の連携戦略〟と題された光沢のあるパンフレットをテーブルの上に置いた。ヴェルネルが冗談混じりに、小学生のように手を挙げてみせた。その深い声がオフィス内に響いた。

「今回の捜査は、公式には公安の管轄ですね。しかし、国家警察とヨーナ・リンナ君の協力がなければ、突破口が開けることはなかった」

ヴェルネルはパンフレットを指差した。サーガ・バウエルの顔が真っ赤になった。

「突破口なんか開けてないと思いますけど」とつぶやく。

「なんだって？」ヴェルネルが大きな声で聞き返した。

「ヨーナはただ、手型と写真の切れ端を見つけただけでしょう」

「そして、きみは……ヨーナとともに、ペネロペ・フェルナンデスが生きていること、何者かに追われていることをつかんだ。ヨーナひとりの手柄だと言うつもりはないが……」

「おかしいじゃないですか」サーガはそう叫ぶと、テーブルの上の書類をすべて床に払い落とした。「どうしてヨーナの手柄だなんて言えるんですか？　この人はそもそも、あの場にいるべきじゃなかった。ダニエル・マルクルンドの名前すら知らないはずだったのに……」

「いまさらそんなことを言っても意味がないだろう」

「全部、機密情報だったんですよ！」

「サーガ」ヴェルネルが険しい声で言った。「きみもあの場にいるべきではなかったんだぞ！」

「それはそうですが、ああしなければ……」

サーガははっと黙り込んだ。

「話し合いを続けてもかまわんかね？」ヴェルネルが尋ねる。

サーガは上司をしばらく見つめてから、カルロスのほうを向いた。

「すみません。取り乱してしまって」

身をかがめ、払い落とした書類を拾いはじめる。憤りのあまり、額に赤い斑点がいくつも浮かんでいる。カルロスがそのままにしておきなさいと言うのもかまわず、サーガは書類をすべて拾い上げると、順番をそろえてテーブルの上に戻した。

「ほんとうにすみませんでした」

カルロスは咳払いをすると、慎重に彼女のほうを向いて言った。

「いずれにせよ、ヨーナ・リンナ君が、まあ、なんというか、捜査に貢献したことから考えても、彼を捜査チームに加えていただけるといいと思うのだが」

「でも、ほんとうのところ」サーガがヴェルネルに向かって言った。「けちをつけるつもりではないんですが、捜査チームにヨーナを加えることの必要性がわかりません。人員は足りてます。捜査の突破口が開けたというお話がありましたが、わたしはべつに……」

「ぼくもサーガと同意見ですよ」ヨーナがゆっくりと口を開いた。「ぼくがいなくても、あの手型と写真の切れ端は、サーガのチームが自力で見つけたことでしょうし」

「そうかもしれんが」ヴェルネルが言う。

「じゃあ、そういうことで、失礼してもいいですか？」サーガが冷静な声でヴェルネルに尋ね、立ち上がった。

「ですが、あなたがたの知らないことがひとつあります」ヨーナは淡々と続けた。「ビオラ・フェルナンデスが殺された日、ビヨルン・アルムスコーグが秘密裏にカール・パルムクローナと連絡を取っていたことです」

部屋が完全に静まり返った。サーガはそっと椅子に座り直した。ヴェルネルは身を乗り出し、頭の中をめぐるさまざまな考えを落ち着かせてから、咳払いをした。

「カール・パルムクローナ氏の自殺と、ビオラ・フェルナンデス殺害事件が、なんらかの形でつながっているというのかね？」ビブラートのかかった深い声で尋ねる。

「どうなんだ、ヨーナ？」カルロスも答えを促した。

「ええ、ふたつの事件はつながってます」ヨーナはうなずいた。

「こりゃ思ったよりおおごとだな」ヴェルネルの声はささやき声に近かった。「話がでかくなってきた……」

「よくやったな」カルロスが焦りの混じった笑みをうかべた。

サーガ・バウエルは腕組みをし、床に視線を落とした。小さな赤い斑点がまた額に浮かび上がった。

「ヨーナ」カルロスはそう呼びかけ、そっと咳払いをした。「ペッテルの頭越しに決定を下すわけにはいかない。国家警察の担当者はあくまでもペッテルだが、私はきみを公安に貸し出してもいいと考えている」

「サーガはどう思う？」ヨーナが尋ねる。

「歓迎だよ」ヴェルネルがすかさず口をはさんだ。

「捜査責任者はわたしです」サーガはそう言うと、席を立ってオフィスを出ていった。ヴェルネルが失礼を詫びて彼女のあとを追った。

ヨーナの灰色の目が氷のような輝きを帯びていた。カルロスは椅子に座ったまま、やがて咳払いをして言った。

「あの子はまだ若い。どうか……少々のことは大目に見て、よく面倒をみてやってくれたまえ」

「サーガなら、自分の面倒ぐらい自分で見られると思いますよ」ヨーナはそっけなく答えた。

38

サーガ・バウエル

サーガ・バウエルは、カール・パルムクローナのことを考えていたせいで、ほんの少しか顔をそらすことができなかった。パンチに気づくのが遅すぎたのだ。それは横からやってきた。低めのフックが左肩の上を通り、彼女の耳と頬を直撃した。サーガはよろめいた。またヘッドガードがずれ、視界がほとんどさえぎられたが、それでも次の一撃が来ると予測し、あごを引いて両手で顔を守った。パンチは重く、直後に肋骨上部にも衝撃が走って、サーガは後ろにぐらりとよろめき、ロープにもたれた。レフェリーが駆け寄ったが、サーガはすでに危険を脱していた。横向きに動いてリングの中央へ向かい、そのあいだに敵を見定める——ファルシェーピンから来た、スヴェトラーナ・クランツ。体格のいい四十歳ほどの女で、なで肩にガンズ・アンド・ローゼズのロゴをタトゥーで彫り込んでいる。口を開けて息をし、どすどすと音を立てながらステップを踏み、ノックアウト勝ちできると思い込んでいる。サーガはそっと後ろへ下がり、地面を渦巻く落ち葉のように回った。ボクシングってなんて簡単なんだろう、と思い、喜びが胸を満たすのをふと感じた。急に動きを止める。満面の笑みのせいで、マウスピースが口から落ちそうだ。実力では自分のほうが上だとわかっているが、スヴェトラーナをノックアウトするつもりはなかった。めざすは判定勝ちだった。が、スヴェトラーナの恋人が、行け、ブロンド売女の顔を打ちのめしてやれ、と叫ぶのを耳にして、気が変わった。

スヴェトラーナのステップがあまりにも速すぎる。しきりに右手を動かしたがり、少々張り切りすぎている。サーガに勝ちたいという思いのあまり、相手の動きを読み取ってそれに合わせようとせず、右ストレートで試合を終わらせようと意気込んでいる。サーガはもうかなりのダメージを受けている、ヘッドガードにまっすぐパンチを打ち込んでも問題なく勝てるはずだ、と思っているのだ。が、サーガ・バウエルは弱ってなどいなかった。むしろしっかりと試合に集中していた。彼女はその場で少しステップを踏み、敵が向かってくるのを待ちながら、あたかも身を守ることしか考えていないかのように、グローブを顔の前に掲げてみせた。が、絶妙のタイミングでいきなり肩と足を動かし、敵の攻撃ラインをかわして斜め前にすべり出た。そうして敵の真横に出ると、勢いをつけ、相手のみぞおちにまっすぐボディーブローを打ち込んだ。

スヴェトラーナの体がふたつに折れ、彼女の胸のプロテクターの端がサーガのグローブに触れた。次のパンチは少しはずれ、スヴェトラーナの頭頂に当たったが、三発目は強烈なアッパーで、相手の口元にこれ以上ないほどきれいに決まった。

スヴェトラーナの頭が後ろにのけぞった。パンチと同じ方向に汗と鼻水が飛び散った。紺色のマウスピースがはずれて飛んでいった。スヴェトラーナのひざが折れ、彼女は手をつくこともできずにどすんと床にくずおれた。くるりと寝返りを打つ。動き出すまでにしばらく時間がかかった。

試合のあと、サーガ・バウエルは女性用更衣室に立ち、体がゆっくりと落ち着きを取り戻すのを感じていた。口の中で妙な味がする——血と糊の混ざった味。グローブのひもを留めていた布テープをはがすのに、歯を使わなければならなかったからだ。着替えを入れておいたスチール製ロッカーの扉が開いていて、南京錠がベンチの上に置いてある。サーガは鏡を見ると、さっと涙をぬぐった。相手の強烈なパンチをくらった鼻が、いまだに脈打ってひりひり痛む。試合の初めは、まったく別のことを考えていた。上司である課長や、国家警察長官とのやり取り。ヨーナ・リンナと協力しあって捜査を進めろ、との決定。

ロッカーの扉には、セーデルテリエのフロアボールチーム〝セーデルテリエ・ロケッツ〟のシールが貼ってあった。チーム名とロケットの絵が描かれたシールだが、ロケットというよりはむしろ怒ったサメのようだ。

震える手でトランクスとアンダーサポーター、下着を脱ぎ、黒のタンクトップとプロテクター入りのブラジャーも取った。身を震わせながらタイル張りのシャワールームに入り、ブースに足を踏み入れる。うなじや背中に湯がかかる。ヨーナのことを頭から振り払い、血の混じった唾を何度か排水口に吐き出した。

更衣室に戻ってみると、二十人ほど女性がいた。〝気功エアロビクス〟のクラスが終わったところだ。女性たちがサーガを見てはっと息をのみ、どことなくまぶしげなまなざしになっていることに、サーガ本人は気づいていなかった。サーガ・バウエルは美しい。見る者の心をやわらげ、力を失わせる、そんな美しさをそなえている。妖精を連想させるのは、有名な挿絵画家、ヨン・バウエル（一八八二〜一九一八）と血がつながっているせいなのかもしれない。ほっそりとした顔は左右対称で、化粧気がまったくなく、大きな瞳は夏の空のように鮮やかな青色だ。身長は百七十センチ、筋肉には血がみなぎり、あちこちに青あざがあるが、華奢な印象に変わりはない。いまの彼女を見たら、大半の人がバレリーナだと思うことだろう――すぐれたボクサーで、公安警察の警部でもあるとは、夢にも思わないにちがいない。

伝説的な挿絵画家、ヨン・バウエルには、ヤルマルとエルンストという二人の兄弟がいた。末弟のエルンストがサーガの曾祖父だ。兄のヨンが亡くなったとき、曾祖父がどんなに悲しんでいたか、祖父が話してくれたのを、サーガはいまでも覚えている――ヨン・バウエルはある十一月の夜、妻のエステルと幼い息子とともに、ヴェッテルン湖、ヘストホルメンの港からわずか数百メートルほどのところで、船の事故で亡くなったのだ。

三世代を経て、ヨン・バウエルの絵は奇妙な形で現実世界に反映された。サーガを見るとだれもが、陰気で巨大なトロールを前に、恐怖のかけらも見せずひっそりと立っている、光り輝く妖精姫、トゥーヴスタルを連想した。

サーガは、いまだに自力で捜査を完遂するチャンスを与えられていないが、それでも自分は有能な刑事であると自負していた。仕事を奪われることにも、何週間も打ち込んだ捜査の担当をはずされることにも、作戦の際に危ないからといって参加させてもらえないことにも、彼女は慣れていた。

そう、慣れてはいる。が、それでいいと思っているわけではない。

サーガ・バウエルは警察大学をひじょうに優秀な成績で卒業したあと、公安警察でテロ対策の特別研修を受け、若くして警部にまで昇進し、捜査と作戦行動の両方にかかわっている。さらなる研修の機会はけっして逃さず、また身体的なトレーニングにも熱心だ。毎日ジョギングをし、週に少なくとも二回はスパーリングや試合をこなし、さらに毎週、自分のグロック21や警察の狙撃用ライフルＰｓｇ90で射撃の練習も欠かさない。

私生活では、〝レッド・ポップ・レイベル〟というジャズグループでピアニストをしているステファン・ヨハンソンと同棲中だ。グループはジャズを専門とするＡＣＴミュージック社からアルバムを七枚出していて、哀愁たっぷりの即興アルバム『エスビョルンのいない一年』でスウェーデン版グラミー賞を受賞した。サーガはいつも、仕事やトレーニングを終えて帰宅すると、ソファーに半ば横になってキャンディーを食べ、音を消して映画を観ながら、ステファンが奏でるピアノに何時間も耳を傾けた。

体育館を出ると、対戦相手のスヴェトラーナがコンクリートの柱のそばで待っていた。

「さっきはおめでとう。試合のお礼を言おうと思って」

サーガは立ち止まった。

「こちらこそ」

スヴェトラーナは軽く頬を赤らめた。

「あなた、ほんとにいいボクサーね」

「あなたも」

スヴェトラーナは視線を落として笑みをうかべた。出入口前の駐車場を囲む、四角く刈り込まれた植え込みの中に、ごみが散らばっている。

「電車で帰るの?」サーガが尋ねる。

「うん、もう行かなくちゃ」

スヴェトラーナはバッグを持ち上げたが、すぐに立ち止まった。なにか言いたげだが、ためらっている。

「サーガ……実は、彼のことでお詫びしたくて」彼女はようやく口を開いた。「聞こえたかどうかわからないけど、汚い言葉で叫んでた。これからはもう試合に呼ばないことにしたわ」

スヴェトラーナは咳払いをして歩きはじめた。

「待って」サーガが言う。「よかったら、駅まで車で送りましょうか？」

39

さらに遠くへ

ペネロペは傾斜を斜めに上った。地面からはがれた石で足をすべらせ、手をついて体を支える。肩と背中に衝撃が走り、擦り傷ができて、彼女ははっと息をのんだ。手首から上へ痛みが走る。息が切れてしかたがなく、咳き込みながら後ろを見やる。木々のあいだ、幹のあいだの暗がりに、ちらりと目をやる。追っ手の姿をまた目にするのが怖かった。

ビョルンが追いついてきた。汗が頬をつたっている。目は赤く充血し、焦りの色が浮かんでいる。なにやらつぶやき、彼女を助け起こしてささやきかけた。

「止まっちゃだめだ」

追っ手がどこにいるのか、近くにいるのか、それともふたりの足取りを見失ったのか、もはや見当もつかなかった。ふたりがキッチンの床に横たわり、追っ手が窓からのぞき込んできたのは、ほんの数時間前のことだった。

いま、ペネロペとビョルンは傾斜を上っている。針葉樹をかき分け、葉の温かな香りを嗅ぎながら、手を取り合ってひたすら前進した。

藪の中でカサリと音がして、ビョルンが恐怖のあまりうめき声を出した。あわてて脇に飛び退《の》いたせいで、枝が顔にぶつかった。

「もう体がもたないかも」息をはずませながら言う。

「考えちゃだめよ」

ふたりはさらに少し歩いた。足やひざが痛んでしかたがない。生い茂った下草や、がさがさと音を立てる落ち葉の上を進み、溝に下り、雑草をかき分けて、未舗装の道路にたどり着いた。ビョルンがあたりを見まわし、小声でペネロペを呼び寄せると、シンナルダールの集落のある南へ向かって駆け出した。さほど距離はないはずだ。ペネロペは数歩ほど足を引きずっていたが、やがてビョルンのあとについて走り出した。なめらかなタイヤの跡が二本伸び、そのあいだには大きめの砂利に混じってところどころに草が生えている。白樺の林を迂回するように、道路がカーブを描いている。並んで走り、白い幹の群れをぐるりとまわったところで、ふと人の姿が目に入った。二人いる。テニスウェアらしき丈の短いワンピースを着た二十歳ほどの女性と、赤いバイクに乗った男性だ。ペネロペはきついパーカのファスナーを上げると、鼻で息をして呼吸を鎮めようとした。

「すみません」

ふたりがペネロペのほうを見た。その視線の意味が彼女にはわかった。彼女もビョルンも血と泥にまみれている。

「事故に遭ったんです」ペネロペは息を切らしながら早口で言った。「電話を貸していただけませんか」

色鮮やかな蝶が、側溝に茂ったアカザやトクサの上を舞っている。

「いいけど」若い男が答え、自分の電話を探し出してペネロペに渡した。

「ありがとう」ビョルンはそう言うと、道路の先や森の中に視線を走らせた。

「なにがあったんだい？」若者が尋ねる。

ペネロペはなんと答えていいかわからなかった。ごくりとつばを飲み込む。土にまみれた頬を涙がつたった。

「事故だよ」とビョルンが答える。

「この人、見たことある」テニスウェア姿の若い女が恋人に向かって言った。「ほら、この前、テレビで見たじゃん」

「だれ？」

「スウェーデンの輸出業がどうのって、いろいろ悪口言ってた」

ペネロペは母親の番号を押しながら、女に向かって微笑んでみせようとした。手が震えて番号を押しまちがえ、いったん手を止めて初めから押し直した。女が男の耳元でなにやらささやいている。

森の中で物音がして、ペネロペはふと、木々のあいだに人影が見えた気がした。ほんの一瞬のあいだに、万事休すだ、あの家からずっと追いかけられてたんだ、との思いがよぎったが、見まちがいだと気づいた。電話を耳に当てたとき、あまりに手が震えて、電話を落としてしまいそうになった。

「ねえ、ひとつ聞いてもいい？」女が険しい声でペネロペに言った。「一所懸命働いてる人たち、週に六十時間ぐらい働いてる人たちが、仕事したくないって言ってテレビばっかり見てる連中の面倒も見なきゃならないわけ？」

ペネロペは女がなにを言いたいのか、なぜ彼女が怒っているのかわからなかった。彼女の問いかけに意識を集中できず、いったいなんの関係があるのか理解できない。頭の中をさまざまな思いが駆けめぐり、ふたたび木々のあいだに視線を走らせる。着信音が鳴り出した。音は遠く、雑音が入っている。

「まじめに働いても、なんの得にもならない。それでいいの？」女が憤った声で尋ねる。

ペネロペはビヨルンを見やった。助け舟を出してほしい。この若い女が満足するようなことを言ってほしい。留守番電話サービスにつながり、母親の声が聞こえて、ペネロペはため息をついた。

〝はい、クラウディア・フェルナンデスです――ただいま電話に出ることができません。

メッセージを残してくだされば、できるだけ早く折り返しお電話します〟

涙が頰をつたう。ひざが折れそうになる。すさまじい疲労に襲われる。女に向かって片手を挙げ、いまは話せない、と伝えようとした。

「その電話、あたしたちが汗水たらして働いたお金で買ったんだよ」女は続けた。「あんたも自分で働いて電話を買えば……」

電話に雑音が入る。電波の状態が良くないのだ。ペネロペは移動したが、状態はさらに悪くなった。ぷつり、ぷつりと雑音が途切れ、沈黙が訪れる。回線がつながっているのかどうかもわからないままに話しはじめた。

「お母さん、助けて、追われてるの……」

突然、女が罵言を吐き、ペネロペの手から電話を奪い取ると、男に手渡した。

「仕事見つけろよ」と男が言う。

ペネロペはふらりとよろめいた。とまどいの目で若いカップルを見つめる。女はバイクに乗った男の後ろにまたがると、彼の腰に両腕をまわした。

「お願い。ほんとうに助けが要るの……」

ペネロペの声はバイクの発進音にかき消された。後輪が回り、道路の砂をこすって、バイクは走り去った。待ってくれ、とビョルンが叫ぶ。ふたりはバイクのあとを追って走り出したが、バイクはシンナルダールの方向へ消えた。

「ビョルン」ペネロペはそう言って立ち止まった。

「走るんだ」ビョルンが叫ぶ。

ペネロペは息を切らし、振り返って背後の道路を見やりながら、このままではだめだ、と考えた。ビョルンが立ち止まってペネロペを見やり、息をはずませ、腿に手を当ててしばらく休んでから、また歩きはじめた。

「待って。わたしたち、考えを読まれてる」ペネロペは真剣な声で言った。「あいつの裏をかかなくちゃ」

ビョルンは足取りを緩め、振り返ってペネロペを見つめたが、そのまま後ろ向きに歩きつづけ、言った。

「助けてくれる人を見つけるんだ」

「いまはだめ」

ビョルンはペネロペのもとに戻り、彼女の肩を抱いた。

「ペニー、きっとあと十分もすれば人家が見つかるよ。そのくらいなら走れるだろ。ぼくも力になるし……」

「森に戻りましょう。絶対、そのほうがいいわ」

ペネロペは髪を結わえていたゴムを取り、道路の先に投げ捨てると、道をはずれ、集落とは反対側の森にまっすぐ入っていった。

ビョルンは道路に視線を走らせてから、ペネロペのあとを追った。大股で側溝をまたぎ、森の中に入る。ペネロペは背後に彼の足音を聞いた。ビョルンは彼女に追いつき、その手を取った。

ふたりは並んで走った。さほど速くはなかったが、それでも一分が過ぎるごとに、道路から、人々から、助けから遠ざかった。

不意に細長い入り江が行く手に現われた。ふたりは息をはずませながら、四十メートルほど水の中を歩いた。水はひざの上まで達していた。

渡り切って対岸にたどり着くと、びしょ濡れの靴で森の中を走りつづけた。

十分後、ペネロペはまた走るスピードを緩めた。立ち止まり、息をつき、顔を上げてあたりを見まわす。追っ手の冷たい存在感が、初めて消えたように感じられた。ビョルンが口元をさすり、ペネロペに近寄った。

「あの家にいたとき、どうぞ、って叫んだのはどうして?」

「そうしなければ、あいつはドアを開けて入ってきただろうから――どうぞ、って言われることだけは予測してなかったはず」

「でも……」

「あいつはいつも先回りしてるわ。わたしたちはおびえてる。おびえた人間がどんなふうに行動するか、あいつにはわかってるの」

「おびえた人間は、どうぞ、なんて言わないってことか」ビョルンの顔に疲れた笑みが散らばった。

「だから、道路をたどってシンナルダールに行くわけにはいかないの。つねに方向を変えなきゃならない。森の奥に入って、なにもないところへ向かって走るのよ」

「わかった」

ペネロペは、ビョルンの疲れ切った顔を、乾ききって白くなった唇を見つめた。

「生き延びるには、そうやって逃げつづけるしかないと思う。相手の裏をかくの。だから……島を離れて本土をめざそうとするんじゃなくて、群島の沖に向かったほうがいい。本土から遠ざかったほうがいいと思う」

「だれもそんなふうには逃げないだろうからね」

「もう少し走れそう？」ペネロペは小声で尋ねた。

ビョルンはうなずいた。ふたりは森のさらに奥へ走りだし、道路から、家々から、人々から、どんどん遠ざかっていった。

40

後任

アクセル・リーセンは、糊の利いたシャツの袖からゆっくりとカフスボタンをはずすと、タンスの上に置いてあるブロンズのボウルに入れた。カフスボタンは祖父であるリーセン海軍大将の形見だが、モチーフは文民に与えられる勲章で、棕櫚《しゅろ》の葉が十字に重なった図柄になっている。

それから、クローゼットの扉の脇にある鏡に自分の姿を映した。ネクタイを緩めると、部屋の反対側に行き、ベッドの端に腰を下ろす。暖房がうなるような雑音を立てている。壁の向こうから、途切れ途切れの音色が聞こえてきたような気がした。

音の源は、隣接する弟の住まいだった。バイオリンのソロだ、と思うやいなや、たちまち想像の世界で音の断片がつながった。バッハの無伴奏バイオリンソナタ、第一番ト短調が、頭の中に鳴り響く。第一楽章、アダージョ。しかし、一般的な演奏よりもはるかに遅いテンポだ。アクセルは楽譜に記された音だけでなく、響きわたる倍音のひとつひとつに、バイオリンの側板に弓が当たる意図しない音にまでも耳を傾け、じっくりと味わった。

曲のテンポが変わると、アクセルの指が震えた。手がバイオリンに触れたがっている。音楽とともに指がさざ波を立て、弦の上を流れるように指板をさかのぼっていったのは、もうはるか昔のことだった。

電話が鳴り、アクセルの頭の中の音楽がやんだ。ベッドから立ち上がり、目をこする。疲れがまったく取れていない。ここ一週間、ほとんど眠れていないのだ。

ディスプレイに表示された番号を見ると、内閣府からの電話らしい。アクセルは咳払いをしてから、穏やかな声で応答した。

「はい、アクセル・リーセンですが」

「ヨルゲン・グリューンリヒトと申します。外交問題に関する政府の準備委員会の委員長を務めております。ご存じかもしれませんが」

「こんばんは」

「夜遅くに申しわけありません」

「かまいませんよ、起きていましたから」

「ええ、おそらく起きていらっしゃるだろうと人から聞きましたので」ヨルゲン・グリューンリヒトは少し間を置いてから続けた。「実はたったいま、臨時の理事会を開きましてね。あなたを戦略製品査察庁の長官として迎えたいとの結論に達しました」

「そうですか」

受話器の両側にしばしの沈黙が下りた。やがてグリューンリヒトが早口で言った。

「カール・パルムクローナ長官の身に起こったことはご存じでしょうな」

「新聞で読んだだけですが」

グリューンリヒトはかすかに咳払いをし、なにか言ったが、アクセルには聞き取れなかった。グリューンリヒトは声のボリュームを上げた。

「あなたなら、われわれの仕事をよくご存じですし、理屈の上では――あなたがこのオファーを受けてくださるなら、ということですが――すぐにでも仕事にかかっていただけるだろうと思うのです」

「まずは国連での任務を終えなければ」とアクセルは答えた。

「なにか問題でも？」グリューンリヒトの声に不安が混じっていた。

「いや、そういうわけではありませんが」

「もちろん、条件をご覧いただいてから決めるということでかまわないのですが……条件は交渉次第でどうにでもなります。おわかりかとは思いますが、われわれとしてはぜひあなたを迎えたいと考えていますし、そのことを隠すつもりもありません」

「考えさせてください」

「明朝、お会いできますか？」

「なにか緊急の案件でも？」

「いつも案件の検討にはじっくり時間をかけるんですが、今回はこういうことになってしまったので……実は、すでに少し長引いている件があって、貿易相に急かされていましてね」

「どんな件ですか？」

「ごくふつうの案件ですよ……輸出許可関連です。すでに前向きな事前通知が出ていますし、ＩＳＰの上部機関である国会の輸出管理委員会でもチェックされて、処理はすべて済んでいるのですが、パルムクローナ氏が輸出許可に署名しないうちに亡くなってしまわれたのです」

「署名は長官でないとだめなんですか？」

「軍需品や、民生・軍事の両方に使用できる製品の輸出を許可できるのは、ＩＳＰの長官だけですから」

「しかし、政府が許可を出す場合もあるのでは？」

「ＩＳＰ長官が案件を政府に託すと決めた場合だけです」

「なるほど」

アクセル・リーセンは、戦略製品査察庁、略称ＩＳＰが設立される前の旧制度のもと、外務省の軍需品査察官として十一年間働いていたが、その後、国連軍縮局で仕事を始めた。現在は分析・評価を担当する部署で、特別顧問のような立場で働いている。五十一歳で、白髪の混じった髪はまだ豊かだ。整った、気さくな顔立ちをしている。南アフリカのケープタウンで過ごした休暇のあとで、肌が小麦色に焼けている。ヨットを借り、切り立った断崖に沿って、自力で沿岸をクルージングしていたのだ。

アクセルは書斎に入ると、読書用のひじ掛け椅子に座り、ひりひりと痛むまぶたを閉じて、カール・パルムクローナの死に思いを馳せた。今朝の『ダーゲンス・ニューヘーテル』紙に、彼が亡くなったことを告げる小さな記事が載っていた。いったいなにがあったのか、記事からはよくわからなかったが、突然の死だったらしいと思わせる文面だった。病気ではなかっただろう――もしそうだとしたら、本人のようすを見て気づいたはずだ。思い返してみると、パルムクローナとはこれまでに何度も顔を合わせている。外務省の軍需品査察担当部門と内閣府の戦略製品輸出管理部門をひとつの機関にまとめ、戦略製品査察庁を設立するという国会の決定に際しては、ふたりとも専門家として法案の起草に協力するよう求められた。

あのパルムクローナが亡くなった。アクセルは、髪を軍人ふうの角刈りにして、孤独の気配をあたりに漂わせている、背の高い、蒼白い男を思い起こした。

やがて不安に襲われた。家の中が静かすぎる。アクセルは立ち上がると、あたりを見まわし、耳を澄ませた。

「ビヴァリー？」低い声で呼びかける。「ビヴァリー？」

答えはない。恐怖が湧き上がってくる。足早に部屋をいくつも横切り、玄関に出て、上着をつかみ、少女を探しに出かけようとしたところで、彼女がなにやら口ずさんでいる声が聞こえてきた。キッチンから出てきたビヴァリーは、裸足でカーペットの上を歩いている。アクセルの不安げな顔を見て、少女は目を見開いた。

「アクセル」澄んだ声で言う。「どうかしたの？」

「出かけたのかと思って心配になったんだ」アクセルはつぶやいた。

「外の世界は危ないから、ね」ビヴァリーが微笑む。

「私はただ、だれもが信用できる相手とは限らないと言っているだけだよ」

「べつにだれでも信用しちゃうわけじゃないよ。ちゃんと相手を見て決めるの。その人の光をね」ビヴァリーは説明した。「その人のまわりが光ってたら、親切な人だってわかる」

アクセルはなんと答えていいかわからず、ただ、ファンタの大きなボトルとポテトチップスを買っておいたよ、と告げた。

が、ビヴァリーには聞こえていないようだ。アクセルは彼女の表情をうかがった。落ち着きをなくしかけているのか、うつ状態に入ったのか、心を閉ざしつつあるのか。

「ねえ、わたしたち、やっぱり結婚するの？」ビヴァリーが尋ねる。

「そうだよ」アクセルは嘘をついた。

「でもね、花を見ると、ママのお葬式を思い出しちゃう。パパの顔も……」

「それなら、花を飾るのはやめよう」

「すずらんは好きだけど」

「私もだよ」アクセルは弱々しい声で答えた。

ビヴァリーは満足げに顔を赤らめ、アクセルのためにあくびの真似をしてみせた。

「眠くなってきちゃった」ビヴァリーはそう言って歩き出した。「アクセルも寝る？」

「いや」アクセルはひとりごとのようにそう言ったが、やがて立ち上がってビヴァリーのあとを追った。

部屋をいくつも横切る。アクセルは体の一部が自分を引き止めようとしているような気がしてならなかった。自分の動きがぎこちなく、妙に鈍く感じられる。彼はビヴァリーのあとについて廊下を進み、大理石の床を横切り、階段を上り、応接室をふたつ横切り、夜になるといつも引きこもる続き部屋に入った。

ビヴァリーはほっそりとして背が低く、その背丈はアクセルの胸にも届かない。先週剃ったばかりの髪がまた生えはじめている。彼女はアクセルをさっと抱擁した。ほんの一瞬だったが、アクセルはそれでもビヴァリーの口から漂うキャラメルの香りに気づいた。

41

不眠

アクセル・リーセンがビヴァリー・アンデションに初めて出会ったのは、いまから十カ月前のことだ。発端は、彼が深刻な不眠症に陥ったことだった。三十年以上前のできごとのせいで、アクセルはずっと不眠に悩まされていたが、睡眠薬を飲めばさしあたりふつうの生活を送ることができた。夢を見ることはなく、ひょっとすると真の休息ですらないのかもしれない、化学的な眠りだった。

それでも、眠れていることに変わりはなかった。

眠りを維持するには、睡眠薬の量を増やしつづけるしかなかった。薬を飲むと、眠りを誘う雑音が生まれ、頭の中をめぐるさまざまな考えをかき消してくれる。もはや薬は欠かせなくなり、アクセルはこれを長いこと熟成された高価なウイスキーと混ぜて飲んだ。が、二十年以上もこうして大量の睡眠薬を服用してきたせいで、彼はある日意識を失い、両方の鼻孔から血を流して玄関に倒れているところを弟に発見された。

カロリンスカ医科大学病院で、彼は重度の肝硬変と診断された。

慢性的な細胞傷害がかなり進んでいたため、必須の検査を終えると、すぐさま肝移植の順番待ちリストに名を加えられた。が、血液型がO型のうえ、組織の型がきわめて珍しく、そのせいでドナー候補の数は激減した。

弟から肝臓の一部を提供してもらうという道もあったが、弟は重い不整脈を抱えていて、大がかりな手術は心臓に負担がかかりすぎるため無理だった。

このようなわけで、肝臓ドナーが見つかる可能性はゼロに近かった。が、アルコールと睡眠薬を飲まないようにすれば、死ぬことはないと言われた。さらに、ビタミンK1製剤とインデラル、スピロノラクトンを定期的に服用することで、肝機能は維持され、比較的ふつうの生活を送ることができた。

問題は、眠りが訪れなくなったことだ。アクセルは一晩せいぜい一時間ほどしか眠れなくなった。ヨーテボリの睡眠障害クリニックに入院し、睡眠ポリグラフ検査を受けて、正式に不眠症と診断された。が、薬を飲むことができないので、眠りを促すさまざまなテクニックや瞑想を勧められたり、催眠や自己暗示を試してみるようアドバイスされたりするにとどまった。どれも役に立たなかった。

肝硬変と診断されてから四カ月後、九日間にわたって一睡もできなかったアクセルは、ついに精神障害に似たノイローゼ状態に陥った。

そこで自らの意思で、私立の精神科病院、聖心マリア病院に入院した。

ビヴァリーと出会ったのは、この病院でのことだった。彼女はまだ十五歳にもなっていなかった。

アクセルはいつものごとく、自室で眠れないまま横になっていた。時刻は定かでないが、朝の三時ごろだったろうか。完全な暗闇の中、ビヴァリーがアクセルの病室のドアを開けた。彼女は夜になると、病院の廊下を亡霊のようにあちこち徘徊していた。いっしょにいられる相手を探していただけなのかもしれない。

こうして、眠れないまま絶望的な気持ちで横たわっていたアクセルの病室に、少女が入ってきた。彼女はアクセルの前で立ちつくした。丈の長いネグリジェの裾を床に引きずっている。

「この部屋から光が出てるのが見えたの」と彼女はささやいた。「おじさん、光ってる」

そしてアクセルに近寄り、彼のベッドに横たわった。アクセルは睡眠不足のせいでいまだ精神が安定せず、自分でもなにをしているのかよくわからないまま、彼女を強く、強すぎるほどに抱きしめ、その体をぐっと引き寄せた。

ビヴァリーはなにも言わず、ただ横たわっていた。

アクセルは少女の小さな体にしがみつき、彼女の首筋に顔を押し当てた。そのとき、不意に眠りが訪れた。

彼は夢の中へ、眠りの水の中へ落ちていった。

このときはわずか数分だった。が、このあとも、ビヴァリーは毎晩アクセルのもとにやってきた。

アクセルは彼女を抱きしめ、強く引き寄せ、汗だくになりながら眠りに落ちた。不安定な精神状態はガラスの曇りが晴れるように消え去り、ビヴァリーが廊下を歩きまわることもなくなった。

アクセル・リーセンとビヴァリー・アンデションは、ともに聖心マリア病院を退院することにした。そのあとの成り行きは、ふたりのあいだで暗黙のうちに、必死の思いで決めたことだった。

この取り決めの真の意味は秘密にしておかなければならないとわかっていた。表向きには、ビヴァリーが父親の了解を得たうえで、学生用アパートが見つかるまでのあいだ、アクセル・リーセン宅の一角にあるキッチンやバスルームを備えた小さな部屋に下宿する、ということになった。

ビヴァリー・アンデションは十五歳になり、境界性パーソナリティ障害と診断されている。彼女は対人関係における節度というものを知らず、限度を定めることができない。ふつうの自己防衛本能が欠けているのだ。

ビヴァリーのような少女たちはかつて、ふしだらで背徳的とみなされ、精神病院に閉じ込められ、強制不妊手術やロボトミー手術を受けさせられた。現在でも、邪《よこしま》な人間の家についていってしまったり、悪意のある相手を全面的に信頼してしまったりするのは、やはりビヴァリーのような少女たちだ。

だが、ビヴァリーは幸運だ、アクセル・リーセンと出会うことができたのだから——アクセルはしばしば自分にそう言い聞かせた。自分は小児性愛者ではないし、彼女を傷つけたいわけでも、彼女を利用して金儲けをしたいわけでもない。ただ、眠るために、自滅してしまわないために、彼女を必要としているだけなのだ。

ビヴァリーはよく、大きくなったらアクセルと結婚する、と話した。アクセル・リーセンは結婚式にまつわる彼女の想像を邪魔せず、そのままふくらませておいた。そうしておけば、彼女は満足し、落ち着いているからだ。こうして自分は周囲の世界からビヴァリーを守っている——そう自分に言い聞かせてはいたが、彼女を利用していることももちろん自覚していた。彼はそのことを恥じていたが、ほかに解決法はなかった。またあのような果てしない不眠に陥りたくはなかった。

ビヴァリーが歯ブラシを口に入れて出てきた。壁に掛かった三挺のバイオリンに向かってうなずいてみせる。

「どうして弾かないの？」

「弾けないからだよ」アクセルは微笑んだ。

「ただ飾っておくの？　弾ける人にあげたら？」

「この三挺が好きなんだ。ロベルトにもらったものだから」

「弟さんのこと、あんまり話してくれないよね」

「いろいろ厄介で……」

「自分の工房でバイオリンを作ってるんだよね」とビヴァリーが言う。

「そう。ロベルトはバイオリン職人で……室内楽団に所属する演奏家でもある」

「結婚式で弾いてもらえないかな？」ビヴァリーは口の端についた歯磨き粉をぬぐった。

アクセルは彼女を見つめた。自分の顔がこわばっていることに、ビヴァリーが気づかないことを願いながら、言う。

「それはいい考えだね」

疲れが波のように押し寄せてきて、体に、脳に覆いかぶさった。アクセルはビヴァリーの脇を通って寝室に入ると、ベッドの端にどさりと沈んだ。

「眠くなってきた……」

「かわいそうに」ビヴァリーが真剣な顔で言った。

アクセルはかぶりを振った。

「眠いだけだよ」そう言うなり、涙が出そうになった。

立ち上がり、ピンク色の綿のネグリジェを取り出す。

「ビヴァリー、これを着てくれ」

「いいよ」

彼女はふと立ち止まり、エルンスト・ビルグレンの大きな油絵を見つめた。服を着たキツネが、豪華な邸宅でひじ掛け椅子に座っている。

「怖い絵」

「そうかい？」

ビヴァリーはうなずき、服を脱ぎはじめた。

「トイレで着替えてくれないか？」

彼女は肩をすくめた。彼女がピンク色のシャツを脱ぐと、アクセルは彼女の裸を見ずに済むよう立ち上がった。キツネの絵に近寄り、しばらく眺めていたが、やがて絵を壁から下ろし、壁に向けて床に立てかけた。

＊

アクセルは体をこわばらせ、顔をしかめ、歯を食いしばって、ぐっすりと眠っていた。ビヴァリーを強く抱きしめている。不意に目が覚め、ビヴァリーを離すと、まるで溺れかけていたかのように息を吸い込んだ。汗をかいている。不安で心臓が激しく打っている。彼は枕元のランプをつけた。ビヴァリーは幼い子どものように、口を開け、額に汗をにじませて、安心しきって眠っていた。

またカール・パルムクローナのことが頭に浮かんだ。最後に会ったのは、騎士の館で行なわれた貴族会の会合でのことだ。パルムクローナは酔っていて、なにかと食ってかかってきた。国連があちこちで行なっている武器輸出入の禁止措置をしつこく話題にしたのち、不思議な言葉で締めくくった――〝最悪の場合には、アルゲルノンみたいにするしかありませんな。悪夢を刈り取らずに済むように〟

アクセルはランプを消して横になると、パルムクローナの言葉について考えた。〝アルゲルノンみたいにする〟。あれはどういう意味だったのだろう？　悪夢とはいったいなんのことか？　そもそもパルムクローナはほんとうにそう言ったのだったか？

〝悪夢を刈り取らずに済むように〟

カール＝フレドリック・アルゲルノンの最期は、スウェーデンが抱えている謎のひとつだ。アルゲルノンは死を迎えるまで、外務省の軍需品査察官を務めていた。一月のある日、彼はノーベル・インダストリーズ社のアンデシュ・カールベリ社長と会談し、同社の関連企業が湾岸諸国に武器を密輸しているとの調査結果が出ている、と話した。同じ日、カール＝フレドリック・アルゲルノンはストックホルム中央駅で、ホームに入ってきた地下鉄の前に落ちた。

アクセルの考えは徐々に脱線し、ボフォース社に向けられた武器密輸や贈賄の疑いのまわりをぼんやりと旋回した。トレンチコートに身を包んだ男が、走ってくる地下鉄の前で、仰向けに倒れるところを思い浮かべる。

男はスローモーションで線路に落ちる。着ているコートがはためいた。

ビヴァリーの柔らかな息遣いがアクセルをとらえ、彼は落ち着きを取り戻した。ビヴァリーのほうを向き、その小さな体に両腕をまわした。

ビヴァリーを引き寄せると、彼女がふうとため息をついた。

そのまま強く抱きしめる。眠りが集まってきて雲のように形を成し、頭の中の思いは引き延ばされて薄くなっていった。

そのあとの眠りは浅く、アクセルは筋肉が引きつるほどに強くビヴァリーの細い二の腕をつかんでいたせいで、五時ごろに目を覚ました。彼女の短く突っ立った髪が唇をくすぐる。薬を飲むことができたらどんなにいいか、と激しく思った。

42

戦略製品査察庁

午前七時、アクセルは弟と共有しているテラスに出た。八時にはもう、戦略製品査察庁のカール・パルムクローナのオフィスで、外務省のヨルゲン・グリューンリヒトと会うことになっている。

テラスはすでにかなり暖かいが、蒸し暑くはない。弟のロベルトが、自分の住まいからテラスに出る扉を開け放し、デッキチェアに座っている。ひげもまだ剃っておらず、両腕をだらりと垂らし、朝露に濡れた栗の木の葉を見上げている。着古した絹のガウンを身にまとっている。父親が土曜日の朝に着ていたのと同じガウンだ。

「おはよう」ロベルトが言った。

アクセルは弟のほうを見ずにうなずいた。

「チャールズ・グリーンダークに頼まれて、フィオリーニを一挺修理したよ」ロベルトが会話を始めようと切り出した。

「喜ばれるだろうね」アクセルは静かに答えた。

ロベルトがアクセルのほうに顔を上げた。

「なにか悩みごとでも？」

「ああ、少し」とアクセルは答えた。「転職することになりそうだ」

「いいじゃないか」ロベルトがぼんやりと言った。

アクセルは弟のやさしげな顔を、深い皺を、禿げた頭頂を見つめ、弟との関係がいまとはまったく違ったものになっていた可能性もあったのに、と考えた。

「心臓のほうはどうだ？」アクセルは尋ねた。「まだ止まっていない？」

ロベルトはしばらく胸に手を当ててから答えた。

「まだのようだ……」

「それは良かった」

「兄さんの気の毒な肝臓は？」

アクセルは肩をすくめ、室内へ戻ろうとした。

「今夜はシューベルトを演奏するよ」ロベルトが言う。

「いいね」

「兄さんもよかったら……」

ロベルトは黙り込み、兄を見やると、話題を替えた。

「上の部屋に下宿してる女の子のことだが……」

「ああ……ビヴァリーか」

「いつまでここで暮らすんだ?」ロベルトは目を細めて兄を見た。

「わからない。学生用の小さなアパートが見つかるまでは、ここで暮らしていいと約束している」

「そうか。兄さんは昔から、蜂やらカエルやら、怪我をした動物の世話をよく……」

「ビヴァリーは人間だぞ」アクセルは弟をさえぎった。

テラスと室内をつなぐ背の高いドアを開ける。中に入るとき、かすかに丸みを帯びたガラスの上をすべっていく自分の顔の鏡像が見えた。カーテンの後ろに身を隠し、弟のロベルトを観察する。デッキチェアから立ち上がり、腹を掻き、テラスから小さな裏庭と工房に続く階段を下りている。ロベルトの姿が見えなくなると、アクセルは自室に戻り、口を開けて眠っているビヴァリーをそっと起こした。

*

戦略製品査察庁は一九九六年に設立された国家機関で、武器輸出や、軍事・民生の両方に使用される製品に関する、あらゆる案件を担当している。

オフィスの場所は、クララベリ高架橋九十番地、サーモンピンクの建物の五階だ。

アクセルがエレベーターで五階に到着すると、外務省のヨルゲン・グリューンリヒトはすでに大きなガラス扉の内側で待っていた。時刻はまだ八時二分前だが、グリューンリヒトはこれ以上待ち切れないといったようすで軽く会釈をしてから、カードキーを通し、暗証番号を押して、アクセルをドアの内側に迎え入れた。グリューンリヒトは背が高く、顔の色素がまだらになっていて、赤みを帯びた肌に形のはっきりしない白斑が光っていた。

ふたりはカール・パルムクローナのオフィスへ向かった。いくつかの部屋がひと続きになった先の角部屋だ。大きな窓がふたつあって、中央駅裏からクララ運河に沿って南へ伸び、角張った市庁舎の暗い輪郭の先へ続いている道路の帯を見渡すことができる。

ストックホルムの一等地にあるにもかかわらず、戦略製品査察庁のオフィスには禁欲的な雰囲気が漂っていた。床はビニールで、パイン材と白で統一された簡素な家具にはこれといった特徴がない。武器輸出は総じて道徳的に疑わしいものであるということを忘れないためだろうか——アクセルはそう考え、ふと身震いした。

亡くなってまだ間もないパルムクローナのオフィスにいるのだと思うと、どうも背筋が寒くなった。

天井の蛍光灯の部品が甲高い音を発していることにアクセルは気づいた。まるでピアノが放つ不協和倍音のようだ。ジョン・ケージのソナタ第一番のレコードで、同じような倍音を耳にしたことがある、と思い出した。

グリューンリヒトが扉を閉める。アクセル・リーセンに座るよう告げたとき、彼は愛想の良い笑みをうかべているにもかかわらず、緊張しているように見えた。

「さっそく来ていただけてほんとうにありがたい」と言い、契約書の入ったフォルダーを差し出す。

「こちらこそ」アクセルは微笑んだ。

「どうぞお座りになって、目をお通しください」グリューンリヒトは手で机を示してみせた。

アクセルは飾り気のない椅子に座ると、フォルダーを机の上に置き、顔を上げた。

「拝見して、来週ご連絡します」

「あなたにきわめて有利な内容ですよ。が、このオファーはいつまでも有効というわけではありません」とグリューンリヒトが言った。

「急いでいらっしゃるのですね。それはわかっていますが」

「理事会はぜひあなたを長官に迎えたいと考えています。経歴からしても、評判からしても、あなた以上の適任者はいません。が、その一方で、業務を滞らせるわけにはいかないのです」

アクセルはフォルダーを開いた。体の内にある不快感を、なんとか振り払おうとする。罠にはめられつつあるような気がしてならない。グリューンリヒトの態度は一貫して不自然で、強引で、謎めいていた。

この契約に署名すれば、アクセルは戦略製品査察庁の長官になる。スウェーデンの武器輸出について、単独で決定を下せる立場になるのだ。アクセルは国連で、紛争地域での軍縮を進め、通常兵器の流入を抑える仕事に取り組んできた。戦略製品査察庁長官というこの地位も、そうした仕事の続きにほかならない、と考えたかった。

彼は契約書を精読した。非の打ちどころのない内容だった。欠点がなさすぎると言ってもいいほどだった。読みながら、彼は何度か顔を紅潮させた。

「当庁へようこそ」グリューンリヒトが微笑みながらペンを差し出した。

アクセルは礼を言い、契約書にサインしてから、立ち上がり、グリューンリヒトに背を向けて窓の外を眺めた。市庁舎の塔の先端を飾る三つの冠が目に入った。太陽の光と靄でほとんど消えかかっているように見える。

「なかなかいい眺めでしょう」グリューンリヒトがつぶやいた。「外務省の私のオフィスよりずっといい」

アクセルは彼のほうに向き直った。

「いまのところ進行中の案件は三つありまして、そのうち最も急を要するのがケニアです。

規模の大きい、重要な取引です。できるだけ早く、可能ならすぐにでも見ていただきたい。準備はすべてパルムクローナ氏が済ませていますから……」

グリューンリヒトは言葉を切ると、アクセルに書類を差し出した。それから瞳に奇妙な輝きをたたえて彼を見つめた。アクセルは、グリューンリヒトがほんとうは力ずくで彼の手にペンを握らせ、書類の上に走らせたがっているのではないか、という気がした。

「あなたならパルムクローナ氏の素晴らしい後継者となれると、私は確信していますよ」

そして答えを待つことなく、アクセルの腕をぽんと叩くと、足早に部屋を横切った。戸口で振り返り、簡潔に言い放つ。

「十五時に諮問グループとの会議があります」

アクセルは部屋に取り残され、ひとり立ちつくした。彼のまわりに鈍い沈黙が立ちのぼった。ふたたび机に向かい、カール・パルムクローナが署名せずに遺していった書類に目を通す。準備作業は入念に、きめ細かく行なわれていた。五・五六×四五ミリの弾薬を百二十五万セット、ケニアに輸出する案件だ。輸出管理委員会は投票の結果、輸出を許可する旨の勧告を出した。パルムクローナの事前通知も前向きな内容だ。シレンシア・ディフェンス株式会社は、定評のある、きちんとした企業である。

それでも、戦略製品査察庁長官が輸出を許可するという最後のステップを踏まないかぎり、輸出を実行することはできないのだ。

アクセルは背もたれに体をあずけ、パルムクローナの謎めいた言葉に思いを馳せた。アルゲルノンみたいにする。悪夢を刈り取らずに済むように死ぬ。

43

コンピュータのクローン

　ヨーラン・ストーンはヨーナ・リンナに向かって笑いかけると、鞄から封筒を取り出し、開け、届けさせた鍵を丸めた手の上に振り出した。サーガ・バウエルはエレベーターを出たところで立ち止まり、視線を落としている。三人は、グレーヴ通り二番地のカール・パルムクローナ宅の前にいた。

「うちの鑑識官が明日来ることになってるよ」とヨーランが言う。

「何時に？」ヨーナが尋ねた。

「サーガ、何時だ？」

「十時だと思いますけど……」

「思います、だと？　時刻ぐらい把握しとけよ」

「十時です」サーガは小声で言った。

「コンピュータと電話から調べはじめろっておれが言ってたことは、ちゃんと伝えただろうな？」

「ええ……」

ヨーランの電話が鳴り、彼は手を挙げてサーガを黙らせた。応答し、階段を数段ほど下りると、赤褐色のガラス窓のくぼみに立って話しはじめた。

ヨーナはサーガのほうを向き、小声で尋ねた。

「捜査責任者、きみじゃないの？」

サーガはかぶりを振った。

「なにかあったのかい？」

「なんと言ったらいいのか」彼女は疲れた声で答えた。「いつもこうなんです。ヨーランは門外漢なのに。あの人、テロ対策の経験なんかないんですから」

「で、きみはどうするつもりなんだ？」

「どうするつもり、って……」

ヨーラン・ストーンが電話を終えて上がってきたので、サーガは言葉を切った。手を出し、パルムクローナ宅の鍵を受け取ろうとする。

「鍵をください」

「なんだと？」

「捜査責任者はわたしです」

「どう思うよ、ヨーナ?」ヨーラン・ストーンはヨーナに向かって笑ってみせた。

「ヨーラン、きみの能力を疑ってるわけじゃないんだが」とヨーナは言った。「上司とのミーティングで、サーガ・バウエルといっしょに捜査を進めると約束したから……」

「サーガもいっしょに中に入るんだよ」ヨーランはあわてて言った。

「捜査責任者として中に入ります」とサーガが言う。

「おい、いったいどういうつもりだ——おれを追い出したいのか?」ヨーラン・ストーンは心外だと言いたげな笑みをうかべた。

「きみもいっしょに来たいのなら、それはかまわないよ」ヨーナが穏やかに言った。

サーガがヨーランの手から鍵を取る。

「課長に電話してくる」ヨーランはそう言って階段を下りはじめた。

彼が下階へ向かいながら上司と電話で話し、その声がだんだん熱を帯び、ついには階段室にこだまするほどの声で〝これだから女ってのは〟と叫んでいるのが聞こえてきた。

サーガは笑いをこらえ、気持ちを落ち着けると、鍵を差し入れ、二度回して重い扉を開けた。

他殺の疑いがなくなったため、警察の立入禁止テープははずされていた。司法解剖によって、ヨーナが推理した自殺の経緯が詳細に至るまで裏付けられ、ニルス・オレンの検死報告書が完成するやいなや、捜査は中止となった。カール・パルムクローナは物干しロープで輪を作り、自宅の天井のランプ用フックにロープをかけ、首を吊って自ら命を絶ったのだ。現場検証も中止され、リンシェーピンの国立科学捜査研究所に送られたサンプルの分析も取りやめになった。

だが、カール・パルムクローナの首吊り遺体が発見される前の日に、ビョルン・アルムスコーグが彼にメールを送っていたことが明らかになった。

同じ日の夜、ビョルン・アルムスコーグの所有するクルーザーで、ビオラ・フェルナンデスが殺された。

ビョルンこそ、ふたつの事件をつなぐ鍵だった。もしあのクルーザーが海に沈んでいれば、パルムクローナの死は自殺、ビオラの死は事故として、なんのつながりもない別々の事件として片付けられていたことだろう。

サーガとヨーナは玄関に足を踏み入れた。郵便物は来ていないようだ。軟せっけんの香りがあたりに漂っている。ふたりは広々とした部屋をいくつも横切った。窓から日差しがふんだんに差し込んでいる。グレーヴ通りをはさんだ反対側の建物の赤いトタン屋根が輝いている。出窓からはニーブロー湾の光り輝く水面が見渡せた。

鑑識が置いた踏み板は片付けられ、がらんとした客間のランプ用フックの下も、きれいに水拭きされている。

　ふたりはきしむ寄木張りの床の上をゆっくりと歩いた。奇妙なことに、パルムクローナ宅には自殺の影がまったく残っていない。まだ人が住んでいるように思える。ヨーナもサーガも同じ感覚を抱いた。ほとんど家具のない、がらんと広い部屋の数々は、どれも穏やかな生活感のようなものに満ちている。

「まだここに通ってるんだわ」急にサーガが言った。

「そうだ」ヨーナもすかさず応じ、笑みをうかべた。「あの家政婦。ここに来て、掃除や換気をしたり、郵便物を片付けたり、ベッドを整えたりしたにちがいない」

　人が突然亡くなった場合、こういうことは珍しくない、とふたりは考えた。自分の人生が一変した事実から、人は目をそむけようとする。新たな状況を受け入れようとせず、それまでと同じように振る舞いつづけるのだ。

　呼び鈴が鳴った。サーガは少し不安げな表情になったが、それでもヨーナとともに玄関へ向かった。

　玄関を開けたのは、黒いぶかぶかのジャージの上下に身を包んだ、スキンヘッドの男だった。

「ハンバーガーなんか捨ててすぐ来い、ってヨーナに言われて」

「IT担当のヨハン・ヨンソンだよ」ヨーナが紹介する。

「ヨーナか車をとばしてました」ヨハンはフィンランド訛りをおおげさに真似て、古いジョークを語りはじめた。「道は曲かってたのに、ヨーナは曲かりませんてした」

「こちらはサーガ・バウエル、公安警察の警部だ」

「おしゃべりする間もなく仕事てすか？」

「もうやめてよ」サーガが言った。

「パルムクローナのコンピュータを見たいんだ。時間はどれくらいかかる？」

三人は書斎へ向かった。

「証拠として使うことになる可能性はあります？」ヨハン・ヨンソンが尋ねる。

「ああ」とヨーナが答えた。

「じゃあ、コンピュータのクローンを作ればいいわけですね？」

「時間はどれくらいかかる？」

「待ってるあいだ、公安さんにいくつかジョークを披露できると思いますよ」とヨハンは答えたが、その場から動こうとしない。

「ちょっと、なんなのよ？」サーガがもどかしげに尋ねる。

「彼氏いるかって聞いてもいいですか？」ヨハンはきまり悪そうな笑みをうかべながら尋ねた。

サーガはヨハンの目を見つめ、真剣な顔でうなずいた。ヨハンは視線を落としてなにやらつぶやいてから、カール・パルムクローナの書斎へ消えた。

ヨーナはサーガから手袋を借りて両手にはめ、箱に入っている郵便物をチェックしたが、目を引くものはなにもなかった。そもそも数が少なく、銀行や会計士からの手紙が数通、内閣府からの通知、ソフィアヘメット病院の腰痛専門医から送られてきた検査結果、マンションの春の住民会合の議事録、という内容だった。

ふたりはパルムクローナの遺体が見つかったときに音楽が流れていた部屋に戻った。ヨーナはカール・マルムステンのデザインしたソファーに座り、オーディオ装置が放っている冷たいブルーの光線の前でそっと手を動かした。突然、スピーカーから無伴奏のバイオリン曲が流れ出した。綱渡り芸人がひとり、これ以上ないほど高い音域で微妙なバランスをとりながら、繊細なメロディーを紡いでいる。が、その気性はまるで神経をとがらせた鳥のようだ。

ヨーナは時計を見ると、オーディオ装置のそばにサーガを残し、書斎へ向かった。が、ヨハン・ヨンソンは書斎ではなくキッチンにいて、テーブルに置いた薄型コンピュータに向かっていた。

「うまくいった？」ヨーナが尋ねる。

「えっ？」

「パルムクローナのコンピュータはコピーできたのかい？」

「もちろんですよ――こいつが完全なクローンです」ヨハンはなぜそんなことを聞かれる

のかわからないといったようすで答えた。

ヨーナはテーブルの反対側にまわり、画面を見つめた。

「メールは見られる？」

ヨハンはメールソフトを開いた。

「ジャジャーン」

「ここ一週間のやり取りをチェックしよう」

「受信トレイから行きましょうか？」

「ああ、頼むよ」

「あのサーガさん、ぼくのこと気に入ってくれたと思います？」ヨハンが急に尋ねる。

「それはないな」

「反感から恋が生まれることもありますよね」

「サーガの髪でも引っ張ってみたらいいんじゃないか？」ヨーナはそう言いながらコンピュータ画面を指差した。

ヨハンは受信トレイを開け、笑みをうかべた。

「ビンゴ、大当たり」

ヨーナはskunk@hotmail.comから三通メールが来ていることに気づいた。

「開けてみれくれ」とささやく。

ヨハンが一通目をクリックすると、ビヨルン・アルムスコーグからのメールが画面いっぱいに現われた。

「こりゃ驚いたな」ヨハンはそうつぶやくと、席を立って脇へ退いた。

44

メール

ヨーナはメールを読み、しばらくじっと立ちつくした。残る二通も開き、二度にわたって目を通す。それからオーディオ装置の部屋に残っていたサーガ・バウエルのもとへ戻った。

「なにか見つかりました？」

「ああ……六月二日、カール・パルムクローナのコンピュータに、ビヨルン・アルムスコーグが匿名アドレスから送った脅迫状が届いた」

「つまり、結局これは脅迫事件のこじれだった、と」サーガはため息をついた。

「そうとも言い切れないと思うよ」

ヨーナはカール・パルムクローナの最後の数日間について語った。パルムクローナは、戦略製品査察庁科学技術委員会のイェラルド・ジェームスとともに、トロルヘッタンにあるシレンシア・ディフェンス社の武器工場を訪れている。ビョルン・アルムスコーグからのメールを読んだのは、その日の夜に帰宅したあとのことだろう。パルムクローナは十八時二十五分に返信している。深刻な結果になりかねないと脅迫者に警告する内容だ。そして翌日の昼ごろ、パルムクローナは脅迫者に二通目のメールを送った。このメールは、もうなにもかもが終わったとあきらめているらしい内容だった。おそらくこのあと、天井にロープをくくりつけ、家政婦を帰したのだろう。家政婦が出ていくと、パルムクローナは音楽をかけ、小さな客間に行き、鞄を縦に立ててそこに上がり、首にロープを掛けて鞄を倒した。パルムクローナが亡くなった直後、ビョルン・アルムスコーグからの二通目のメールが彼のメールサーバーに到着した。その翌日、三通目のメールが送信された。

ヨーナは五通のメールを順番どおりにテーブルの上に置いた。サーガはヨーナの隣に立ち、ふたりのやり取りに目を通した。

ビョルン・アルムスコーグからの一通目、六月二日（水）十一時三十七分——

カール・パルムクローナへ

このメールを送るのは、きわめて微妙な内容の写真が手に入ったからだ。この写真には、あなたがコンサートホールのボックス席に座って、ラファエル・グイディとシャンパンを飲んでいる姿が写っている。あなたにとっては不名誉な写真だろうから、百万クローナで売ってやってもいい。臨時口座837-9 2227017730への振り込みが確認できた時点で、写真はあなたに送り、このやり取りの履歴も削除する。

スカンクより

カール・パルムクローナからの返信、六月二日（水）十八時二十五分——

きみがだれだか知らないが、自分がどんなことに足を突っ込んでいるかわかっていないことだけは確かだ。きみはなにもわかっていない。

警告する。これは深刻な事態だ。頼むから、手遅れにならないうちに写真を渡してくれ。

カール・パルムクローナからの返信二通目、六月三日（木）十四時二分——

もう手遅れだ。きみも私も死ぬことになる。

ビョルン・アルムスコーグからの二通目、六月三日（木）十六時二分――

わかった。言うとおりにする。

ビョルン・アルムスコーグからの三通目、六月四日（金）七時四十五分――

カール・パルムクローナへ

写真は送った。私が連絡したことは忘れてほしい。

スカンクより

メールのやり取りを二度にわたって読んだサーガは、ヨーナに真剣なまなざしを向け、このやり取りこそ今回の悲劇の核心だ、と言った。

「ビョルン・アルムスコーグは、パルムクローナにとって不利になる写真を彼に売りつけようとしたんですね。パルムクローナは写真の存在を疑っていないらしく、しかもこの写真には、ビョルンが思っている以上に深刻な意味があったらしい。パルムクローナはビョルンに警告してます。お金を払う気はまったくありません。写真が存在すること自体が、自分にとっても相手にとっても危険だと思っているようです」

「それから——なにがあったと思う？」ヨーナが尋ねる。

「パルムクローナはメールか郵便での返信を待ちました。が、返事が来ないので、二通目のメールを送りました。自分もビョルンも死ぬことになる、という内容のメールを」

「そして首をくくった」

「ビョルンはインターネットカフェに行って、パルムクローナの二通目のメールを読みました。〝もう手遅れだ。きみも私も死ぬことになる〟。それで怖くなったんでしょうね。パルムクローナの言うとおりにする、と返信してます」

「パルムクローナがすでに死んでいることを知らずにね」

「ええ。この時点で、すでになにもかもが手遅れになってる。ビョルンがなにをしようと、もう無駄でしかない……」

「パルムクローナからの二通目を受け取って、ビョルンはパニックに陥ったんだろう。脅迫の計画はすべて投げ出した。とにかく危険から逃れたいと思った」

「問題は、例の写真がペネロペの家のガラス戸に貼ってあること」

「彼女が討論のためテレビ局へ出発したあとでないと、写真を回収することはできそうにない。そこでアパートの外で待って、ペネロペがタクシーで出発したのを見届けてから駆け込んだ。階段室で女の子に出くわした。アパートの中に駆け込み、ガラス戸から写真をひきはがして、地下鉄に乗り、パルムクローナに写真を郵送した。メールも送って、ポントニエール通り四十七番地の自宅へ戻った。荷物を持って、バスでセーデルマルム島に向かい、ロングホルメン島のヨットハーバーへ急いだ」

「単に脅迫計画がこじれただけではないと思われるのはなぜです？」

「ビョルンが出発した約三時間後、彼のアパートが火事で全焼した。火災調査官の話だと、出火の原因は隣のアパートに放置されていたつけっぱなしのアイロンでまちがいない、ということだったけど……」

「今回の事件に関するかぎり、もう偶然の一致だと思うのはやめることにしたわ」

「ぼくもだよ」ヨーナは笑みをうかべた。

ふたりはメールのやり取りに視線を戻した。ヨーナがパルムクローナの二通のメールを指差す。

「パルムクローナは、この一通目と二通目のあいだに、だれかと連絡を取ったにちがいない」

「一通目は警告ですよね。なのに二通目では、もう手遅れだ、ふたりとも死ぬことになる、と言ってる」

「脅迫状を受け取ったパルムクローナは、だれかに電話したんだと思う。恐怖におびえながらも、電話の相手に助けてもらえるかもしれないと希望をつないでたんだ。が、救いの手が差し伸べられることはないとわかって、二通目のメールを書いた。ふたりとも死ぬことになる、と言い切った」

「通話記録を調べてもらいましょう」

「エリクソンがやってるよ」

「ほかには？」

「ビヨルンの一通目のメールに名前が出てくる人物についても調べよう」

「ラファエル・グイディですか？」

「知ってるの？」

「みんな大天使ラファエルって呼んでるわ。イタリア人で、中東やアフリカの武器取引を仲介してる実業家です」

「武器取引」ヨーナが繰り返した。

「ラファエルは三十年前からこの業界にいて、自分のビジネス帝国を築き上げてきた人物だけど、彼が事件にかかわってるとは考えにくいと思いますよ。インターポールにだって尻尾をつかまれたことは一度もないし。多少怪しまれることはあったにせよ、それ以上のことはなにもなかった」

「カール・パルムクローナがラファエルに会うのはおかしいことなんだろうか？」

「全然」とサーガは答えた。「仕事の一部でしょう。もっとも、シャンパンで乾杯するのは不謹慎きわまりない気がするけれど」

「でも、そのために自殺したり、人を殺したりするほどのことではない」

「そうですね」サーガは笑みをうかべた。

「ということは、問題の写真にはほかにも情報が含まれているんだ。なにか危険な情報が」

「ビョルンがパルムクローナに写真を送ったのなら、ここに届いているはずだけれど」

「郵便箱の中身は調べたが……」

ヨーナは急に黙り込んだ。サーガが彼を見やった。

「どうしたんですか？　なにか思いついたんですか？」

「郵便箱には、プライベートな内容の手紙しか入ってなかった。広告とか請求書とかの類いはなにもなかった」とヨーナは言った。「だれかが仕分けしてから郵便箱に入れたんだ」

45

高速道路で

家政婦のエディット・シュヴァルツは電話を持っていなかった。住所はストックホルムから北に七十キロほど離れたクニヴスタの郊外になっている。ヨーナはサーガの隣に黙って座り、サーガはスヴェア通りの端から端までゆったりと車を走らせた。ノールトゥルでストックホルムの中心街を離れ、高速道路に入り、カロリンスカ大学病院への出口を素通りした。

「公安によるペネロペ宅の現場検証は終わりましたよ」とサーガは語った。「全部に目を通してみたけど、左翼過激派グループとのつながりはなかったようです。むしろ距離を置いていたようで、非暴力主義を掲げ、左翼過激派のやり方に反対していました。ビヨルン・アルムスコーグについての情報も、少ないけれどチェックしました。メドボリヤル広場のクラブ〈デベイザー〉で働いてて、政治活動はとくにしてないけど、〝リクレイム・ザ

・ストリーツ〃のスウェーデン版が主催したいわゆる〃ストリート・パーティー〃に参加して逮捕されたことがあります」

ストックホルム北墓地の黒い柵がちかちかと点滅するように脇を流れ、あっという間に緑豊かな木々がそびえるハーガ公園にさしかかった。

「公安に保管されてる資料も読みました」サーガはゆっくりと言った。「ストックホルムの左翼過激派と右翼過激派についての資料を全部……危うく一睡もできないところだった。資料はもちろん機密扱いだけど、あなたに知らせておきたいのは、公安がミスを犯したってこと――ペネロペもビヨルンも、破壊工作だとか、その類いのことにはまったくかかわっていなかったんです。潔白もいいところで、馬鹿馬鹿しく思えるほどだった」

「じゃあ、その線は捨てたんだね？」

「わたしもいまはあなたに賛成です。この事件は、左翼や右翼の過激派とはレベルの違う、まったく別の世界の問題だと思う……公安や国家警察と比べてもはるかに上かもしれない。パルムクローナの死、ビヨルン宅の火事、ビオラの死……左翼とか右翼とか、そういうレベルの話じゃない気がする」

沈黙が訪れ、ヨーナは家政婦の姿を思い起こした。エディット・シュヴァルツはこちらの目をじっと見つめ、パルムクローナをもう下ろしたか、と尋ねてきた。

「下ろす、というのは、どういうことですか？」

「まあ、すみません。私はただの家政婦で、てっきり……」

ヨーナは、なにか変わったことを目にしたのか、と彼女に尋ねた。

「小さいほうの客間で、ランプをかけるフックからひもが下がっていました」とエディットは答えた。

「ひもを見たんですね？」

「もちろんですとも」

もちろんですとも、か、とヨーナは考え、高速道路を眺めた。右側に騒音防止用の赤い壁がそびえ、住宅地やサッカー場から道路を隔てている。家政婦が〝もちろんですとも〟と言い切ったときの鋭い声音が耳の奥に残り、何度も繰り返される中、ヨーナは事情を聞きたいので署に同行を願うと告げたときの彼女の顔を思い返した。意外なことに、彼女は不安げなようすをいっさい見せず、ただこくりとうなずいただけだった。

車がローテブローを通過する。エリック・マリア・バルク医師の息子、ベンヤミンを探していたときに、リディア・エーヴェシュ宅の庭に十年間埋まっていたヨハン・サミュエルソンの遺体が発見されたのは、この町でのことだった（前作『催眠』での出来事）。あのときは冬だった。いまは、茶色く錆び付いた線路や駐車場のまわり、遠くの住宅街に、緑が生い茂っている。

ヨーナは殺人捜査特別班のナータン・ポロックに電話をかけた。二度の着信音のあと、かすかに鼻にかかった声が早くも聞こえてきた。

「はい、もしもし」

「トミー・クフードといっしょに、パルムクローナの遺体の下に丸く残っていた靴跡をご覧になりましたね」

「捜査は中止になったんだ」とポロックは答えた。コンピュータのキーボードを叩く音が聞こえた。

「それは知ってますが……」

「わかってる。カルロスから聞いたよ。新たな展開があったそうだね」

「もう一度見てもらえますか？」

「いま見ているところだよ」

「ありがたい。いつごろ終わりそうですか？」

「いま終わったよ」とポロックは答えた。「靴跡は、パルムクローナ本人と、家政婦のエディット・シュヴァルツのものだ」

「ほかの靴跡はなかった？」

「なかったよ」

サーガはスピードを時速百四十キロに保ち、高速E4号線を北に向かっている。

出発前、ヨーナとサーガはともに警察本部でエディット・シュヴァルツの事情聴取の録音に耳を傾けながら、ヨン・ベングトソンが手書きで残したコメントに目を通した。

いま、ヨーナは事情聴取の内容をあらためて思い起こした――決められたとおりに日時や出席者を述べてから、ヨン・ベングトソンは、あなたに犯罪の嫌疑がかけられているわけではないが、カール・パルムクローナ氏の死の経緯をはっきりさせるため、手を貸していただけるとありがたい、と説明した。そのあと、部屋は静まり返った。換気扇の動く音がかすかに聞こえた。ときおり椅子がきしんだ。ペンが紙の上を走る音もした。ヨン・ベングトソンは事情聴取記録に、エディット・シュヴァルツがいっさい関心を示さなかったので、彼女のほうから話し出すのを待つことにした、と書いていた。

エディットが口を開くまでに二分強かかった。机の向かい側に警察官がいて、録音されているのは緩慢な沈黙だけという状況で、ただ座っているには長い時間だといえよう。

「パルムクローナ長官、コートは脱いでらっしゃいました？」それがエディット・シュヴァルツの第一声だった。

「なぜお聞きになるのです？」ヨン・ベングトソンはやさしく聞き返した。

彼女はまた黙り込んだ。沈黙が三十秒ほど続き、今度はヨン・ベングトソンが口を開いた。

「最後にパルムクローナ長官にお会いになったとき、長官はコートを着ていたんですか？」

「そうです」

「さきほどリンナ警部に、天井からロープが下がっているのを見た、とおっしゃいましたね」

「ええ」

「そのロープを見て、なにに使うものだと思いましたか？」

エディットは答えなかった。

「ロープはいつから下がっていたんですか？」

「水曜日から」エディットは穏やかに答えた。

「つまり、あなたは六月二日の晩、天井からロープが下がっているのをご覧になったうえで、帰宅された。次の日、六月三日の朝に出勤されて、またロープを目撃し、パルムクローナ氏にもお会いになり、また帰宅なさった。そして六月五日、十四時三十分に戻っていらした……このときに、リンナ警部にお会いになった」

事情聴取記録には、エディットが肩をすくめた、とあった。

「この数日間のことを、あなたの言葉で話していただけますか？」

「水曜日の朝六時、パルムクローナ長官のお宅に着きました。長官は六時半までおやすみになるので、朝だけは鍵を使って入っていいことになってます。長官は規則正しい生活を心がけてらっしゃるので、寝坊なさることはありませんし、日曜日だからといってゆっくりおやすみになることもありません。私は手挽きでコーヒー豆を挽いて、食パンを二枚切って、加塩マーガリンを塗って、トリュフの入ったレバーパテを二切れとピクルスを載せて、チェダーチーズをひと切れ添えました。糊の利いた麻のテーブルクロスを掛けて、夏用の食器を出しました。朝刊は、広告とスポーツ欄を抜き取って、折って右側に置くことになってます」

エディットは異例の細かさで、水曜日に作った子牛肉のハンバーグとクリームソースについて、木曜日の昼食の用意について語った。

週末用の食料を持って呼び鈴を鳴らした、土曜日のあの時点に話が及ぶと、彼女は黙り込んだ。

「つらいお気持ちはわかります」しばらくしてからヨン・ベングトソンが言った。「しかし、こうしてあなたのお話を聞いていると、水曜日と木曜日のできごとについてはひじょうに細かく話してくださいましたが、カール・パルムクローナ氏の突然の死にかかわることについては、ひとこともお話しになっていませんね」

エディット・シュヴァルツは黙りこくったままで、いっさい釈明をしなかった。

「記憶をたどってみてほしいのですが」ヨン・ベングトソンは我慢強く続けた。「呼び鈴を鳴らしたとき、あなたはカール・パルムクローナ氏がもう亡くなっていることをご存じだったんですか？」

「いいえ」

「パルムクローナ長官をもう下ろしたのか、とリンナ警部にお聞きになりましたよね？」

ヨン・ベングトソンの声にもどかしさが混じった。

「ええ」

「パルムクローナ氏の遺体をすでにご覧になっていたんですか？」

「いいえ」

「いったいどういうことですか」ヨンは苛立ちをあらわにした。「とにかく知ってることを話してもらえませんか？　どうして、もう下ろしたのか、などと聞いたんです？　あなたはたしかにそう質問したんだ！　パルムクローナ氏が亡くなったことを知らなかったのなら、なぜそんな質問をしたんですか？」

ヨン・ベングトソンは事情聴取記録にこう書いていた——残念ながら、はっきりしない彼女の態度に腹を立てるというミスを犯してしまった。自分が声を荒らげたあと、エディット・シュヴァルツは貝のごとく殻に閉じこもった。

「私、なにかの嫌疑がかけられてるんですか？」彼女は冷たい声で尋ねた。

「いいえ」

「じゃあ、これで終わりということでいいですね」

「しかし、ぜひ協力を……」

「ほかにはなにも覚えていません」彼女はそう言い放って席を立った。

ヨーナはサーガをちらりと見やった。彼女はフロントガラスの向こう、高速道路の先と、前を走る長距離トラックを見つめている。

「家政婦との事情聴取について考えてるんだけど」とヨーナは言った。

「わたしもです」

「ヨンは彼女に腹を立てた。証言が矛盾していると思ったんだ。呼び鈴を鳴らしたとき、彼女はパルムクローナが死んだことを知っていたはずだ、と言い張った」

「そうですね」サーガは前を向いたまま答えた。

「でも、彼女は嘘をついていたわけではないんだ。パルムクローナが死んだことを、彼女は知らなかった。死んだかもしれないとは思っていたが、知っているわけではなかった。だからヨンの質問にいいえと答えた」

「エディット・シュヴァルツはどうやら、ずいぶん変わった人みたいですね」

「たぶん、嘘をつかないようにしながら、なにかを隠し通そうとしてるんだよ」

46

写真

ヨーナもサーガも、家政婦のエディット・シュヴァルツが捜査の鍵となる情報を明かしてくれるとは思えない、と感じていた。が、写真のありかだけでも教えてもらえれば、捜査の終わりが見えてくるかもしれなかった。

サーガは右にウィンカーを出すと、高速道路を降りてスピードを下げ、左に曲がって国道七十七号線に入った。高架になった高速道路の下をくぐってクニヴスタ方面へ向かうが、すぐにハンドルを切って未舗装の細い道路に入り、高速道路と平行に走りはじめた。

背の低い針葉樹の森が、休耕地のすぐそばまで迫っている。堆肥溜めを囲むれんがの壁の端が崩れ、トタン屋根が斜めになっている。

「ここのはずなんだけど」サーガがカーナビを見ながら言った。

進入を阻む錆び付いた遮断棹のそばまでゆっくり進んでから、車を駐めた。ヨーナが車を降りると、高速道路を走る車の音が、生気なくうねる轟きとなって聞こえてきた。二十メートルほど先に、黄土色のれんが造りの平屋がある。雨戸がきっちりと閉まり、石綿セメント板の屋根には苔が生えている。

家に近づいていくと、妙な音が聞こえてきた。なにかがこすれあっているような音だ。サーガはヨーナをちらりと見やった。ふたりはたちまち警戒態勢に入り、玄関に向けて慎重に移動した。家の裏でがちゃりと音がする。また、なにかがこすれるような、金属的な音が聞こえてきた。

音がまたたく間に近くなり、大きな犬が飛びかかってきた。サーガからわずか一メートルのところで、後ろ足で立ち、口を開けている。それから後ろに引っ張られたように後ずさると、前足を地面に置いて吠えはじめた。毛並みの良くない、大きなシェパードだ。敵意をむき出しに吠え声をあげ、頭を振り、左へ右へと走っている。犬がひもでケーブルにつながれているのがようやく見えた。犬が走ると、ぴんと張ったケーブルにひもがこすれ、あの妙な音を立てるのだ。

犬はまた向きを変えると、今度はヨーナに飛びかかったが、ひもに引っ張られてばねのように跳ね返った。やみくもに吠えていたが、壁の中から聞こえてきた声にはたと黙り込んだ。

「ニルス！」女性の声だ。

犬はクーンと鳴き声をあげ、尻尾を後ろ足のあいだに巻き込み、くるりと向きを変えた。床のきしむ音がし、やがて扉が開いた。犬は例の音を立てながら家の裏へ駆け込んだ。エディットが玄関の外階段に出てきた。毛玉だらけの紫色のバスローブを着て、ふたりをじっと見つめている。

「話があるんですが」とヨーナが言った。

「知っていることはもう全部お話ししました」

「お邪魔しても？」

「だめです」

ヨーナは彼女の脇に視線をずらし、薄暗い家の中をのぞき込んだ。玄関には、いくつもの鍋や皿、灰色の掃除機ホース、服、靴、錆び付いたザリガニ釣り用の檻などが、ひしめくように置かれている。

「ここで立ったままでもかまいませんよ」サーガが愛想よく言った。

ヨーナは自分のメモを見て、事情聴取の際に彼女が証言した内容の詳細確認から始めることにした。証言に含まれているかもしれない嘘や弁解を暴くための、型どおりの手法である。事情聴取の最中に話をでっち上げたのであれば、細部をあとから思い出すのは難しいからだ。

「水曜日、パルムクローナ氏はなにを召し上がりました？」

「子牛肉のハンバーグのクリームソース添えです」

「付け合わせはライス？」

「じゃがいもです。いつも茹でたじゃがいもを添えてました」

「木曜日にパルムクローナ氏のお宅に到着したのは何時ですか？」

「六時です」

「木曜日、パルムクローナ氏のお宅を出たときには、どんな用事があったんですか？」

「長官が帰っていいとおっしゃったんです」

ヨーナはエディットの目をのぞき込んだ。重要な質問を避けて通ってもしかたがない、と思った。

「パルムクローナ氏は水曜日にロープを天井から吊るしたんですか？」

「いいえ」とエディットは答えた。

「でも、ヨン・ベングトソン巡査にはそうお答えになりましたよね」サーガが言う。

「いいえ」

「事情聴取の内容は録音されてるんですよ」サーガは苛立ちを抑えながら言ったが、すぐに黙り込んだ。

「ロープについて、パルムクローナ氏となにか話をしましたか？」ヨーナが尋ねる。

「長官と私的な話をすることはありませんでした」

「でも、天井からロープが下がっている部屋に、人をひとりきりで残していくなんて、おかしくありませんか？」サーガが尋ねる。

「その場にとどまって見ていくわけにもいかないでしょう」エディットはかすかに笑みをうかべて答えた。

「それはそうですけど」サーガは冷静に答えた。

エディットは初めてサーガにじっくりと視線を注いでいるようだった。森の妖精のようなサーガの、色鮮やかなリボンのついた髪を、化粧気のない顔を、色褪せたジーンズとスニーカーを、まじまじと見つめている。

「でも、どうしてもわかりません」サーガはうんざりしたようすで言った。「事情聴取では、水曜日にロープを見たとおっしゃったのに、たったいま、わたしの質問に対しては、まったく逆のことをおっしゃった」

ヨーナは自分のメモを見やり、ほんの一分ほど前に書きとめた内容を読み返した。パルムクローナは水曜日にロープを吊るしたのか、とサーガが尋ねたときのことだ。

「エディットさん」とヨーナは言った。「あなたのおっしゃりたいことがわかってきましたよ」

「それは良かったわ」エディットは小声で言った。

「パルムクローナ氏が水曜日にロープを吊るしたのか、という質問に、あなたはいいえと答えた。それは、ロープを吊るしたのが彼ではないからだ」

エディット・シュヴァルツは険しい視線をヨーナに向けた。それから苦々しげに言った。

「ご自分で吊るそうとなさったんですが、できなかったんです。この冬に腰の手術を受けられてから、体が思うように動かず……それで、吊るすよう頼まれました」

また沈黙が下りた。しんとした日差しに照らされ、木々は微動だにしない。

「つまり、水曜日、ランプ用フックに物干しロープをくりつけたのは、あなただったんですね？」

「長官がご自分で結び目を作られました。私が脚立に上がったとき、下で脚立を押さえていてくださいました」

「それからあなたは脚立を片付け、いつもの仕事に戻った。そして水曜日の夜、夕食の後片付けを終えて帰宅した」

「ええ」

「翌朝、パルムクローナ宅に戻ったあなたは、いつもどおり中に入り、朝食の用意をした」

「そのときはまだ首を吊っていないとわかってたんですか？」サーガが尋ねる。

「客間を先に確認したので」とエディットは答えた。

彼女の閉ざされた顔を、ふと一瞬、皮肉な笑みのようなものがよぎった。

「パルムクローナ氏はいつもどおり朝食をとったとおっしゃいましたが、この日の朝も、氏は職場に出かけませんでしたね」

「オーディオルームに一時間以上いらっしゃいました」

「音楽を聴いていた？」

「ええ」

「そして、お昼になる少し前に、短い電話をかけた」サーガが言う。

「知りません。書斎に閉じこもってらしたので。でも、昼食の席について、煮たサーモンを召し上がる前に、タクシー会社に電話して二時に迎えをよこすよう伝えてくれ、と頼まれました」

「アーランダ空港に行く予定だったんですね」ヨーナが言う。

「そうです」

「二時十分前に電話がかかってきましたね？」

「ええ、長官はもうコートをお召しになって、玄関で電話に出てらっしゃいました」

「会話の内容は聞こえましたか？」サーガが尋ねる。

エディットはじっと立ったまま、絆創膏の上を掻いた。それから扉の取っ手に手を置いた。

「死ぬことは悪夢ではない」彼女は小声で言った。

「会話の内容が聞こえたかと聞いたんですが」サーガが言う。

「もうお帰りください」エディットはぶっきらぼうに言い放ち、扉を閉めはじめた。

「待ってください」ヨーナが言う。

扉の動きがはたとやんだ。エディットは閉まりかけた扉を開け放とうとはせず、すき間からヨーナを見つめた。

「今日、パルムクローナ氏のもとに届いた郵便物は、もう仕分けしましたか？」

「もちろんですとも」

「広告以外の郵便物を持ってきていただけますか」

エディットはうなずき、家の中に入って扉を閉めた。やがて、郵便物がいっぱいに入った青いプラスチック容器を持って戻ってきた。

「どうも」ヨーナは容器を受け取った。

エディットは扉を閉め、鍵をかけた。数秒後、犬をつないでいるひもがふたたび音を立てはじめた。背後から凶暴そうな吠え声が響く中、ふたりは車に戻り、乗り込んだ。

サーガがエンジンをかけ、ギアを入れ、車をUターンさせた。ヨーナは手袋をはめると、容器に入った郵便物に目を通した。住所が手書きで書かれた白い封筒を取り出すと、開け、少なくとも二人が亡くなる原因となった写真をそっと引っ張り出した。

47

四人目の人物

サーガ・バウエルはハンドルを切って路肩に車を停めた。側溝に生えた丈の高い雑草が、車の窓にしなだれかかっている。ヨーナ・リンナは微動だにせず、ただ写真を見つめていた。

写真の上隅になにかが写り込んでいるが、それを除けばひじょうに鮮明な写真だ。隠しカメラでこっそり撮ったのだろう。

コンサートホールの広々としたボックス席にいる、四人の人物が写っている。男性が三人、女性が一人だ。四人とも顔がはっきり写っている。一人だけ顔をそむけているが、完全に顔が隠れているわけではない。

ワインクーラーにシャンパンが入っている。音楽を聴きながら食事をし、話ができるよう、テーブルセッティングも済んでいる。

細長いシャンパングラスを手にしたカール・パルムクローナの顔は、ヨーナにもすぐにわかった。残る三人のうち、二人をサーガが知っていた。

「これがラファエル・グイディ。ビヨルンの脅迫状に名前が出てきた武器商人です」サーガは髪の薄い男性を指差した。「向こうを向いているのが、シレンシア・ディフェンス社のポントゥス・サルマン社長」

「武器製造会社だね」ヨーナが小声で言う。

「シレンシア・ディフェンスはきちんとした会社ですよ」

ボックス席にいる四人の背後に舞台があり、弦楽四重奏団がスポットライトを浴びている。バイオリニストが二人、ビオラとチェロがそれぞれ一人ずつだ。演奏家は四人とも男性で、半円形に座って向きあい、穏やかな顔で互いに耳を傾けている。視線を落としているだけなのか、それともまぶたを閉じているのか、楽譜を見つめているのか、それとも目を閉じてさまざまな音程に耳を傾けているのか、見分けることはできそうにない。

「四人目の、この女性はだれだろう?」ヨーナが尋ねる。

「ここまで出かかってるんだけど」サーガは考え込みながら言った。「見覚えがあるんですよ。でも……ああ……」

そして黙り込み、女性の顔をじっと見つめた。

「だれなのか突き止めないと」ヨーナが言う。

「そうですね」

サーガは車を発進させた。道路に車を進めた瞬間、答えを思い出した。

「アガテ・アル＝ハジ」早口で言う。「オマル・アル＝バシール大統領の軍事顧問」

「スーダンの」

「ええ」

「いつから軍事顧問を？」

「十五年ぐらい前からかしら。もっと前かも。覚えてないわ」

「だとすると、この写真のなにが問題なんだ？」

「わかりません。問題なんかないように思えるけど……だって、この四人が会って、取引の可能性を話し合うこと自体は、なにもおかしくないんですから。むしろ、ごく自然なことだわ。こういう会合は彼らにとって、仕事の一部でしかない。取引の第一段階。こうやって顔を合わせて、思惑をぶつけあう。カール・パルムクローナに前向きな事前決定をお願いすることもあるかもしれない」

「事前に前向きな決定が出れば、ＩＳＰが最終的に輸出を許可する可能性も高いということだね？」

「そのとおり。目安のようなものですね」

「スウェーデンからスーダンに軍需品を輸出するっていうのは、よくあることなんだろうか？」

「そうとは言えないと思いますけど」サーガは答えた。「スーダン周辺を専門にしてる人に確認したほうがよさそうですね。確か、中国とロシアが最大の輸出国だったと思うけど、もしかしたらいまは状況が変わってるのかもしれない。スーダンは二〇〇五年に内戦が終わったでしょう。だから、その時点で市場参入はまったくの自由になったと思うんです」

「でも、そうだとすると、この写真にはいったいどういう意味があるんだ？　どうしてカール・パルムクローナはこの写真のせいで命を絶ったんだ？　だって、この写真から読み取れるのは、彼がコンサートホールのボックス席でこの三人に会ってたってことだけじゃないか」

沈黙の中、車は砂埃の舞う高速道路を南に進んだ。ヨーナは写真を見つめ、裏返し、ちぎれた隅を見つめ、考え込んだ。

「つまり、この写真自体に危険な情報は含まれてない、と？」

「わたしの見たかぎりでは、ないと思います」

「パルムクローナはもしかすると、この写真を撮った人物に秘密を明かされることを恐れて自殺したんだろうか？　写真は言ってみれば、予告のようなものでしかないのかもしれない。写真自体よりも、ペネロペとビヨルンのほうに意味があるんじゃないかな？」

「わからないことが多すぎますね」

「そんなことはないさ。問題は、これまでに見つかったパズルのピースがうまく組み合わさらないことだ。殺し屋が具体的にどんな任務を負ってるかについては、まだ推測の域を出ないけど、どうやらこの写真を見つけて処分することが目的だったらしい。殺し屋がペネロペとまちがえてビオラ・フェルナンデスを殺したこともわかってる」

「ペネロペが写真を撮ったのかもしれませんね。その可能性は高いわ。でも殺し屋は、ただ彼女を殺すだけでは満足しなかった」

「そのとおり。ぼくもそこを不思議に思いはじめてたところだ。どっちが大事なのかがはっきりしない……真の脅威は写真を撮った人物で、写真はその人物につながる手がかりにすぎないのか？　それとも、真の脅威は写真そのもので、それを撮った人物は写真につながる手がかりでしかないのか？」

「殺し屋の最初の標的はビョルンのアパートだったわ」

それから三十分間、ふたりは黙りこくっていた。クングスホルメン島の警察本部が近づいてきたところで、ヨーナは写真をもう一度見つめた。ボックス席にいる四人。食事。背後の舞台にいる、四人の演奏家たち。楽器。緞帳。シャンパンボトル。細長いグラス。

「こうして、この写真を見てると」ヨーナが口を開いた。「四人の顔を見てると……このボックス席にいる四人のうちのひとりが、ビオラ・フェルナンデス殺害にかかわっている、という気がする」

「ええ」サーガが言った。「パルムクローナは亡くなったから、たぶん除外していいですよね。そうなると、残りは三人……そのうち二人とは事情聴取ができない。二人とも、わたしたちの権限がはるかに及ばないところにいるから」

「ポントゥス・サルマンから話を聞かなくては」ヨーナが端的に言った。

「事情聴取に呼びましょうか？」

48

シレンシア・ディフェンス社の社員と連絡を取るのは容易ではなかった。手に入った電話番号はすべて、電話をかけた者にさまざまな番号を押させ、あらかじめ録音しておいた情報を流す、ひとつの同じ迷路につながっていた。が、サーガがようやく突破口を見つけた。同社の営業担当者に直接つながるよう、九番と星印を押したのだ。応答したのは営業担当者の秘書だった。サーガは秘書からの質問を無視し、一方的に用件を告げた。秘書はしばらく黙り込んでから、おかけになった番号が違います、電話の受付時間はすでに終了していますと告げた。

「明日の午前九時から十一時のあいだにおかけ直し……」

「とにかくポントゥス・サルマン社長に、今日の二時に公安警察がお伺いします、と伝えてください」サーガは声を荒らげて相手をさえぎった。

コンピュータのキーボードをそっと叩く音が聞こえた。

「残念ですが」やがて秘書が口を開いた。「今日、社長は朝からずっと会議の予定です」

「二時には席をはずしてくださるはずですよ」サーガが柔らかく告げた。

「いいえ、予定では……」

「二時にはわたしと会うんですから」

「ご要望は伝えます」

「どうも」サーガは通話を終えると、机の向かい側にいるヨーナと目を合わせた。

「二時？」ヨーナが尋ねる。

「ええ」

「トミー・クフードが写真を見たがってる。昼食のあと、彼のオフィスで待ち合わせしてから出発しよう」

ヨーナがディーサと昼食をとっているあいだ、国家警察の鑑識官たちが写真を破損させた。

ボックス席にいる四人のうちひとりの顔が、ぼやけて見分けられなくなるよう、写真を加工したのだ。

＊

ディーサはだれにともなく微笑みながら、炊飯器の内釜を取り出し、ヨーナに差し出すと、彼が手を濡らし、米が握れるほど冷めたかどうか確かめているのを見つめた。

「セーデルマルム島に昔、ゴルゴタの丘に見立てられた丘があったって知ってた？」

「ゴルゴタの丘？ それって……」

「そう、イエス・キリストが磔《はりつけ》にされた丘のことよ」ディーサはうなずき、ヨーナのキッチンの食器棚を開けると、グラスをふたつ見つけ、片方に白ワインを、片方に水を注いだ。

ディーサはくつろいだ表情だ。初夏になると現われるそばかすが濃くなっている。髪をうなじのあたりで無造作に、ゆったりとした三つ編みにまとめている。ヨーナは手を洗い、新しいふきんを出した。ディーサが彼の前に立ち、その首に両腕をかけた。ヨーナも彼女の抱擁に応えた。彼女の頭に顔を当て、香りを吸い込みながら、彼女の温かな手が背中やうなじを撫でるのを感じた。

「試してみちゃだめ？」ディーサがささやく。「いいでしょう？」

「そうだね」ヨーナは低い声で答えた。

ディーサは彼をきつく、きつく抱きしめた。それから身を振りほどいた。

「ときどき、あなたに腹が立ってしかたがない」とつぶやき、ヨーナに背を向ける。

「ディーサ、ぼくはこういう人間だけど……」

「いっしょに暮らしてなくてよかったわ」ディーサはキッチンを出た。

彼女がバスルームに閉じこもるのが聞こえ、ヨーナはあとを追ってドアをノックしようかとも考えたが、しばらくそっとしておいてほしいのだろうと想像がついた。そこで食事の用意を続けた。魚をひと切れつまむと、そっと手のひらに置き、ワサビをひとすじ載せた。

数分後、バスルームの扉が開き、ディーサがキッチンに戻ってきた。戸口で立ち止まり、寿司作りを続けるヨーナを見つめている。

「ねえ、覚えてる？」その声に笑いが混じっていた。「あなたのお母さん、いつもお寿司のサーモンをはがして、焼いてからシャリに載せ直してたわよね」

「そうだったね」

「テーブルの用意、しましょうか？」

「もしよければ」

ディーサは皿や箸を広間へ運んだ。窓辺でふと立ち止まり、ヴァリーン通りを見下ろす。木立が新緑に彩られて輝いている。彼女はそのまま、ヨーナ・リンナが一年前から暮らしている、ノーラ・バーン広場にほど近い、感じのよいこの界隈に視線をさまよわせた。

霧のような白の食卓に食器を並べ、キッチンに戻ると、ワインをひと口飲んだ。ぬるくなっているせいで、きりりと冷えたワインのさわやかさがなくなっている。ふと、ニス仕上げをした木の床に腰を下ろして、床に座って食べよう、と提案したくてたまらなくなった。子どものように、テーブルの下にもぐって、素手で食べるのだ。が、ぐっとこらえた。

「わたし、デートに誘われたわ」代わりに言う。

「デート?」

少し邪険にしてやりたいような、してやりたくないような気持ちがよぎり、彼女はうなずいた。

「詳しく聞かせてくれよ」ヨーナは穏やかに言い、寿司の載ったトレイを食卓へ運んだ。

ディーサはふたたびグラスを手に取ると、軽い口調で言った。

「べつに。半年ぐらい前から、博物館の人に、いっしょに夕食をどうかって誘われてるだけ」

「女性を食事に誘うなんて、いまどきそんなことするやつがいるんだね」

ディーサはニヤリと笑った。

「妬《や》いてるの?」

「わからない。ちょっとは妬いてるのかも」ヨーナはディーサに近寄った。「でも、いいじゃないか、食事に誘われるなんて」

ディーサはヨーナの豊かな髪に指を深くうずめた。

「ハンサムかい、そいつ」

「まあね」

「ええ」

「それはよかった」

「でも、その人とデートなんかしたくないのよ」ディーサは微笑んだ。

ヨーナは答えなかった。顔をそむけ、じっと立ちつくしている。

「わかってるでしょう。わたしがどうしたいのか」ディーサは柔らかな口調で言った。

突然、ヨーナの顔が妙に蒼白くなった。額に汗の粒がいくつも浮かんでいることにディーサは気づいた。ゆっくりと視線を上げ、ディーサを見つめたヨーナの目には、尋常ならぬなにかが浮かんでいた。その瞳は黒く、険しく、底知れぬ深淵と化していた。

「ヨーナ？　ねえ、いま言ったことは忘れましょう」ディーサはあわてて言った。「ごめんなさい……」

ヨーナは口を開いてなにか言おうとし、ディーサに向かって一歩を踏み出したが、ひざががくんと折れた。

「ヨーナ」ディーサは叫んだ。テーブルの上のワイングラスが床に落ちた。

彼女はヨーナのそばで床にひざまずき、その体を抱き、大丈夫、すぐに良くなるから、とささやきつづけた。

やがてなにかがヨーナの顔をよぎった。痛みの表情が、ヴェールを一枚ずつはがしていくように、少しずつ軽くなった。

ディーサがグラスの破片を片付けると、ふたりは黙ったまま食卓についた。やがてディーサが口を開いた。

「薬、飲んでないのね」

「飲むと眠くなるんだ。頭を使わないといけないのに。いまはとにかく、ものごとをはっきり考えられないとだめなんだ」

「飲むって約束したのに」

「飲むよ」

「じゃないと危ないのよ、わかってるでしょう」ディーサがささやきかける。

「今回の事件が解決したら、すぐに飲みはじめるよ」

「解決しなかったら？」

＊

北欧民俗博物館は、遠目には象牙を彫った置物のように見えるが、実際には砂岩と石灰岩でできている。大小の塔がいくつもそびえ、細かい装飾がほどこされた、ルネッサンス時代の夢の名残りのような建築物だ。北欧民族の優秀さをたたえる意図で作られた博物館だが、落成式が行なわれた一九〇七年の夏の日、天気は雨で、ノルウェーとの連合はすでに解消され、国王は死の床にあった。

ヨーナは博物館の巨大な広間を足早に横切った。階段を上がりきったところでようやく立ち止まり、気持ちを落ち着ける。床に長いこと視線を落としてから、ライトアップされた展示台のそばをゆっくりと歩きはじめた。記憶と喪失感にすっぽりと包まれ、なににも目をとめずに素通りする。

すでに警備員がヨーナのため、展示台のそばに椅子を用意してくれていた。

ヨーナ・リンナは腰を下ろすと、サーミ人の花嫁の冠を見つめた。八つのとがった先端が、まるで組み合わさったふたつの手のようだ。薄いガラスの内側で、光を受け、火照りのように柔らかな輝きを放っている。ふと頭の中に声が響いた。あの日、運転席に座ってハンドルを握っている自分に、向けられた笑顔。雨が上がり、道路の水溜まりに太陽の光が反射しているのが、まるで地下で炎が燃えさかっているかのようだ。ヨーナは振り向いて後部座席に目をやり、ルーミがきちんと座っていることを確かめた。

花嫁の冠は、色の薄い木の枝か、革、あるいは編んだ髪でできているように見える。ヨーナは冠にこめられた愛と喜びの約束を見つめ、妻の真剣な口元に、顔にかかったサンドベージュの髪に思いを馳せた。

「大丈夫ですか？」

ヨーナは驚いて警備員を見つめた。かなり前からここで働いている中年の警備員だ。あごに無精ひげが生え、目元はこすりすぎたせいで皺になっている。

「自分でもよくわかりません」ヨーナはそうつぶやき、椅子から立ち上がった。

ルーミの小さな手の記憶が、喪失感となって体に残ったまま、彼は博物館をあとにした。あのときは、後ろを向き、きちんと座っていることを確かめただけだった。ふと、その手が自分の指に触れているのを感じた。

49

ぼやけた顔

ヨーナ・リンナとサーガ・バウエルは、ポントゥス・サルマンに会って話を聞くため、国家警察の鑑識官たちが破損させた例の写真を携えて、車でシレンシア・ディフェンス社の本社に向かっている。ストックホルム南のニーネースハムン方面へ、うすぎたない轍《わだち》のように伸びている国道七十三号線を進むあいだ、車内は沈黙に包まれていた。

二時間前、ヨーナはボックス席にいる四人の鮮明な写真を見つめていた——ラファエルの穏やかな顔と、薄くなった頭髪。パルムクローナの力の抜けた笑みと、スチールフレームの眼鏡。ポントゥス・サルマンの、行儀の良い少年じみた表情。アガテ・アル＝ハジの頬の皺と、知的で重々しいまなざし。

「ひとつ思いついたことがあるんだけど」ヨーナはゆっくりと言い、サーガの目を見つめた。

「この写真を加工して、わざと画質を悪くして、ポントゥス・サルマンの顔が見分けられないようにしたら……」

そして言葉を切り、頭の中で思考を続けた。

「なんのために？」サーガが尋ねる。

「サルマンは、ぼくたちが鮮明な原版を持ってることを知らないだろう？」

「それはもちろん、知るわけないわ。むしろ写真がなるべく鮮明になるよう加工したと考えるのがふつうで、まさかその反対をしたなんて思わないはず」

「そのとおり。ぼくたちは写真の四人を特定するため、できるかぎりのことをしたが、三人しか特定できなかった。四人目は少し向こうを向いているうえ、顔がすっかりぼやけているから」

「つまり、サルマンに嘘をつくチャンスを与えるわけですね？」サーガが早口で言う。

「これは自分ではない、自分はパルムクローナにも、アガテ・アル＝ハジにも、ラファエルにも会っていない、と嘘をつくチャンスを」

「もしサルマンが、この写真に写っているのは自分じゃない、と証言したら、それはつまり、この会合自体に問題があるってことだ」

「そして、サルマンが嘘をつきはじめたら、この罠は成功ということですね」

ハンデンを過ぎた直後、ヨードブローのインターチェンジで国道を降り、静かな森に囲まれた工業地域に入る。

シレンシア・ディフェンス社の本社ビルは、個性に欠ける、くすんだ灰色のコンクリートビルで、活力のない、むしろ自ら活力を否定しているような外観だった。ヨーナはビルを見つめ、スモークガラスの暗い窓にゆっくりと視線を走らせながら、ボックス席の四人の写真をあらためて思い起こした。若い女性を死なせ、母親を悲しみの底に突き落とした、一連の暴力のきっかけとなった写真。ペネロペ・フェルナンデスとビヨルン・アルムスコーグもまた、この写真のせいで死んでいるのかもしれない。ヨーナは車を降りた。謎の写真に写った四人のうちの一人、ポントゥス・サルマンが、いまこの建物の中にいるのだと思うと、歯を食いしばらずにはいられなかった。

写真は複製され、原版がリンシェーピンの国立科学捜査研究所に送られた。トミー・クフードが複製のほうを、古くぼろぼろに見えるよう加工した。四隅のうちひとつがちぎれ、ほかの三隅にはテープの跡がついている。クフードの加工によって、ポントゥス・サルマンの顔と片手がぼやけた写真が出来上がった。ちょうど写真を撮った瞬間にサルマンが動いたように見える。

自分の顔が——ほかの三人ではなく、自分の顔だけが——ぼやけ、見分けがつかなくなっているとは、なんと幸運なことだろう、とサルマンは思うにちがいない。ラファエル・グイディ、カール・パルムクローナ、アガテ・アル＝ハジとの会合に、彼も出席していたという証拠はない。彼らに会ったことを隠したいのであれば、これは自分ではないと言えばいい。ぼやけた写真の人物が自分だとわからなくても、ある特定の人々に会ったことを失念しても、それ自体は犯罪ではないのだから。

ヨーナは入口へ向かって歩き出した。

だが、これは自分ではない、とサルマンが言えば、彼が嘘をついていること、なにかを秘密にしたがっていることがはっきりする。

空気がむっと淀んで蒸し暑く、息苦しいほどだ。

サーガがヨーナに向かって真剣な表情でうなずいてみせ、ふたりはつややかな重い扉を開けて中に入った。

サルマンが嘘をつきはじめたら——とヨーナは考えた——そうしたら、そのまま話を続けさせ、嘘をつき通させよう。動きがとれなくなるまで。

ふたりが入った先は、広い、ひんやりとしたロビーだった。

ポントゥス・サルマンが写真を見て、だれだかわからない、と言ったら、残念ですがしかたありませんね、と言ってやろう——ヨーナは頭の中でそう続けた。ぼくたちは帰り支度を始める。が、ふと考えを変える。最後にもう一度、今度はルーペを使って写真を見てほしい、とサルマンに頼む。だらりと垂らした手にはめられている、紋章の入った指輪だけは、くっきり見えるようクフードが残しておいてくれたのだ。洋服や靴、小指の指輪に見覚えはありませんか、とぼくたちは尋ねる。サルマンはもちろん、見覚えはない、と答えるしかない。こうして見え透いた嘘を重ねさせれば、事情聴取のため警察へ連行し、圧力をかけるじゅうぶんな理由になるはずだ。

受付の後ろには、社名に加え、ルーン文字を記した蛇のようなロゴマークをあしらった、赤い紋章が輝いていた。

「彼は武器を手にしているかぎり闘った」とヨーナは言った。

「ルーン文字が読めるんですか？」サーガがいぶかしげに尋ねる。

ヨーナは現代語訳が記された看板を指差してから、受付に向かった。カウンターの向こうに座っているのは、顔色の悪い、薄く乾いた唇をした男性だった。

「ポントゥス・サルマン社長をお願いします」ヨーナが単刀直入に切り出す。

「お約束はなさっていますか？」

「二時に」サーガが言った。

受付係は書類をめくり、なにやら読んでいる。

「やっぱり」小声でそう言い、顔を上げた。「社長は残念ながらお会いできないとご連絡したはずです」

「聞いていません」とサーガは言った。「ぜひご協力いただきたい……」

「申しわけありませんが」

「電話して、わたしたちは連絡を受けていないと伝えてもらえます？」

「電話するのはかまいませんが、おそらく無理かと……会議中なので」

「会議は四階ですね」ヨーナが口をはさむ。

「いや、五階です」受付係が思わず答えた。

サーガはひじ掛け椅子に腰を下ろした。大きな窓から太陽の光が差し込み、彼女の髪にまるで炎のように広がっている。受付係が受話器を耳に当て、番号をコンピュータに入力しているあいだ、ヨーナはその場に立ったまま待っていた。何度も着信音が鳴る。受付係が申しわけなさそうに首を横に振った。

「電話は切ってください」ヨーナが急に言った。「ひとつ驚かせてやろう」

「驚かせる？」受付係が不安げな目で繰り返した。

ヨーナはなにも言わずにロビーと廊下を隔てるガラス扉へ向かい、扉を開けると、微笑みながら言った。

「ぼくたちが到着したことは知らせなくて結構ですよ」

若い受付係の頬にさっと赤みが差した。サーガがひじ掛け椅子から立ち上がってヨーナのあとに続いた。

「お待ちください」受付係が呼びかける。「もう一度……」

ふたりは廊下を進み、待っていたエレベーターに乗り込んで五階のボタンを押した。ドアが閉まり、ふたりは音もなく上昇を始めた。

エレベーターのドアが開くと、ポントゥス・サルマンが目の前で待っていた。まだ四十代のようだが、顔に、顔の表情に、どこか疲れ果てたような雰囲気がある。

「ようこそ」サルマンは静かに言った。

「どうも」ヨーナが答える。

ポントゥス・サルマンはふたりを眺めて言った。

「刑事さんと、おとぎの国のお姫さまの組み合わせですか」

サルマンのあとについて長い廊下を歩いているあいだ、ヨーナは用意した罠を頭の中でもう一度振り返り、顔のぼやけた写真を見せる際の演出について、決めたことを思い返した。

ふと背筋に寒気が走った——法医学局の冷蔵ケースに入れられたビオラ・フェルナンデスが、いまこの瞬間、かっと目を見開き、期待をこめてこちらを見つめているような気がした。

廊下の窓ガラスには濃いスモークフィルムが貼られ、時が止まったような印象を醸し出している。オフィスはひじょうに広く、ニレの木の机があり、黒いガラステーブルのまわりにライトグレーのひじ掛け椅子が並んでいる。

三人はそれぞれ椅子に腰を下ろした。ポントゥス・サルマンはうわべだけの笑顔をうかべると、両手の指先を合わせ、尋ねた。

「さて、ご用件は？」

「戦略製品査察庁のカール・パルムクローナ長官が亡くなったのはご存じですか？」サーガが尋ねた。

サルマンは何度かうなずいた。

「自殺なさったと聞きましたが」

「実を言うと、まだ捜査の途中で」サーガが気さくに続けた。「発見された写真を調べているところなんです。パルムクローナ氏を囲んでいる人々がだれなのか、ぜひ突き止めたいと考えています」

「三人は顔がはっきり見えるんですが、四人目がすっかりぼやけていましてね」ヨーナが言い添えた。

「よろしければ、社員の方々にも写真を見ていただければ助かります。四人目がだれなのか、わかる人がいるかもしれませんから。片方の手は鮮明に写っていますし」

「なるほど」サルマンはそう言い、唇を突き出した。

「写真の状況から、四人目がだれかを推測できる可能性もあります」とサーガは続けた。

「いずれにせよ、うかがってみる価値はあると思いまして」

「パトリア社や、サーブ・ボフォース・ダイナミックス社にもお邪魔したんですが」とヨーナが言う。「わからないとの返答でした」

ポントゥス・サルマンの疲れた顔には、いかなる感情も浮かんでいなかった。ヨーナはふと、この男は落ち着きと自信を保つため薬を飲んでいるのだろうか、と自問した。彼のまなざしは奇妙なほど生気に欠けている。表情と感情のつながりが失われている。とらえがたい核。こちらに背を向けている印象。

「そこまでなさるということは、よほど大事なことなのでしょうね」サルマンはそう言って脚を組んだ。

「はい」サーガが答える。

「問題の写真を見せていただけますか？」ポントゥス・サルマンはそれまでと変わらない、軽く淡々とした口調で尋ねた。

「パルムクローナ氏のほかに写っているのは、まず、武器商人のラファエル・グイディ氏だとわかりました」とヨーナは説明した。「それから、スーダンのアル＝バシール大統領の軍事顧問、アガテ・アル＝ハジ女史……ですが、四人目の素性が不明なんです」

ヨーナはフォルダーを取り出すと、写真の入ったプラスチックケースを差し出した。ボックス席の端にいる、顔のぼやけた人物を、サーガが指差す。彼女の油断のないまなざしをヨーナは目にとめた。精神を集中し、サルマンが嘘をつくときの顔の引きつりや震えを、いっさい見逃すまいと待ちかまえている。

サルマンはまた唇を舐めた。その頬から血の気が引いた。が、やがてその顔に笑みがうかんだ。写真を指先で叩いて言う。

「私じゃないですか！」

「あなたですって？」

「そうですよ」サルマンは笑った。子どもじみた前歯があらわになった。

「しかし……」

「フランクフルトで会ったんですよ」満足げな笑みをうかべて続ける。「素晴らしいコンサートだった……曲目は忘れたが、ベートーヴェンだったかな……」

ヨーナはこの突然の告白の意味を理解しようと努めながら、軽く咳払いをした。

「まちがいありませんか？」

「ええ」

「これで謎が解けましたね」サーガは思惑がはずれたことをいっさい表に出さず、明るい声で言った。

「公安警察に転職しようかな」サルマンが冗談を言った。

「ちなみに、どういった目的で集まられたんですか？」ヨーナが尋ねる。「お聞きしてもよろしければ、ですが」

「もちろんですよ」サルマンは笑いながらヨーナを見つめた。「この写真が撮影されたのは、二〇〇八年の春のことです。スーダンへの弾薬輸出について話し合ったんです。スーダン政府を代表して、アガテ・アル＝ハジ女史が交渉に参加しました。二〇〇五年の内戦終結以降、紛争地域を安定させる必要がありましたからね。交渉はかなりのところまで進んだのですが、二〇〇九年の春のできごとで、すべてが水の泡になりました。あれは大ショックでしたよ、おわかりいただけると思いますが……それ以降は当然のことながら、スーダンとはいっさい接触していません」

ヨーナは〝二〇〇九年の春のできごと〟がなにを指しているのかわからず、サーガを見やった。が、彼女の顔にはなんの表情も浮かんでいない。ヨーナはさしあたり尋ねないことにした。

「会合は何度開きましたか？」

「このときが最初で最後です」とサルマンは答えた。「ですから、パルムクローナ長官がシャンパンを受け取っているのは、少々奇妙に思えないこともないですね」

「奇妙だと思われるんですか？」サーガが尋ねる。

「祝うことがあったわけではないので……まあ、喉が渇いていたんでしょう」サルマンは笑みをうかべた。

50

隠れ場所

いったいいつから岩の深い割れ目に身を隠し、息をひそめているのか、ペネロペとビョルンにはもうわからなくなっていた。ふたりは二晩目まで、倒れた松の木の陰に隠れて丸くなっていた。

逃げるエネルギーは残っていなかった。体はもはや疲れを通り越している。ふたりはあたりを警戒しながら交代で眠った。

彼らの足取りは初めのうちこそ追っ手の男に読まれていたが、いまはもう、男がすぐ近くにいるという感じはしなかった。かなり前から、奇妙なまでに追っ手の気配がなくなっている。集落へ向かう道路を離れてまっすぐ森に入り、人々からも本土からも遠ざかるという、あの思いがけない選択をしたときに、背中を走るあの悪寒、だれかがすぐ後ろを走っているという凍てつくような感触は、消えてなくなった。

母親の留守番電話にメッセージを残すことができたのかどうか、ペネロペにはわからなかった。

が、いずれにせよ、ビヨルンのクルーザーがもうすぐ発見されるはずだ。そうしたら、警察が捜索を始めてくれるにちがいない。

とにかくいまは、追っ手に見つからないよう、身を隠していればいい。

丸みを帯びた平らな岩は緑の苔に覆われているが、割れ目の中では岩肌があらわになり、あちこちから澄んだ水が滲み出している。

ふたりは水を舐めてから、陰に戻って身をひそめた。昼間はひどく暑く、ふたりはじっと座ったまま息をはずませていたが、日が傾き、照りつける太陽が木々にさえぎられるようになると、また眠りに落ちた。

ペネロペの頭の中で、まどろむ記憶と夢が混ざり合った。ビオラが、指を置く場所にシールを貼った小さなバイオリンで『きらきら星』を弾いているのが聞こえる。ビオラが鏡の前で、ピンクのアイシャドーを塗り、頬をすぼめてみせているのが見える。

ペネロペははっと息をのみ、目を覚ました。

ビヨルンはひざを抱えて震えている。

三晩目、空が白みはじめ、ふたりは耐えられなくなった。あまりにも空腹で、力が残っていない。ふたりは隠れ場所を離れて歩き出した。

海辺に着いたときには夜が明けつつあった。赤々とした太陽の光を、細長い雲のヴェールがすでに受け止め、その縁が燃え立つように光っている。夜明けの海は穏やかに輝き、コブハクチョウが二羽、並んで水面に浮かんでいた。ゆっくりと水を掻き、静かに沖へ向かっている。

ビョルンが手を差し出し、ペネロペを波打ちぎわへ導いた。疲れのあまりひざが折れ、彼はよろめいて足をすべらせたが、岩に手をついて体を支え、立ち上がった。ペネロペはうつろな目で前を見据えたまま、靴を脱ぎ、両方の靴ひもを結びつけて首にかけた。

「行こう」ビョルンがささやく。「とにかく泳ぐんだ。考えないで、ひたすら泳ぐ」

ペネロペは、待って、と言いたかった。そんな力が残っているかどうか心もとない。が、ビョルンはもう海に入ろうとしていた。ペネロペは体をぶるりと震わせ、本土とは反対方向にある対岸の島を見つめた。

ビョルンのあとを追って海に入る。冷たい水がふくらはぎや腿を包み込むのを感じた。底は石だらけですべりやすく、あっという間に深さが増した。ためらっている暇はない。彼女はビョルンを追って水の中に体をすべり込ませた。

腕が痛く、服がずしりと重くなったが、それでも彼女は対岸をめざして泳ぎはじめた。ビョルンはすでにはるか先を行っている。

泳ぎは苦しく、水を掻くたびに耐えがたい思いにとらわれた。体中の筋肉が休息を欲していた。

前方にあるシュメンドー島は、まるで砂を盛った土手のようだ。ペネロペは疲れ切った脚をばたつかせ、沈んでしまわないよう必死で進んだ。そのとき、不意に目がくらんだ。木々の上から夜明けの光が差してきたのだ。目になにかが刺さったような痛みを覚え、彼女は泳ぐのをやめた。手足がつったわけではないが、腕に力が入らない。もはやなにもかもあきらめてしまったかのようだ。びしょ濡れになった服の重みで、ほんの数秒のうちに水中へ引き込まれたが、ようやく腕が言うことを聞くようになった。水面に戻り、息を吸い込んだ瞬間、激しい恐怖に襲われた。アドレナリンが体中を駆けめぐり、息遣いが速くなる。方向がわからない。まわりを見まわしても海しか見えない。必死になって立ち泳ぎを続け、向きを変え、叫びだしたい気持ちをぐっとこらえた。やがて五十メートル先の水面を浮き沈みしているビョルンの頭が見えた。ペネロペは泳ぎつづけたが、対岸まで泳ぎ切れる自信はなかった。

首にかけている靴のせいで腕が思うように動かず、彼女は靴を捨てようとしたが、十字架のネックレスに引っかかってはずれない。まもなく細いチェーンがちぎれ、十字架は靴とともに水中へ消えた。

そのまま泳ぎつづける。心臓が激しく打っている。遠く前方で、ビョルンが陸へ這い上がっているのが見えた。

ペネロペの目に水が入った。海岸でビョルンが立ち上がったのが見えた。振り返って彼女を探している。身を隠さなければならないのに。追っ手の男が彼らの背後、オルネー島の北岸に立って、双眼鏡で観察している可能性もある。

ペネロペの動きがだんだん弱々しく、緩慢になった。腿の筋肉に乳酸が広がり、脚が重く、だるくなるのを感じる。あまりの苦痛に、泳ぎ切るのはとても無理だという気がした。

ビョルンがおびえた目をしている。海岸を離れ、近づいてくるペネロペに向かって歩き出した。彼女はまたあきらめそうになったが、それでもあと数回、あと数回だけと水を掻いているうちに、底に足がついた。海に入ったビョルンは、ペネロペの手を取って引き寄せ、石だらけの砂浜へ彼女を引きずった。

「隠れなきゃ」ペネロペが息を切らしながら言った。

ビョルンに助けられながら、針葉樹の森に入る。脚や足先の感覚がなく、寒さで体が震えた。ふたりは森の奥へ進み、海が見えなくなったところでようやく立ち止まった。疲れ切って苔やブルーベリーの茂みの上にくずおれると、抱き合いながら呼吸を落ち着けた。

「もうだめ」ペネロペがうめく。

「助け合おう」

「寒いわ、乾いた服を手に入れなきゃ」ペネロペは歯の根が合わないまま、鳥肌の立ったビョルンの胸に向かって言った。

ふたりは立ち上がり、ビョルンがペネロペを支えながら、こわばった脚で森の中を歩きはじめた。一歩を踏み出すたびに、ビョルンの濡れたスニーカーがびちゃりと音を立てた。靴を履いていないペネロペの足が、地面に白く光っている。濡れた服が冷たく体にまとわりつく。ふたりは黙ったまま、オルネー島とは反対方向の東をめざした。二十分後、島の反対側にたどり着いた。太陽はすでに高く昇り、穏やかな海に反射してまばゆいほどの光を放っている。空気が暖かくなってきた。ペネロペはふと、生い茂った草の中にテニスボールが落ちているのを見つけ、その前で立ち止まった。ボールの黄緑色がひどく場違いに感じられる。顔を上げてはじめて、家が目に入った。密生したライラックの垣根に隠れるように、小さな赤壁の家が建っている。海に面した美しいテラスが見える。どの窓もカーテンが引かれ、あずまやのハンモックチェアのクッションがはずされている。芝生を刈ったようすはなく、古いリンゴの木の枝が折れ、薄い灰色の敷石の通路をふさぐように落ちている。

「だれもいないんだわ」とペネロペはつぶやいた。

ふたりはそれでも、犬が吠えたり怒号が飛んできたりするかもしれないと警戒しながら、忍び足で家に近づいた。カーテンのすき間から中をのぞき、家の角を曲がって、玄関の取っ手にそっと触れる。鍵がかかっている。ペネロペはあたりを見まわした。

「中に入ろう。とにかく休まなきゃ」ビョルンが言う。「窓を割るしかないな」

壁のそばに植木鉢が置いてあり、ほの白くほっそりとした緑の葉をつけた小さな灌木が植わっている。ペネロペは身をかがめ、植木鉢の中の石を手に取った。ラベンダーの甘い香りがふわりと漂ってきた。石と思われたものは、実はプラスチック製で、裏側に小さなふたがついている。ペネロペはふたを開けて鍵を取り出し、石のような容器を植木鉢に戻した。

鍵を開け、パイン材の床の玄関に入る。ペネロペは自分の脚が震えているのを感じた。自分の下で脚が消えそうになっている。彼女は支えを求めて手探りした。壁はビロードめいた古典的な柄の壁紙で覆われている。疲れと空腹のあまり、この家が現実でない気がしてならない。まるでお菓子の家のようだ。額に入った記念写真がところ狭しと飾ってあり、金色や黒のフェルトペンでサインやメッセージが入っている。スウェーデンのテレビ番組でなじみの顔ばかりだ——シーヴェルト・エーホルム、ベングト・ベドルップ、シェル・レンノー、アーネ・ヘーゲルフォシュ、マグヌス・ヘーレンスタム、マレーナ・イヴァションヤコブ・ダリーン。

家の奥に入る。不安げなまなざしをあたりに走らせながら、居間を通って、キッチンへ。

「ここにとどまるわけにはいかないわ」ペネロペがささやいた。

ビョルンは冷蔵庫に近寄って扉を開けた。新鮮な食品がぎっしり詰まっている。この家にはしばらく人が住んでいないと思っていたが、どうやら違うらしい。ビョルンはあたりを見まわしてから、チーズと、サラミの半分、牛乳パックを取り出した。ペネロペは戸棚にフランスパンとコーンフレークの箱を見つけた。ふたりは競い合うように両手でパンをちぎり、チーズを分け合いながらかじって、パンといっしょに飲み込んだ。ビョルンはパックから牛乳を直接ごくごくと飲んだ。口の端から牛乳がこぼれ、喉へ流れた。ペネロペは胡椒の利いたサラミとコーンフレークを食べ、牛乳パックを受け取って飲んだ。喉に詰まらせて咳き込んだが、また飲んだ。ふたりは顔を見合わせ、張りつめた笑みをうかべた。窓辺を離れ、食べつづける。ようやく落ち着いてきた。

「また逃げる前に、服を見つけなきゃ」ペネロペが言う。

家の中を進んでいくうちに、食べものを口に入れたことで体が温まり、体内がうずくような奇妙な感覚が徐々に訪れた。体のエンジンがかかる。心臓が高鳴り、腹が痛む。血管を血が流れている。

広い寝室には、ライラックの茂るあずまやに面したガラス戸があり、壁一面に鏡張りの扉のクローゼットが造り付けられている。ペネロペはクローゼットに走り寄り、引き戸をぐいと開けた。

「なんなの、これ?」

大きなクローゼットには奇妙な服があふれていた。金色のジャケット、黒く輝くスパンコールのついたガードル、黄色いタキシード、ふわりとした毛皮のウエスト丈のジャケット。ペネロペは驚きに見舞われながら、大量にあるTバックの海水パンツや、虎柄、迷彩柄、透明、かぎ針編みなどのビキニブリーフを両手で探った。

もう片方の引き戸も開けてみると、やや簡素なセーターやジャケット、ズボンなどの服が見つかった。急いで中を探り、数着引っ張り出す。よろめきながら、びしょ濡れになったジャージのズボンとビキニの下を下ろし、きついパーカと汚れたビキニの上もなんとか脱いだ。

ふと鏡に映った自分の姿に目がとまった。青あざで全身がまだらになっている。髪はいくつもの黒い束となって垂れ、顔には傷がついている。すねは擦り傷やあざだらけで、腿の傷からはまだ血が流れている。急な傾斜で滑落したせいで、腰にも擦り傷ができている。皺になった背広のズボンをはき、〝もっとポリッジを食べよう〟とプリントされた、何年か前に広告に使われていたTシャツと、セーターを身につけた。セーターはぶかぶかで、すそがひざまで届いている。さらに温もりを感じる。体が力を抜きたがっている。不意に涙があふれたが、すぐに気持ちを落ち着け、頬の涙をぬぐうと、靴を探しに玄関へ出た。青いマリンブーツを見つけ、寝室へ戻る。ビヨルンはびしょ濡れで泥だらけだが、汚れをぬぐいもせず、紫色のベルベットのズボンを身につけている。その足は土にまみれ、傷だらけのひどい状態で、歩くと血の跡が床に残った。彼は青いTシャツをかぶり、襟の広い、鮮やかな青の細身の革ジャケットを身につけた。

ペネロペの涙がふたたび流れはじめた。嗚咽が押し寄せ、彼女を貫いてあふれ出す。あまりにも疲れていて、涙をこらえる力もない。なにも考えずに逃げつづけた恐怖のすべてが、涙の内にこもっていた。

「いったいなにが起こってるの？」彼女はうめいた。

「わからない」ビョルンがささやく。

「あいつの顔、見てないのに。どうして追いかけてくるの？ いったいなにが目的なの？ わけがわからない。どうして追いかけられなきゃならないの？ どうして襲われなきゃならないの？」

セーターの袖で涙をぬぐう。

「もしかしたら」と彼女は続けた。「もしかしたら、だけど……ビオラがなにかしでかしたのかもしれない。なにか馬鹿なことを。ほら、あの子の彼氏のセルゲイ、別れた彼氏のセルゲイが、なにか犯罪めいたことにかかわってたのかも。ドアマンをやってたことがあるのは知ってるんだけど」

「ペニー……」

「だって、ビオラは、あの子はいつも……なにか、やっちゃいけないことをやったんじゃないかしら」

「違うよ」ビョルンがささやく。

「なにが違うの？　まったく、わからないことだらけ。慰めてくれなくてもいいのよ」

「ぼくの……」

「あいつ……わたしたちを追いかけてるあの男……もしかしたら、わたしたちと話がしたいだけなのかもしれない。もちろん、絶対そうじゃないって気がするけど、わたしが言いたいのは……ああ、自分がなにを言いたいのか、よくわからない」

「ペニー」ビヨルンは真剣な表情で言った。「全部ぼくのせいなんだ」

そしてペネロペを見つめた。彼の目が赤く腫れ、蒼白い頬に赤みがさしている。

「なんですって？　どういうこと？」ペネロペは低い声で尋ねた。

ビヨルンはゆっくりと唾を飲み込んでから説明した。

「ペニー、ぼくはひどく馬鹿なことをした」

「なにをしたの？」

「あの写真だよ」と彼は答えた。「全部、あの写真のせいなんだ」

「写真って、どの写真？　パルムクローナとラファエル・グイディの？」

「そう。パルムクローナに連絡したんだ」ビヨルンは正直に答えた。「写真があるって言って、金を要求したんだけど……」

「なんてことを」ペネロペのつぶやきが彼をさえぎった。

ビヨルンを見つめ、後ずさって彼から離れる。水の入ったグラスとラジオ付き時計の載ったナイトテーブルにぶつかり、テーブルが倒れた。

「ペニー……」

「黙って」ペネロペは声を荒らげた。「やっぱりわけがわからない。なにを言いだすの？いったいどういうこと？ひどい……ひどすぎる……なんて馬鹿なことを。パルムクローナをゆすろうとしたのね？あの写真を使って……」

「こっちの話も聞いてくれよ！後悔してる。してはいけないことだった。写真はパルムクローナに渡したよ。郵便で送ったんだ」

沈黙が訪れた。ペネロペはビョルンの言葉を理解しようとした。さまざまな思いが頭の中をやみくもに駆けめぐっている。彼女はビョルンの告白を理解しようとしてもがき苦しんだ。

「あれはわたしの写真よ」ゆっくりと言いながら、考えをまとめようとする。「大事な写真なのかもしれない。大事な写真だったのかもしれない。内密にもらった写真だもの、もしかしたら、事情を知ってる人が……」

「ぼくはただ、あのクルーザーを手放したくなくて」ビョルンはいまにも泣き出しそうな顔でつぶやいた。

「それにしても……写真はパルムクローナに送ったの？」

「そうするしかなかったんだよ、ペニー、自分のしたことがまちがってたとわかって……

本人に写真を渡すしかなくなった」

「でも……あの写真は、わたしに託されたものなのよ。わからないの？　写真をくれた人がわたしに連絡してきて、返してって言ってきたら、どうすればいいの？　これは遊びじゃないのよ。スウェーデンの武器輸出の問題なの。あなたのお金の問題でもなければ、わたしたち個人にすらなんの関係もない。もっと大きな問題なのよ、ビョルン」

ペネロペは絶望に満ちた目で彼を見つめた。声を張り上げるにつれて鋭さが増していく。「人の命がかかってるのよ。がっかりしたわ」彼女は重苦しい声で言った。「あなたに腹が立ってしかたがない。殴ってやりたいけど、いまは力が残ってない」

「でも、ペニー、ぼくはそんなこと知らなかった」ビョルンは言った。「知るわけないだろう？　きみはそんなこと、ひとことも言ってなかった。ただ、あれはパルムクローナにとって不名誉な写真だ、って言ってただけで、そんな大事な写真だとは……」

「そんなこと関係ないでしょう」

「ぼくはただ……」

「うるさい！　あなたの言い訳なんか聞きたくない。人を脅迫するなんて、欲張りでちっぽけな男。あなたなんか知らない。もういっさいかかわりたくない」

ペネロペは言葉を切った。ふたりは向かい合ったまましばらく立ちつくした。海のほうでカモメが鳴いている。さらに何羽かが唱和しているのが、哀しげなこだまのように響いた。

「逃げなくちゃ」ビョルンが力なく言った。

ペネロペはうなずいた。次の瞬間、玄関扉の開く音が聞こえた。ふたりは視線を交わしあうこともなく、後ずさって寝室に入った。だれかが入ってくる足音が聞こえる。ビョルンは裏庭に出るドアを開けようとしたが、鍵がかかっていた。ペネロペは震える手で窓のフックをはずした。が、逃げるには遅すぎた。

51

勝ちか負けか

ペネロペははっと息をのんだ。寝室の戸口に男がひとり現われたのだ。ビョルンは身を守る武器になりそうなものを探している。

「おまえら、いったいなにやってるんだ?」男がしわがれ声で尋ねた。

追っ手の男ではない、とペネロペは理解した。おそらくこの家の住人だろう。背が低くがっしりとした、少々肥満気味の男だ。その顔にどことなく見覚えがある。ずっと昔に知り合いだったような気がする。

「薬物中毒かなにかかな?」男は興味をひかれたようすだ。

ペネロペは不意に男がだれかを悟った。ふたりが侵入したのは、〝オシアン・ヴァレンベリの家だったのだ。十年前、テレビ司会者として人気を博し、〝金曜ゴールデンショー〟〝ずっこけコンビ〟〝ライオン・イブニングショー〟など、週末の娯楽バラエティー番組に出演していた。オシアン・ヴァレンベリが担当するのはたいてい、ゲストを招いて行なうゲームコーナーで、きらびやかに輝く扉の向こうに賞品が隠れていた。〝金曜ゴールデンショー〟の終わり方は、いつも同じだった――オシアンが、顔を真っ赤にして笑みをうかべながら、ゲストを抱き上げるのだ。ペネロペは、オシアンがマザー・テレサを抱き上げるのを、子どものころに見た記憶がある。年老いた華奢なマザーは心底驚き、おびえているように見えた。オシアン・ヴァレンベリといえば金髪とけばけばしい服装が有名だが、計算されつくした意地の悪さもまた彼の特徴だった。

「事故に遭ったんです」ビョルンが言う。「警察に連絡したいんですが」

「ほう」オシアンは無関心なようすで言った。「あいにくだが、携帯電話しかないよ」

「貸してください。早く」

オシアンは電話を出し、じっと見つめると、電源を切った。

「なにしてるんですか？」ペネロペが尋ねる。

「なにをしようと私の勝手だろう」

「ほんとうに電話が要るんですけど」

「ならば、暗証番号を突き止めるしかないね」オシアンは笑みをうかべた。

「いったいどういうつもり？」

オシアンは戸枠にもたれ、しばらくペネロペとビョルンを見つめた。

「まったく、こんな私のところまで、薬物中毒の連中がはるばるやってくるとはね」

「ぼくたちは薬物中毒なんかじゃ……」

「うるさい」オシアンがさえぎる。

「もういいわ、行きましょう」ペネロペはビヨルンに向かって言った。

ペネロペは出ていきたかったが、ビヨルンはひどく疲れた顔をしていた。その頬や唇から血の気が引いている。彼は壁に手をついて体を支えていた。

「勝手にお邪魔したことは、申しわけないと思ってます」ビヨルンが言った。「使わせていただいたものは全部弁償します。でも、いまはとにかく、電話をお借りしたいんです。緊急事態で……」

「きみ、名前は？」オシアンが微笑みながらさえぎった。

「ビヨルンです」

「ジャケットがよく似合っているよ、ビヨルン。しかし、ネクタイに気づかなかったのかね？　セットになっているネクタイがあるんだよ」

オシアンはクローゼットに向かうと、ジャケットと同じ色合いの青い革のネクタイを取り出し、ビヨルンの首にゆっくりと巻いた。

「じゃあ、ご自分で警察に電話してください」ペネロペが言う。「空き巣をふたり捕まえたと言えばいいわ」

「つまらんことを」オシアンは不機嫌そうだ。

「いったいどういうつもりなの？」ペネロペは苦々しげに言った。

オシアンは数歩ほど後ろに下がり、侵入してきたふたりをじっと眺めた。

「この女は気に食わんな」ビヨルンに向かって言う。「しかし、きみはなかなかの二枚目だ。しかも私のジャケットがよく似合っている。この女は、この不恰好なセーターでじゅうぶんだ。そうだろう？ まるでフクロウのヘルゲ（一九七〇年代の人気子ども番組のキャラクター。巻き毛の長髪にくすんだ茶色のセーター姿の俳優が演じていた）だな。スウェーデン人には見えない……」

「もうやめてください」ビヨルンが言う。

オシアンは怒った顔をしてビヨルンに近寄り、その顔の前で拳骨を振ってみせた。

「あなたのこと、知ってるわ」ペネロペが言う。

「それはそれは」オシアンが笑みをうかべた。

ビヨルンは怪訝な顔でペネロペを、次いでオシアンを見やった。ペネロペは気分が悪くなり、ベッドに座って呼吸を落ち着けようとした。

「ちょっと待った」オシアンが言う。「おまえも……テレビで見たぞ。顔に見覚えがある」

「テレビの討論番組にいくつか……」

「おまえはもう死んでいる」オシアンが笑いながら言った。

この奇妙な言葉に、ペネロペは体全体をこわばらせ、警戒態勢に入った。言葉の意味を理解しようとしながら、あたりに視線を走らせて逃げ道を探す。壁にもたれていたビョルンが床にくずおれた。顔が真っ青で、ひとことも発することができずにいる。

「助けてくださらないのなら」ペネロペは口を開いた。「ほかの人を探すまで……」

「助けるよ。助けるに決まってるだろう」

オシアンは玄関に出ていくと、ビニール袋を持って戻ってきた。カートン入りのタバコとタブロイド紙を取り出す。新聞をベッドに放り投げると、ビニール袋とタバコを持ってキッチンに姿を消した。新聞の一面に自分の写真が載っているのがペネロペの目に入った。さらに大きなビオラの写真と、ビョルンの写真も載っている。ビオラの写真の上には〝死亡〟とあり、ペネロペとビョルンの写真には〝行方不明〟とのキャプションがついている。〝クルーザーで悲劇――三人死亡の可能性〟との見出しだ。

ペネロペは母親を思った。恐怖にさいなまれ、泣きはらした母の姿を思い浮かべる。両腕を体に巻きつけて、じっとしているにちがいない。牢獄にいたときのように。

床がきしみ、オシアン・ヴァレンベリが寝室に戻ってきた。

「ゲームをしようか」熱心に言う。

「いったいどういう……」

「ああ、気分が乗ってきた！　こりゃ楽しみだ」

「ゲーム？」ビョルンが不安げな笑みをうかべた。

「ゲームがなんだか知らんのか？」

「もちろん知ってますけど……」

ペネロペはオシアンを見つめ、ふと悟った。自分たちが生きていることをだれも知らず、なにが起こったのかをだれも把握していないかぎり、自分たちの立場はひどく危うい。ここでオシアンに殺されたとしても、だれも彼を疑うことはないだろう。自分たちはすでに死んだと思われているのだから。

「この人、自分の力を誇示したいんだわ」ペネロペが言う。

「ゲームに参加すれば、電話と暗証番号をくれるんですか？」ビョルンが尋ねる。

「きみたちが勝てばね」ふたりを見つめるオシアンの目は輝いていた。

「もし負けたら？」ペネロペが尋ねる。

52

使い

アクセル・リーセンは食堂をまっすぐに横切り、窓辺で立ち止まると、鉄柵沿いのバラの茂みを眺め、通りを目でたどり、エンゲルブレクト教会の階段の上へ視線を向けた。雇用契約書に署名した瞬間、彼は故カール・パルムクローナ長官の任務と義務のすべてを受け継ぐことになった。

人生はわからないものだ、と思い、ひとり笑みをうかべたところで、ビヴァリーを忘れていたことに気づいた。たちまち腹の中で不安がうずいた。以前、ビヴァリーがちょっと買い物に行くと言って家を出たのに、四時間経っても戻ってこないので、探しに出たことがある。二時間後、アクセルは天文台博物館そばの物置小屋でビヴァリーを発見した。言っていることが支離滅裂で、酒のにおいを漂わせ、パンティーをはいていなかったうえ、髪にガムをつけられていた。

本人の話によれば、公園で少年数人に出会ったのだという。

「怪我してるハトに向かって石を投げてたの。お金をあげたらやめてくれるかもって思ったんだけど、十二クローナしか持ってなくて。それじゃ足りない、代わりにおれたちの言うとおりにしろ、って言われた。そうしないとハトを踏みつぶすって言うの」

ビヴァリーは黙り込んだ。目に涙が浮かんだ。

「いやだったんだけど」とささやく。「でも、ハトがかわいそうで」

アクセルは電話を取り出して彼女の番号にかけた。

着信音が鳴っているあいだ、アクセルは窓の外の通りに沿って視線を走らせた。かつて中国大使館が入っていた建物を素通りし、カトリック組織〝オプス・デイ〟のスウェーデン支部を擁する暗い色の建物に目を向ける。

アクセル・リーセンとロベルト・リーセン兄弟は、ブラーゲ通りに面した立派な邸宅に住んでいる。エステルマルム地区とヴァーサスタン地区のあいだに位置する高級住宅街、レルクスターデン地区の真ん中だ。この界隈にある家々は、一見したところ、まるで兄弟姉妹のように似通っている。

リーセン邸は、それぞれ独立した、三階建ての大きな住居ふたつから成っている。

兄弟の父で、二十年前にこの世を去ったエルロフ・リーセンは、大使としてパリに、次いでロンドンに赴任したことがある。おじのトールレイフ・リーセンはすぐれたピアニストで、ボストンのシンフォニーホールやウィーンの楽友協会大ホールで演奏した経験の持ち主だ。貴族であるリーセン家の面々は、ほぼ全員が外交官か交響楽団員かのどちらかだった。突き詰めてみればよく似た職業だ——どちらも、ひじょうに敏感な耳と、ひたむきな情熱が欠かせない。

エルロフ・リーセンと妻のアリスは、異例ながらも道理にかなった取り決めをしていた。長男のアクセルを音楽家にし、次男のロベルトには父と同じ外交官の道を歩ませようと、早いうちから決めていたのだ。が、アクセルが破滅的な過ちを犯したせいで、この取り決めは突然ひっくり返った。アクセルは十七歳のときに音楽の道を断念させられた。代わりに士官学校に入れられ、ロベルトが音楽家としてのキャリアを引き継ぐことになった。アクセルはこの罰を甘受した。当然の罰だと思った。以来、バイオリンはいっさい弾いていない。

あのできごと以来、三十四年前のあの暗黒の日以来、母はアクセルとの接触をいっさい断ち、死の床にあっても長男とは言葉を交わそうとしなかった。

着信音が九度鳴ったあと、ビヴァリーが咳き込みながらようやく応答した。

「もしもし?」

「どこにいるんだ?」

「どこって……」

電話から顔を離したらしく、続きが聞こえなかった。

「聞こえないよ」とアクセルは言った。焦りのせいで声が険しく、苦しげになった。

「どうして怒ってるの？」

「頼むから、どこにいるのか言ってくれ」

「いったいどうしたの」ビヴァリーは笑った。「ここにいるよ。わたしの部屋に。いちゃいけない？」

「心配になっただけだよ」

「心配なんかしなくていいよ。これからヴィクトリア王女の番組見るだけだから」

ビヴァリーは電話を切った。彼女の口調がどことなく曖昧だったような気がして、アクセルは不安をぬぐえずにいた。

電話を見つめ、もう一度ビヴァリーにかけてみるべきだろうかと考えていると、突然、手の中で電話が鳴った。アクセルはびくりと体を震わせ、それから応答した。

「はい、リーセンですが」

「もしもし。ヨルゲン・グリューンリヒトです」

「ああ、どうも」アクセルは少々いぶかしげな口調で答えた。

「諮問グループとの会議はどうでした？」

「実り多かったと思いますよ」

「ケニアの件を優先していただいたでしょうね」

「それと、オランダの最終使用者証明書の件も」とアクセルは言った。「懸案事項がたくさんあるので、じっくり調べてから判断を下そうと……」

「しかし、ケニアの件はどうなっているんです？　まだ輸出許可にご署名いただいていないんですか？　ポントゥス・サルマン社長にせっつかれているんですよ。なぜこんなに時間がかかるのかと責められましてね。かなりの規模の取引なのに、すでに遅れが出ている。ISPがはっきりと前向きな姿勢を示したものだから、正式な許可を待たずに製造を進めたんです。製造はもう済んでいて、トロルヘッタンからヨーテボリ港に製品が運ばれています。明日パナマからコンテナ船で船主が来て、積み荷を降ろし、あさってには弾薬を積む予定で準備を進めているそうです」

「グリューンリヒトさん、それはわかっていますよ、書類を読みましたからね。たしかに……最終的には署名することになると思いますが、まだ就任したばかりですし、ぜひ丁寧に、慎重にことを進めたいのです」

「今回の取引については、私自身チェックしていますがね」グリューンリヒトの口調はひどくぶっきらぼうだった。「不審な点はいっさいありませんでした」

「そうでしょうが……」

「いま、どちらに？」

「自宅ですが」アクセルは怪訝な声で答えた。

「これから書類を届けさせます」グリューンリヒトがそっけなく告げる。「使いの者を待たせて、その場で署名してください。そうすれば時間を無駄にせずに済む」

「それには及びませんよ。明日拝見しますから」

二十分後、アクセルはヨルゲン・グリューンリヒトがよこした使いを迎えるため、玄関へ向かった。あまりのしつこさに閉口してはいたが、たしかにこれ以上署名を渋る理由もない気がした。

53

署名

アクセルは扉を開け、自転車でやってきたメッセンジャーに挨拶した。夕方のなまぬるい空気が、大音量の音楽とともに流れ込んできた。近くにある王立工科大学の建築学部で終業パーティーが開かれているのだ。

フォルダーを受け取ったアクセルはどういうわけか、メッセンジャーの目の前で署名をすることを恥ずかしく感じた。これでは、少し圧力をかけられただけでなんでもする腰抜けではないか、と思った。

「少し待ってもらえるかな」アクセルはそう言うと、メッセンジャーを残して玄関を離れた。

左の廊下を進み、一階の書斎を素通りして、キッチンにたどり着く。つややかに光る黒い石の作業台や、黒い光沢のある戸棚の前を通り、製氷機のついた両面開きの冷蔵庫に向かった。ミネラルウォーターの小瓶を取り出して飲むと、ネクタイをゆるめ、高い位置にあるバーカウンターに向かって腰掛け、フォルダーを開いた。

書類はきちんと整えられ、問題はなにもないように見える。添付書類もすべて揃っている――輸出管理委員会の意見書、製品の分類に関する書類、事前通知、外務委員会への写し、見積もり報告書。

アクセルは輸出許可の決定にかかわる書類の数々をじっと見つめ、ページをめくった。戦略製品査察庁長官の署名欄にたどり着いた。

ふいに、冷気に体を撫でられたかのごとく、さっと寒気が走った。

これは規模の大きい、国の貿易収支に影響を与えるほどの取引だ。規定どおりに進められているが、カール・パルムクローナの自殺によって遅れが生じた。ポントゥス・サルマン社長はひどく厄介な状況に置かれているだろうと察しがついた。これ以上時間がかかれば、シレンシア・ディフェンス社はこの取引の機会を逃してしまうかもしれないのだ。

が、いまの自分は、これが正しい決定であると自ら断言できない状態で、急かされるがままにケニアへの弾薬輸出を許可しようとしている。

アクセルは決心した。たちまち心が軽くなった。

これから数日、すべての時間をこの件に割こう。輸出許可に署名するのはそのあとだ。いずれ署名をすることになるだろうが、とにかくいまは署名しない。関係者の怒りを買うことになってもかまわない。決めるのは自分だ。戦略製品査察庁の長官は自分なのだ。

彼はペンを手に取ると、署名欄にスマイリーマークを描き、吹き出しをつけた。

真剣な顔で玄関に戻り、メッセンジャーにフォルダーを渡すと、階段を上がって居間に入った。ビヴァリーはほんとうに上階にいるのだろうか。それとも家を抜け出したことを言い出せなかったのだろうか。

家を抜け出して、そのまま行方がわからなくなったら？

アクセルはサイドボードの上のリモコンを取り、デヴィッド・ボウイの初期の作品を集めたアルバムをかけた。

オーディオ装置はうっすらと輝くガラスの塊のように見える。コードレスで、スピーカーは壁に埋め込まれ、見えないようになっている。

そのまま戸棚に向かうと、模様の入ったガラス戸を開け、輝きを放つボトルの数々を見つめた。

少しためらってから、ウイスキーの瓶を取り出した。スプリングバンク蒸留所のヘイゼルバーンで、ボトル番号がついている。アクセルはスコットランドのキャンベルタウンにあるスプリングバンク蒸留所を訪れたことがあり、百年以上前から使われているマッシュタンがいまだに現役だったのを覚えている。いかにも使い古されたようすで、鮮やかな赤色に塗られ、ふたすらついていなかった。

アクセル・リーセンはコルクを抜き、ウイスキーの香りを吸い込んだ。深みのある土の香り、雷雲立ちこめる空のような暗い香り。彼はコルクでふたたび栓をし、ボトルをゆっくりと戸棚に戻した。オーディオ装置が選んだのは、アルバム『ハンキー・ドリー』に収められた曲だ。デヴィッド・ボウイが歌っている――

〝でも友だちはどこにも見えず　彼女は沈んだ夢の中を歩く　特等席に陣取って　銀幕にかじりつく〟

弟の住居のドアが閉まる音がした。アクセルは緑生い茂る庭に面した大きな展望窓から外を眺めた。ロベルトは顔を見せるだろうか、と思ったその瞬間、ドアをノックする音が聞こえた。

「どうぞ」アクセルは弟に向かって大声で呼びかけた。

ロベルトが扉を開け、居間に入ってきた。不愉快そうな顔をしている。

「そんなごみみたいな音楽をかけて、ぼくを苛立たせようとしているんだろうが……」

アクセルは微笑み、曲に合わせて口ずさんだ。

〝あの保安官を見てよ　殴る相手をまちがえてる　なんてこと！　いつかわかる日が来るんだろうか　自分が大ヒット映画に出てるってこと……〟

ロベルトは数歩ほどダンスのステップを踏むと、開いたままの戸棚に向かい、ずらりと並んだボトルをのぞき込んだ。

「飲みたければ遠慮なく」アクセルがそっけなく言う。「ストロッセルに頼まれたバイオリンを見てもらいたいんだけど——しばらく消してもいいかな？」

アクセルは肩をすくめた。ロベルトが一時停止ボタンを押すと、音楽はフェードアウトしてそっと沈黙した。

「完成したのかい？」

「徹夜したよ」ロベルトはにっこりと笑った。「今朝、弦を張った」

ふたりのあいだに沈黙が訪れた。アクセルとロベルトの母親であるアリス・リーセンはかつて、アクセルが高名なバイオリニストになるものと信じて疑っていなかった。アリスは自身も音楽家で、ストックホルム・オペラのオーケストラで十年にわたって第二バイオリンを担当し、長男をあからさまに贔屓《ひいき》していた。

すべてが崩れたのは、音楽大学で学んでいたアクセルが、若いソリストを対象としたヨハン・フレドリック・ベルヴァルド・コンクールの最終選考に残り、ファイナリスト三人のうちのひとりとなったときだった。この針の穴を通るがごとく厳しいコンクールを突破すれば、世界的なエリート音楽家への道は保証されたも同然だった。

コンクールのあと、アクセルは音楽をやめ、カールスボリの士官学校に入った。リーセン家の音楽家としての地位は、弟のロベルトが受け継ぐことになった。ストックホルム王立音楽大学卒業生の大多数の例にもれず、ロベルトもまた、世界的に有名なバイオリニストにはなれなかった。が、室内楽団員として活躍しているほか、とりわけバイオリン職人として高い評価を受け、世界中から注文を受けるようになっている。

「見せてくれ」やがてアクセルが言った。

ロベルトはうなずき、楽器を持ってきた。燃えるように赤いニスが塗られ、裏板は虎のような縞模様のカエデ材でできている、優美なバイオリンだ。

そして兄の前に立つと、ハンガリー民謡をもとにしたベーラ・バルトークの曲の、わななきに似た一節を奏ではじめた。アクセルは昔からバルトークが好きだった。ナチスに公然と反対し、祖国を追われたバルトーク。深い苦悩にとらわれながらも、ときおり束の間の幸福を伝えることのできた作曲家。惨事のあと、瓦《が》礫《れき》の中から哀しげな民謡が聞こえてくるかのように――アクセルがそこまで考えたところで、ロベルトが演奏を終えた。

「悪くないね」アクセルは言った。「だが、魂柱を動かしたほうがいいと思う。少しこわばった感じが……」

ロベルトの顔がたちまち閉ざされた。

「ダニエル・ストロッセルの注文では……こういう響きにしてほしい、と言ってきたんだ」ぶっきらぼうに説明する。「若いころのビルギット・ニルソン（一九一八〜二〇〇五　ソプラノ歌手）みたいな音のバイオリンが欲しい、と」

「それならなおさら、魂柱を動かさなければ」アクセルは微笑んだ。

「兄さんになにがわかるんだ、私はただ……」

「それを除けば素晴らしい出来だよ」アクセルはあわてて言い添えた。

「響きを聞いただろう――乾いた、鋭い……」

「文句をつけるつもりはないんだ」アクセルは淡々と続けた。「ただ、音色の中に、いまひとつ勢いのない、固い芯が残っているような……」

「勢いだって？　この楽器を注文してきたのは、バルトークの専門家だよ。バルトークとデヴィッド・ボウイを一緒にされちゃ困る」

「私の耳がおかしかったのかもしれない」アクセルは小声で言った。

ロベルトは答えようと口を開けたが、はっと閉じた。妻のアネットがドアをノックするのが聞こえたのだ。

彼女はドアを開けると、バイオリンを手にした夫を見て微笑んだ。

「弾いてみたの？」期待をこめて尋ねる。

「ああ」ロベルトは険しい声で答えた。「だが、兄さんは気に入らないそうだ」

「それは違う」アクセルが言う。「お客さんはきっと心底満足してくれる。さっき言ったことは私のまちがいかも……」

「お義兄さんの言うことなんか聞いちゃだめよ。なんにも知らないんだから」アネットが苛立たしげにさえぎった。

ロベルトは妻を連れて出ていこうとした。口論になるのはごめんだ。が、アネットはアクセルのもとへ近寄り、甲高い声で言った。

「どうせ、ありもしない欠点をでっち上げたんでしょう?」

「欠点というわけじゃないんだ。ただ、魂柱が……」

「お義兄さん、最後にバイオリンを弾いたのはいつ? 三、四十年前でしょう? まだ子どもだったくせに。謝るべきだと思うわ」

「いいんだ」ロベルトが言う。

「謝りなさいよ」

「わかったよ。私が悪かった」アクセルは顔が赤らむのを感じた。

「嘘をついて悪かった、と言いなさい。ロベルトの新作にきちんと見合った賛辞を贈ってあげられず、嘘をついて悪かった、って」

「嘘をついて悪かった」

アクセルはオーディオ装置の再生ボタンを押し、かなりの音量で音楽をかけた。初めのうちは、チューニングされていないギター二本が軽くかき鳴らされ、歌手が弱々しい声で音程を探っているようにしか聞こえない――〝グッバイ・ラブ、グッバイ・ラブ……〟

お義兄さんには音楽がわからない云々とアネットがつぶやき、ロベルトは黙りなさいと言いながら彼女を引きずるように部屋を出ていった。アクセルはさらに音量を上げた。ドラムとエレキベースが、裏返しになった音楽を立て直した――〝何時なのかはわからなかった　明かりはすでに薄らいでいた　ぼくはラジオに寄りかかり……〟

アクセルは目を閉じた。暗闇の中で、目がひりひりと痛んだ。もう疲れが襲ってきた。ときおり、三十分しか眠れないこともあれば、ビヴァリーといっしょに横になってもまったく眠れないことすらあった。そんなときは毛布にくるまり、ガラス張りのサンルームに座って、しっとりとした夜明けの光に照らされた庭の美しい木々を眺めた。アクセル・リーセンは当然のことながら、自分の抱えている問題の原因を知っていた。彼は目を閉じ、自分の人生を変えたあの日々にまた思いを馳せた。

54

ゲーム

ペネロペとビョルンは疲れきった真剣な目で顔を見合わせた。閉ざされたドアの向こうで、オシアン・ヴァレンベリが家具を動かしながら、ツァラー・レアンダーの真似をして『スターを見たい？』を歌っているのが聞こえてくる。

「ふたりがかりなら勝てるわ」ペネロペがささやいた。

「そうかもしれないけど」

「やってみなきゃ」

「でも、そのあとはどうする？　拷問でもして暗証番号を聞き出す？」

「力関係が変われば、それだけで白状すると思う」

「白状しなかったら？」

ペネロペは疲れのあまりよろめきながら窓辺へ向かい、フックをはずしはじめた。指が痛み、力が入らない。ふと動きを止め、太陽の光に照らされた自分の両手を見つめる。割れた爪の下も、指も、土や泥で黒ずんでいる。あちこちの傷口から出た血が固まっている。

「ここにいても助けてもらえないわ。先に進まないと。海岸に沿って走れば……」

彼女はふと黙り込み、ビョルンを見つめた。彼は青い革ジャケットを着たまま、肩を落としてベッドの端に座っている。

「そうだね」彼は静かに言った。「そうしたらいい」

「あなたを置いていくつもりはないわよ」

「ぼくはもう無理だよ、ペニー」ペネロペのほうを見ずに言う。「足がぼろぼろで、もう走れない。三十分ぐらいなら歩けるかもしれないけど、傷だらけで、まだ血が出てる」

「手を貸してあげるから」

「この島には、ほかに電話なんかないかもしれない。わからないじゃないか。あるとは限らないんだよ」

「でも、あいつのゲームなんかに……」

「ペニー……とにかく、警察に連絡しなきゃ。あいつの電話を借りるしかないよ」

オシアンが満面の笑みをうかべてドアを開けた。豹柄のジャケットと腰巻きを身につけている。彼は厳かなしぐさで、ふたりを大きなソファーへ案内した。カーテンが閉まっている。オシアンは部屋の中を自由に動きまわれるよう、家具をすべて壁に押しつけていた。

彼はふたつあるフロアランプの灯りの中に入り、立ち止まってくるりと向きを変えた。

「さあ、金曜の夜をのんびり過ごしてらっしゃるみなさん、楽しい時間はあっという間に過ぎてしまうものですねえ」オシアンはウインクをした。「なんと、もう〝ゲーム〟の時間ですよ。今夜のゲストをご紹介しましょう。うすぎたない共産主義者と、その未成年の彼氏です。まったく、こんな不釣り合いなカップルも珍しいじゃないですか。山姥《やまんば》と、いい体をした若者ですよ」

オシアンは笑い声をあげ、想像上のカメラに向かって力こぶを作ってみせた。

「さあ、行きますよ！」オシアンはそう叫ぶと、その場で走るように足踏みをした。「ゲームの始まり、始まり！　ボタンの用意はよろしいですか？　今夜のゲームは……〝告白か罰か〟！　オシアン・ヴァレンベリが、山姥と二枚目に挑みます！」

オシアンは空のワインボトルを床に寝かせて回した。ボトルは何度か回転し、首をビヨルンのほうに向けて止まった。

「二枚目！」オシアンが笑みをうかべる。「トップバッターは二枚目です！　さあ、質問ですよ。真実のみを告白すると誓いますか？」

「誓います」ビヨルンはため息をついた。

オシアンの鼻の先から汗がぽつりと落ちた。彼は封筒を開け、大声で読み上げた。

「山姥と寝るとき、だれのことを思い浮かべていますか？」

「くだらない」ペネロペがつぶやく。

「答えたら、電話を貸してもらえますか？」ビョルンが冷静に尋ねた。

オシアンは子どもじみた表情で唇を突き出し、首を横に振った。

「いやいや。会場のお客さんたちがあんたの答えを信じたら、暗証番号の最初の一桁を教えましょう」

「罰のほうを選んだら？」

「私と対決して、どちらが勝ちか、お客さんたちに選んでもらいます」とオシアンは言った。「しかし、時間がありませんよ。チクタク、チクタク、五、四、三、二……」

ペネロペは、強い灯りに照らされたビョルンを、その汚れた顔、無精ひげ、乱れた髪を見つめた。鼻血が固まり、鼻の穴が黒ずんでいる。充血した目には疲れがにじんでいる。

「ペネロペのことを思い浮かべてます」ビョルンが小声で答えた。

オシアンがブーイングを始めた。顔をしかめ、小走りでスポットライトの中へ急ぐ。

「ほんとうのことを言いなさい！　いまのは嘘っぱちじゃないか。こんな山姥のことを思い浮かべながら寝てるなんて、信じるお客さんがいるもんですか。二枚目に、マイナス一、二、三点」

ボトルをふたたび回す。すぐに回転がやみ、首はペネロペのほうを向いた。

「おっとっと！　スペシャル・チャレンジときた！　え？　スペシャル・チャレンジって

なにか、って？　そのとおり！　いきなり罰に入ります！　前菜なしでメインに突入！　待ったなし！　さあ、扉を開けて、カバさんのひそひそ話を聞いてみましょうか」

オシアンはテーブルの上に置いてある、暗い色のニスで仕上げた木製のカバの置物を手にとった。耳に当てて話を聞いているふりをし、うなずいてみせる。

「山姥に？」と尋ね、ふたたび耳を傾ける。「なるほど、了解です。ありがとう、カバさん」

そしてそっとカバを置くと、笑みをうかべながらペネロペのほうを向いた。

「山姥とオシアンが対決します！　種目はストリップショー！　会場のお客さんたちが、わたくしオシアンよりも山姥のほうにそそられたら、暗証番号を教えることにいたしましょう――ただし、オシアンが勝ったら、二枚目は力いっぱいに山姥の尻を蹴飛ばすこと」

オシアンは両足をそろえてジャンプしながらステレオへ向かい、ボタンを押した。やがて『ティーチ・ミー・タイガー』が聞こえてきた。

「この種目では一度、ルーア・ファルクマンに負けたことがありましてね」オシアンは音楽に合わせて腰を振りながら、想像上の観客に向かってわざとらしくささやいた。

ペネロペはソファーから立ち上がると、一歩前に踏み出し、ピンストライプのズボンにぶかぶかのセーター、マリンブーツという姿で立ちつくした。

「服を脱いでほしいの？　結局、それが目的なわけ？　わたしの裸を見ることが？」

オシアンは歌うのをやめ、はたと動きを止めた。口元に失望の色を浮かべ、冷ややかな視線をペネロペに向けた。

「難民の売女のあそこが見たければ、インターネットで注文するよ」

「じゃあ、いったいなにが目的なのよ？」

オシアンは彼女に強烈な平手打ちを見舞った。ペネロペはよろめき、倒れそうになったが、なんとかバランスを保った。

「失礼は許さん」オシアンが真剣な声で言う。

「わかりました」ペネロペはつぶやいた。

オシアンは口元に笑みをひきつらせた。

「テレビでおなじみの著名人と対決するのが、私の仕事だからね……おまえなんざ、チャンネルを替える前にちらっと見かけたことしかない」

ペネロペは興奮で赤らんだオシアンの顔を見つめた。

「どうせ、電話を貸す気なんかないんでしょう？」

「いや、ルールはルールだ。かならず渡すよ。私が満足したら」オシアンはすかさず答えた。

「わたしたちが切実に困ってるのをわかってて、それを利用してる……」

「ああ、そのとおりだよ」オシアンは大声をあげた。

「もういいわ。ちょっとストリップして、終わったら電話を渡してもらうから」

ペネロペはオシアンに背を向けると、セーターとTシャツを脱いだ。肩甲骨や腰の擦り傷、青あざ、汚れが、スポットライトに照らされる。彼女は向きを変え、両手で胸を隠した。

ビョルンが悲しげな目で拍手をし、口笛を吹いた。オシアンの顔は汗ばんでいる。彼はペネロペを見やると、スポットライトの中央、ビョルンの目の前に立った。腰を回すように動かしたかと思うと、不意に腰巻きを引きはがした。布をくるくると回し、脚のあいだに通してから、ビョルンのほうへ投げた。

ビョルンに向かってキスの真似をし、あとで電話してね、というしぐさをしてみせる。ビョルンはまた拍手をし、さらに大きく口笛を吹いた。拍手を続けながら、ペネロペが暖炉の脇に掛けてある鉄の火かき棒をつかむのを目にした。

灰を集めるちりとりが揺れ、大きな炭ばさみにぶつかってかすかに音を立てた。

オシアンは金色のスパンコールがちりばめられたブリーフ姿で、飛び跳ねるように踊っている。

ペネロペは火かき棒を両手で握り、背後からオシアンに近づいた。オシアンはビョルンの前で腰を振っている。

「ひざまずきなさい」ビョルンに向かってささやく。「ほら、二枚目、ひざまずいて！」

ペネロペは重い火かき棒を振り上げると、力いっぱいにオシアンの腿を殴った。なにかが砕ける音がした。オシアンが倒れ、悲鳴をあげた。腿を抱え、痛みに身をよじらせ、腹の底からうなり声をあげている。ペネロペはまっすぐステレオへ向かうと、火かき棒を四度振り下ろしてステレオを壊した。ようやく静かになった。

オシアンはじっと横になったまま、息をはずませ、うめいている。ペネロペが近寄ると、おびえたまなざしで彼女を見上げた。ペネロペはしばらくその場に立ちつくした。右手に持った重い鉄の火かき棒がゆらゆらと揺れた。

「カバさんの命令です。わたしに電話と暗証番号を渡しなさい」彼女は穏やかに言った。

55

警察

オシアン・ヴァレンベリの家はひどく暑く、淀んだ空気で息が詰まりそうだった。ビョルンは何度も椅子から立ち上がり、窓辺にたたずんでは、海と桟橋を見下ろしている。ペネロペは電話を持ってソファーに座り、警察が電話してくるのを待っていた。警察は通報を受け、海上警察のボートが付近に到着した時点で折り返し連絡する、と約束してくれたのだ。オシアンは大きなウイスキーグラスを前にしてひじ掛け椅子に座り、ふたりを見つめている。さきほど鎮痛剤を飲み、なに、死にはしないさ、と小声で言っていた。

ペネロペは電話を見た。電波が弱くなっているが、まだ通話はできそうだ。まもなく警察から電話がかかってくるだろう。彼女はソファーに背をあずけた。ひどく蒸し暑い。Tシャツが汗で濡れている。目を閉じ、ダルフール地方に思いを馳せた。アクション・コントル・ラ・ファムのジェーン・オドゥヤのもとで働くため、クブムに向かっていたとき、バスの車内がひどく暑かったことを思い出す。

アクション・コントル・ラ・ファムの仮設事務所へ向かう途中で、彼女はふと立ち止まった。奇妙な遊びに興じる子どもたちの姿が目に入ったのだ。粘土の人形を道路に置き、それが車に轢かれるのを待っているらしい。ペネロペは、子どもたちがなにをしているのか確かめようと、慎重に近づいた。人形が車に轢かれるやいなや、子どもたちは笑い声をあげた。

「またひとり！　今度はじじいだ！」

「フール人を殺してやったぜ！」

子どもたちのひとりが道路に駆け出し、人形をすばやく地面に置いた。大小の人形がひとつずつだ。手押し車がやってきて小さな人形が倒れ、車輪につぶされると、子どもたちは歓声を上げた。

「ガキが死んだぞ！　淫売のガキが死んだぞ！」

ペネロペは子どもたちに近寄り、なにをしているのかと尋ねたが、子どもたちは答えずに走り去った。彼女はその場に立ちつくし、赤茶けた道路に散らばった人形のかけらを見つめた。

フール人は、ダルフール地方の名のもととなった民族だ。太古の昔からアフリカで暮らしてきたこの民族はいま、アラブ系民兵組織ジャンジャウィードによる虐殺のせいで、消滅の危機にさらされている。

アフリカの諸民族はもともと農耕民族で、はるか昔から遊牧民族との対立が絶えなかったことは事実だ。が、現在行なわれている大量虐殺の真の理由は、石油である。アフリカの先住民族の住む土地で石油が見つかったので、彼らの村を一掃したいというわけだ。スーダンの内戦は書類上、終結したことになっているが、ジャンジャウィードはいまも徹底的な襲撃を続けている。女性たちをレイプし、男性たちや少年たちを殺してから、住居を焼き払うのだ。

ペネロペはアラブ人の子どもたちが走り去るのを見送ってから、壊れないまま道路に残った粘土人形を片付けた。ふと、自分を呼ぶ大声が耳に届いた。

「ペニー！　ペニー！」

彼女は一瞬、恐怖に襲われてびくりとした。が、振り返ってみると、手を振っているジェーン・オドゥヤの姿が見えた。背が低く、ふくよかな体型のジェーンは、洗いざらしのジーンズに、黄色い上着を身につけている。ペネロペはすぐに彼女だとはわからなかった。わずか数年で、ジェーンの顔は皺だらけになり、ひどく老けてしまっていた。

「ジェーン！」

ふたりはひしと抱き合った。

「あの子たちとは話さないほうがいいわよ」ジェーンがつぶやく。「あの子たちも、ほかの連中と同じ。黒人の私たちを憎んでる。理解できないわ。とにかく黒い肌が嫌いなのよ」

ジェーンとペネロペは難民キャンプに向かって歩き出した。そこかしこに人が集まり、食事の用意をしている。焦げたミルクのにおいが、排泄物の悪臭と混じり合う。国連の青いビニールシートがあちこちに見える——カーテン、風よけ、シーツ、あらゆる用途に使われているのだ。何百もある赤十字の白いテントが、草原を駆け抜ける風をはらんでバタバタと音を立てている。

ペネロペはジェーンのあとについて、病院代わりの大きなテントに入った。日差しが白い布を通って灰色になった。ジェーンはビニールの窓から外科部門をのぞき込んだ。

「うちの看護師はみんな、優秀な外科医になっちゃったわ」と静かに言う。「切断や簡単な手術なら、完全に自力でやってる」

細身の少年がふたり——十三歳ほどだろうか——包帯の入った大きな段ボール箱を持ってテントに入ってくると、ほかの段ボール箱のそばにそっと下ろした。近寄ってきたふたりに、ジェーンは礼を言い、さきほど到着した女性たちの手当てを手伝ってほしい、傷口を洗う水が要る、と告げた。

少年たちはテントを出ていき、やがて大きなプラスチックボトルに水を入れて戻ってきた。

「あの子たちはジャンジャウィードに属してたのよ」ジェーンは少年たちのほうを向いてうなずいてみせた。「でも、いまはなにもかもが止まってる状態。武器の部品や弾薬が足りないせいで、ある意味、平和な状態が保たれてる。みんな、なにをしていいかわからなくなって、それで手伝ってくれるようになった人がたくさんいるわ。男の子たちのための学校も開いてるんだけど、クラスには元ジャンジャウィードの若い子たちが何人もいるのよ」

担架に横たわった女性がうめき声をあげたので、ジェーンは彼女に駆け寄り、その額や頬を撫でた。女性はせいぜい十五歳ほどにしか見えなかったが、臨月らしく、しかも片足が切断されていた。

ペネロペは朝から晩までジェーンのそばで働いた。彼女に言われたことをすべて行ない、質問はせず、話もせず、ただひたすら、ジェーンの医師としての知識が最大限に生かされるよう、ひとりでも多くの人を助けられるよう、できるかぎりのことをした。

たくましい肩をした、三十歳ほどのハンサムなアフリカ人男性が、小さな白い箱を持ってジェーンに駆け寄った。

「抗生物質、三十回分です」顔を輝かせて言う。

「ほんとうに？」

男性は笑みをうかべてうなずいた。

「よくやったわね」

「これからあっちに出向いて、もう少しロスをせっついてみますよ。今週は血圧計が一箱手に入るかもしれないって言ってたんで」

「こちらはグレイよ」とジェーンが紹介した。「本職は教師なんだけど、この人がいなかったら私、もうやっていけないわ」

ペネロペは片手を差し出し、グレイの陽気なまなざしを受け止めた。

「ペネロペ・フェルナンデスです」

「ターザンです」グレイはそう名乗り、ペネロペの手を緩く握った。

「ここに来るなり、ターザンって呼んでください、って言ったのよ」ジェーンが笑う。

「ターザンとジェーン、でね」グレイも微笑んだ。「ぼくはジェーンのターザンなんです」

「私もついに根負けして、グレイストークって呼ぶことにしたの。ほら、ターザンの本名はグレイストーク卿でしょう。でも、グレイストークなんて呼びにくいってみんなが言うから、グレイで我慢してもらってるわ」

そのとき、テントの外でトラックが合図代わりにクラクションを鳴らし、三人は外へ駆け出した。赤みがかった土埃が、錆びついた車のまわりを舞っている。屋根のない荷台に、銃で撃たれた男性が七人横たわっていた。西のほうにある村で、井戸をめぐって銃撃戦があったのだという。

それから夜まで緊急手術に追われた。七人の男性のうち、ひとりは亡くなった。あるとき、ペネロペの動きをグレイが制し、水の入ったボトルを差し出した。ペネロペは焦りをあらわにし、首を横に振ったが、グレイは穏やかに微笑み、こう言った。

「水を飲む時間ぐらいはありますよ」

ペネロペは礼を言って水を飲んだ。それからグレイを手伝って、担架に横たわった怪我人を持ち上げた。

その日の夜、ペネロペとジェーンは疲れきって仮設住宅のベランダに座り、遅い食事をとった。暑さはまだ厳しかった。ふたりはとりとめのない話をしながら、建物とテントのあいだの道路を、あたりが暗くなりつつある中で夜の家事を終えようとしている人々の姿を眺めた。

暗闇が深まるのと同じ速さで、不吉な沈黙もまた広がった。初めのうちは、人々がテントに引き上げる音や、便所からの物音、暗がりの中で人がときおりそっと動く音が聞こえてきた。が、まもなく完全な沈黙が訪れた。幼い子どもの泣き声すら聞こえなかった。

「ジャンジャウィードが襲ってくるんじゃないかって、まだみんな不安なのね」ジェーンはそう言うと、皿を重ねて片付けた。

ふたりは家の中に入り、玄関扉に鍵と閂をかけてから、ともに皿洗いをした。寝る前の挨拶を交わしてから、ペネロペは廊下の奥の客用寝室へ向かった。

二時間後、ペネロペはベッドの上ではっと目を覚ました。服を着たまま眠ってしまったらしい。横になったまま、ダルフールの壮大な夜に耳を傾けた。なぜ目が覚めたのか、自分でもよくわからない。心臓の高鳴りがおさまってきたところで、突然、外から叫び声が聞こえた。ペネロペは立ち上がると、自室の小さな格子窓に歩み寄り、外に視線を走らせた。月の光が道路を照らしている。どこかから苛立ちのあらわな話し声が聞こえてきた。十代らしき少年が三人、道路の真ん中を歩いている。ジャンジャウィードのメンバーにちがいない。ひとりは手にリボルバーを持っている。奴隷を殺してやる、などと叫んでいるのが聞こえる。アフリカ人の老人がひとり、すでに国連の倉庫の外に毛布を敷いて座っていた。いつも炭火でサツマイモを焼いては、ひとつ二ピアストルで売っている老人だ。少年たちは老人に近寄り、唾を吐きかけた。細身の少年がリボルバーを構え、老人の顔をまっすぐに撃ち抜いた。周囲にそぐわない銃声が建物にこだました。少年たちは叫び声を上げ、サツマイモをいくつか取って食べると、老人の遺体のそば、土埃の中へ残りを蹴り飛ばした。

それから道路に出ていき、あたりを見まわすと、ペネロペとジェーンの住む仮設住宅を指差し、まっすぐに向かってきた。少年たちがベランダを歩きまわる足音、興奮した話し声、ドアを叩く音が聞こえているあいだ、じっと息をひそめていたことを、ペネロペはいまも覚えている。

ペネロペは不意に息をのみ、目を開けた。オシアン・ヴァレンベリ宅のソファーで寝入ってしまったらしい。

なにかがひび割れるような鈍い雷鳴が響き、徐々に消えた。空が暗くなっている。

ビョルンは窓辺に立ち、オシアンはウイスキーをすすっている。

ペネロペは電話を見つめた――まだかかってこない。

海上警察がそろそろ到着するはずなのだが。

雷鳴がまたたく間に近づいてきた。天井灯がふっと消え、キッチンの換気扇が沈黙した。

停電だ。屋根や窓枠にぽつぽつと雨粒が当たり、次の瞬間にはどしゃ降りになった。

携帯電話の電波が消えた。

稲妻が部屋を照らした直後、激しい雷鳴が響いた。

ペネロペは背もたれに体をあずけ、雨音に耳を傾けた。窓から入ってくるひんやりとした空気を感じ、ふたたびまどろんだが、ビョルンの声で目が覚めた。

「えっ？」

「船だよ」と彼は繰り返した。「警察のボートが来た」

ペネロペはあわてて立ち上がり、外に目を向けた。激しい雨で、海の水がまるで沸騰しているように見える。大きなボートはすでに近くまで来ていて、桟橋に向かっている。ペネロペは電話を見やった。電波はまだ戻っていない。

「急いで」ビョルンが言う。

彼は裏口の錠に鍵を差そうとした。両手が震えている。警察のボートはなめらかに桟橋へ近づき、サイレンで合図している。

「入らない」ビョルンが大声を上げた。「鍵が違う」

「おやおや、それは困った」オシアンが笑みをうかべ、自分の鍵束を取り出した。「じゃあ、こっちかな」

ビョルンは鍵を取り、錠に差した。鍵を回すと、錠の中でガチャリと音がした。雨のせいで警察のボートがあまりよく見えないが、ビョルンがドアを開けたとき、ボートはすでに桟橋から遠ざかりはじめていた。

「ビョルン」ペネロペが呼びかける。

エンジン音が響き、船の後ろに白い泡が立っている。ビョルンは雨の中、手を振りながら、岸辺へ下りる砂利道を全力で走った。

「ここです！　ここにいます！」

肩や腿がびしょ濡れになった。桟橋にたどり着くと、ボートのブレーキがかかり、水中で脈打つようなエンジン音が鳴り響いているのがわかった。後甲板に、応急処置の道具が入った鞄が置いてある。フロントガラスの向こうに警察官の姿が垣間見える。また稲妻が空を照らした。耳をつんざくような雷鳴が響いた。窓の向こうの警察官は、どうやら無線で話しているらしい。ボートの屋根に雨が打ちつける。岸に波が打ち寄せている。ビョルンは大声をあげ、腕を精一杯伸ばして手を振った。ボートはゆっくりと戻ってきた。左舷が桟橋にぶつかった。

ビョルンは濡れた手すりをつかむと、前甲板に這い上がり、甲板から一段低くなった通路に下りて、その先の金属扉へ向かった。ボートが自ら立てた波のうねりで揺れ、ビョルンはよろめいたが、それでも重い金属扉を開けて中に入った。

油と汗が混じり合ったような、甘く、金属的なにおいが、操舵室に満ちていた。

まずビョルンの目に入ったのは、日焼けした警察官が床に横たわっている姿だった。額にあざができている。目はかっと見開かれている。黒に近い血溜まりが体の下に広がっている。ビョルンは息をはずませ、薄暗い室内を見まわした。警察の装備や、レインコート、サーフィン雑誌などが見える。ふと、エンジン音にまぎれて人の声が聞こえた。オシアン・ヴァレンベリが、砂利道からなにやら叫んでいる。黄色い傘をさし、足を引きずりながら桟橋に近づいてきた。ビョルンはこめかみの脈が激しく打つのを感じ、自らの過ちを悟った。罠にはまったのだ。ビョルンはフロントガラスの内側に血しぶきがついているのを見て、彼は手探りでドアの取っ手を探した。そのとき、船室へ続く階段がきしみ、振り返ると、暗闇の中から追っ手の男が出てくるのが見えた。警察の制服を着ている。ビョルンを注視し、興味津々と言ってもいいような表情をしている。逃げるにはもう遅いとビョルンは悟った。身を守るため、ダッシュボードの上の棚からねじ回しを引ったくる。男は階段の手すりにつかまり、操舵室に上がってくると、その明るさにまばたきをし、フロントガラスとその向こうの海岸に目を向けた。雨がガラスを打っている。ビョルンはすばやく動き、ねじ回しで心臓を狙いながら相手に駆け寄った。次の瞬間、いったいなにが起こったのか、よくわからなかった。どういうわけか、肩が震えている。斜め前から殴られ、腕の感覚がなくなったのだ。まるで腕が消えてしまったかのようだった。ねじ回しは床に落ち、からからと音を立てながらアルミ製の工具箱の後ろに転がっていった。男はだらりと垂れたビョルンの腕をつかむと、ぐいと押してバランスを失わせた。転倒による衝撃が大きくなるよう、倒れる方向を操作しながら、ビョルンの脚を蹴り払う。下向きになったビョルンの顔が操舵席の足置き台を直撃した。ぶつかった衝撃で、なにかが鈍く砕けるような音とともに首が折れた。ビョルンはなにも感じなかったが、妙な火花が目の前にちらついた。小さな炎がいくつも、暗闇の中を飛びまわっている。その勢いが徐々に弱まり、だんだん心地良くなってきた。ビョルンはかすかに顔を引きつらせた。わずか数秒後には死んでいた。

訳者略歴　国際基督教大学教養学部人文科学学科卒，パリ第三大学現代フランス文学専攻修士課程修了，スウェーデン語，フランス語翻訳家　訳書『催眠』ケプレル，『ミレニアム1 ドラゴン・タトゥーの女』ラーソン，『いくばくかの欲望を、さもなくば死を』ビエドゥー（以上早川書房刊）他

HM=Hayakawa Mystery
SF=Science Fiction
JA=Japanese Author
NV=Novel
NF=Nonfiction
FT=Fantasy

契《けい》約《やく》

〔上〕

〈HM373-3〉

二〇一一年七月二十日　印刷
二〇一一年七月二十五日　発行
（定価はカバーに表示してあります）

著　者　ラーシュ・ケプレル
訳　者　ヘレンハルメ美穂《みほ》
発行者　早川　浩
発行所　株式会社　早川書房
郵便番号　一〇一‐〇〇四六
東京都千代田区神田多町二ノ二
電話　〇三‐三二五二‐三一一一（大代表）
振替　〇〇一六〇‐三‐四七七九九
http://www.hayakawa-online.co.jp

印刷・株式会社亨有堂印刷所　製本・株式会社明光社
Printed and bound in Japan
ISBN978-4-15-178853-6 C0197

＊本書は活字が大きく読みやすい〈トールサイズ〉です